万历野获编

[明] 沈德符 撰　杨万里 校点

中

卷十三

礼 部 一

国初荫叙

洪武中，太师韩国公李善长及礼部官议荫叙之法凡五，其一曰用荫以嫡长子，若嫡长子残废，则嫡长之子孙以逮曾元，无则嫡长之同母弟以逮曾元，又无则继室及诸妾所生者，又无则傍荫其亲兄弟子孙，又无则傍荫其伯叔子孙；其二曰用荫者孙降子，曾孙降孙，傍荫者皆于荫叙品递降一级；其三曰正一品官荫其子于正五品用，从一品子则从五品用，正二品子则正六品用，从二品子则从六品用，正三品子则正七品用，从三品子则从七品用，正四品子则正八品用，从四品子则从八品用，正五品子则正九品用，从五品子则从九品用，正六品子则于未入流上等职内叙用，如行人、巡检、司狱之类，从六品子则于未入流中等职内叙用，如各关仓库、税库、司局、批验、铁冶所官之类，正从七品子则于未入流下等职内叙用，如递运所驿丞、闸坝之类；其四曰凡职官子孙许荫一人，年二十五以上，能通本经四书大义者叙用，其不通者发还学习；其五曰应叙之人各于原籍附近布政司所属地方铨注。诏皆从之。

按洪武此制极善，今现行者惟三品京堂以上始许荫，余虽金都御史之雄剧、少詹事国子祭酒之清华，亦以四品不可得矣，鄙意今仕宦子孙，富者多纵荡丧身，而贫弱者或衣食不给，其小有才者至窜入匪类以辱先人，以余所见指不胜屈。今祖制即未能概复，谓宜褒益斟酌，如外官则五品方面以上，京官则七品科道翰林以上，居官无玷者，俱得荫为任子，如九品未入流之属使皆以次补官，能其职者递进如二三品官生例，得至知府以上官。如此则世胄子弟束手一命，出则有官评，居则列仕籍，非甚不肖，犹自爱其鼎，凡县佐及吏目典史诸官，俱不许吏人初选即得，则缺少而人无壅滞之叹。或疑恩典太滥，则宋人尚有荫婿甥、荫门客者，而致仕遗疏又得十余人，今只以一官与子孙一人，安得称滥？

祖制荫官太高，如正一品得于正五品叙用是也，以故往时首揆或有荫尚宝正卿者，似乎太过，但如今日之初授玺丞，亦贵极矣。惟未入流上等职官，为巡检、司狱此等杂职，似宜留以授异途。而行人在国初本无定员，最为冗散，以故亦列于未入流之首，今已升级为三甲进士优选，不可入任子一途矣，此又当变而通之。

礼部六尚书

弘治十五年壬戌，系衔礼部为尚书者，内阁则谢迁，掌通政司则元守直，掌太常寺则崔志端，掌鸿胪寺则贾斌，而张昇正任坐部，南京则王宗彝，盖一时称宗伯者六人。志端以黄冠、贾斌以监生，得之为异。至嘉靖二十五年丙午，则北礼部为费宏，南礼部为王学夔，掌通政司则陈经，而陶仲文以真人，顾可学、盛端明以炼药。南宫系衔者亦共六人，而六人中惟仲文以少傅兼少保，官既最崇，制亦最异，又弘治所无也，寅清之玷至此。

尚书赠官

故事，赠官加故衔一级，如侍郎之赠尚书及左右都御史是也。惟尚书则赠太子少保，俱正二品，犹曰以六卿进宫衔也，若左右都御史之赠尚书，则太不腆矣，如谓以西台加六卿，则六卿生前多改左都御史掌院，又何也？似亦宜以东宫少保优之。

臣下妾谥

正统以前，至尊大行后，妃嫔从殉者俱赐谥称皇庶母，而藩邸国王、郡王有殉者，亦得请于朝，锡之谥号，此天顺以前例也，至于臣下则绝无之。惟洪武间，中书省平章政事李思齐妾郑氏得谥贞烈；思齐本亡元大帅归顺，至今官，其妾得此谥，上所以愧思齐心者多矣。又燕山护卫指挥使费德妾朱氏，赠德人，谥贞烈；至宣德间安陆侯吴复妾杨氏亦得贞烈之谥，吴以平西番及云南封侯，然功不甚著，其妾得此已可异；乃都指挥使王俶妾时氏，亦赐此谥，何也？宣宗以后，谥号无及妾媵者，惟大同指挥使范安死，其妾杨氏自缢以殉，诏赠恭人，赐以诰而无谥，累朝因之。若文臣妾则嘉靖间故汀州知府张宁妾高氏、李氏，亦以无子，宁妻罗氏逼之改嫁不从，特赐旌表，亦为异典。宁，故先朝英宗时为给事，与岳正齐名，吾乡人也。

封谥同本人名

谥以易名，以故翰林官俱得谥文，而林文为侍讲学士，乃谥襄敏，至陈文谥庄靖，王文谥毅愍，二公则又殿阁大学士也，俱避其名以存厚，遂为故事。惟金尚书忠谥忠烈，则此时礼制未备；其后林文俊乃谥文修，程文德亦谥文恭，则或以圣眷优异，子孙不敢请改，然部拟已不为之讳矣。若洪熙元年，英国公张辅以奉天靖难推诚宣力为号久矣，又加辅运二字，虽云隆重，实斥其名，何耶？宣德二年，英宗诞生，立皇后孙氏，是为孝恭后，后父孙忠进封会昌伯，其勋号乃为推诚宣忠翊运武臣，曾不避其名，又何也？岂以后父之尊，不敢称宣力，即成化初周寿以帝舅封庆云伯，亦仍宣忠之号。自此后，弘治之寿宁侯，正德之庆阳伯，虽皆后父，无不改称推诚宣力矣！此后"宣忠"字面，即他勋臣亦不复见。

隆庆初，给故新建伯王守仁诰券，勋号亦有守正二字，则以二名不偏讳也。

粗婢得封

夏文愍嬖妾苏氏，诈称再继之妻，上请得封，当时以夏为恣肆，然先朝杨文贞士奇已有之。杨元配为严夫人，没后以婢郭氏侍巾栉，宣德中命妇朝贺，独西杨无妇，太后乃命召郭氏入，以其貌寝衣敝，特为装饰服珥甚华，因尽以赐之，旋命所司如例封授，但不许为例，此即南太常少卿导之生母也。当时陆容纪其事，而文徵明驳之云不然，容之子陆粲又驳之云郭夫人制词载文贞续集附录中，安得云无，盖文一时失记耳。

胡 忠 安

　　胡忠安淡福履贵盛,为本朝仅有,然其人惟务迎合取宠,且惑于方技旁门,殊无大臣之节。其素行不具论,即如宣德元年,胡尚为礼部侍郎,正一嗣教真人张宇清欲求龙虎山道士八十一人度牒,而难于自奏,托淡代请,上曰:"僧道牒祖宗有定制,无托求请之理,朕不惜宇清,惜其教也,尔以吾意谕之。"为淡者可以愧死矣!不逾月吕震卒,即代为礼部尚书,他未暇建白,首请赐贵妃孙氏宝册,其言曰:贵妃贤淑如此,宜授宝册以昭其德。上大悦,即命铸宝,令礼部具仪注以闻。本朝贵妃有宝始于此。至期,命太师英国公张辅、少师吏部尚书蹇义为册宝使,二公文武首臣,用册皇后礼也。又逾年,而恭让胡后废,贵妃代为中宫,是为孝恭后,皆淡启之也。册贵妃之次月,淡又疏请进封真人张宇清为大真人,掌天下道教,上允之,当时已深结宣宗之知,遂得如所乞,皆上元年内事也。此后荐方士、荐左道,以致其家门被谤,盖一时得柔佞之力,且曾受文皇密遣潜使天下十年,又能白仁宗在青宫之诬,故始终恩礼不替云。

　　宣德三年,立中宫孙氏,又奏秦王志洁贺表,文词简略,不敬当罪,上不可。盖其谄谀多如此。其后请贺白鸟、贺白兔、贺驺虞、贺景星、贺外国贡麒麟,十年之间,贡媚无虚日,上皆谦让不允,至英宗登极而其说尽行矣。

礼 部 三 失 印

　　胡忠安淡最受文皇宠眷,宣皇初年,即正位宗伯,凡三十余年十知礼闱贡举,其荣遇古今所少,然在事失去本部印者凡三度。其初皆蒙恩贷,最后下狱,而印偶获,则部吏所盗也。上始宥之,又俯首春曹者十五年,直至英宗复辟始引退,人知其久享高位,生拜少傅,死赠太保而已,不知其辱也。又道士蒋守约者,淡同里人,因荐之朝,历官亦至礼部尚书,掌太常,淡与同列者数年,又同致仕。史又称江西南城人龚谦者,多妖术,能诱惑妇人,自称张神仙之法孙,因所诱妇人曹氏见知于胡濙，濙方掌礼部，因举为天文生，更其名曰益之。既而冒濙名，诈取人赂，事觉，法司论当徒，上怒，命充铁岭卫军。谦往来濙家甚习，颇有丑声，士论耻之。至景泰间，濙又奏道士仰弥高者，晓谙阴阳，精通兵法，臣见其讲论机略，尽列阵图，深有妙理，若使协坐守边，运谋剿贼，必能宣威慑夷，成拨乱之功，乞命兵部公同内臣试验，委以责任，下以纾军民征伐转输之劳，上以佐国家雍熙太平之治。事下兵部，召仰弥高会官试之，不如濙所言。帝以大臣保荐，授道官为右玄义，于宣府等边协助守边。史谓弥高初无他长，惟出入濙家，故深许之。未几，弥高奏称身在宣府，运谋协助，请以朝天宫道士朱可玄代己住持，濙又疏乞允所举，于是礼科劾奏弥高援党妄为，宜治罪。帝命弥高行巡按御史鞫问，可玄亦送刑部拟罪，为忠安者尚腆颜不去，亦顽钝极矣。

忠安生，顶发皎白，逾月始黑，其母梦僧入室，因而诞育，寻果有僧来求观，见僧即笑，僧曰："此吾师吴中天池高僧也，当时曾嘱吾以笑为证。"然则忠安者，其亦史弥远为觉长老后身类耳。

改　　谥

本朝文臣谥文忠者止二人，一为翰林待制赠学士王祎，一为国子祭酒赠礼部右侍郎李时勉，然王建文初谥文节，正统间改；李景泰初谥文毅，成化间改，俱非初谥也。此外惟景泰初吏部左侍郎兼翰林学士直内阁赠少傅吏部尚书文渊大学士曹鼐谥文襄，天顺又改文忠。又景泰四年，南京礼部尚书王英卒，谥文安，后改文忠，此后文臣无改者。直至嘉靖初年，大学士石珤谥文隐，则以议大礼时依违两端，其死时正其门人张璁在揆地，心恨甚，故以违拂不成谥之。嘉靖末年，大学士张治亦谥文隐，则以直斋宫青词，意郁郁不乐病死，上衔之，故以怀情不尽谥之。二人至隆庆间，石改文成，张改文毅。又至今上壬午而大学士殷偕卒于家，谥文通，则以新首揆张四维素与不慊，故得下谥，后其家请于上，亦得改文庄，盖文臣改谥者止此七公，然皆出词林，最为奇事。又本朝文臣有谥，亦自王祎始。

提学宪臣革复

提学宪臣累朝无之，盖国初最重教职，一切儒生殿最，俱校官主之，以此威行一方，至出监司上。其后此选日轻，而黉序之进退褒贬，犹然专领，时皆病之。于是正统元年五月，始添设宪臣，首用大臣荐以御史薛瑄为山东提学按察佥事，至于各省直以次设立。至景帝景泰元年，尽数革去，盖其时太上北狩，兵事方兴，不复加意儒科，且用礼臣周洪谟议也。至天顺六年，英宗始命仍旧，以至于今。盖废宪臣凡十三年而始复。按，元人最轻文事，至两罢科举，然犹设各路儒学提举以统教授等官。明兴八十余年，始以宪臣督学政，时三杨同在政府，建此良规，乃无故而尽罢去，时陈泰和当国，固不足道，若高文义、彭文宪俱在阁，当任其咎矣。

任子再荫

任子少有至三品京堂者，间有之，多不满考，以故未闻再得荫叙。惟宣德间高密仪铭，以父礼部左侍郎谥文简仪智荫，授礼科给事中，寻改翰林修撰，后以郯邸旧恩历官太子太保、兵部尚书，谥忠襄，已为任子极荣矣。铭没后，景帝念之，又荫铭子泰为礼科给事中，最为异典，然非三世同朝，且身后遗泽耳。惟穆宗登极大霈，元辅徐华亭以羽翼大功，貤先录后，自不必言，而其子太常卿掌尚宝司徐璠，亦以三品京堂荫子肇荫为官生，则其时父子同在班行，尤为奇遇，实国朝所未有。

尚书久任无赠官

尚书九年得一品，此成例也。成化间，鄞人陆瑜者以刑部尚书致仕卒，谥康僖。瑜以天顺二年正位司寇，至成化二年得请，凡位六卿者十六年，盖四考满矣，而不进一阶，似为上所厌薄，然既归而得易名之典，乃终无赠官，又何也？代瑜者为董方，任甫二年余而卒于位，乃得赠太子太保。是时彭文宪当国，何以处分如此，其中必有说。

赠礼部尚书

自弘、正以后，北大宗伯皆以词臣拜，间有自外入者，嘉靖间则席书，万历间则徐学谟二人耳。若外寮他部侍郎得赠此官，则前朝间有，今绝无之，惟孙忠烈燧得赠，以殉节特膺异典，其后许忠节达亦缘孙例，得赠此官，近日吴疏山悌以南京刑部右侍郎直赠礼部尚书，此累朝罕见之事。吴清修著闻，且讲理学，无忝春卿，但得此旷典时，其子故选君继疏仁度方起清卿向用，而孙富平掌铨，又旧堂属相知，故其覆疏云："悌品望与黄孔昭相同，宜优以秩宗，不为例。"及仁度又请谥，署礼部侍郎翁正奏覆疏云："悌赠官既同孔昭，则易名亦宜照例，况理学之邃，加之以文，允宜。"内阁票旨曰："吴悌准谥与文字。"上遂允行之。此等恤典，百年来所无，一时言官亦无敢议之者。

谥 号

大行谥号，本朝俱用十六字，说者以为过滥，前者所无，此未之考耳。唐时用谥虽止七字，至肃宗已增至九字矣，又至懿宗时加谥宣宗为"元圣至明成武宪文睿知章仁聪明懿道大孝皇帝"，遂至十八字，此开辟未有也。至宋太祖谥"启运立极英武睿文神德圣功至明大孝皇帝"亦至十六字，惟太宗减为六字，稍称近古，而真宗之崩，复用十六字，自此仁、英、神、哲、徽五宗，无不十六字者。而徽宗大观中，又加神宗为"体元显道法古立宪帝德王功英文烈武钦仁圣孝皇帝"，则二十字，尤为创见。惟钦宗减为六字，而南渡高宗仍十六字，以至孝、光、宁、理皆循用之矣。夫多词繁称，诚为溢美，然以臣子寸诚，归美君父，即极意揄扬，亦无不可，况有往代故事可仿乎？论者至云唐宋所未有，正坐不精核耳。若必以邃古为准，则文、武、成、康止得一字，即二字已赘，此颜清臣不能得之唐者。

嘉靖十七年加上太祖尊谥，亦至二十字。

辛丑二宗伯

嘉靖辛丑科词林二宗伯，一为乌程董浔阳份，一为华亭陆平泉树声，吴越接壤，相去不三舍，董先贵，世宗朝宠眷隆赫，以忤旨削籍归；又十八年而陆始正春卿之席，则今上龙飞，江陵欲收陆以为重，且示意即入揆路，将主甲戌会试，陆知其为乃子登进地，屡疏始允归，遂不出矣。至戊子，年八十，抚按为请于朝，得存问，且加太子少保。董次年己丑，亦登八十，巡按御史蔡系周亦为之请，时申吴门当国，王太仓为次揆，俱董壬戌所举会试廷试第一人，业已允行，而御史万国钦驳之，备数董立朝邪佞居乡不法诸状，成命为寝。是年董之子给事道醇没于家，而陆之子彦章适登第，拜行人使归，则情境大不侔矣。又七年乙未，董之长孙礼部郎嗣成在侍，而次孙嗣昭成进士，夭于京邸，董宗伯不胜痛，寻病卒，礼部君亦坐家难，愤恚发疾死，年亦未四十也。又三年戊戌陆登九十，上遣中书柴大履存问于家，时申、王两公俱以首揆居里，同执羔雁往贺，修后进礼，隅坐屏息以侍，观者荣之；而董八十时，两公门生方在事，且遭万抨章，更无此盛举也。又三年辛丑，而陆之同邑张以诚举状元，适值一甲子，陆喜甚，以年弟帖投之，虽属戏剧，然实清朝所希觏者。陆后再膺存问，九十七而下世，饰终赠谥之典大备，尤非董所敢望。二公品行世所共见，不复置喙，特纪其同登第、同词林大寮、同高年林下、同在三吴一方，而后先荣悴不同如此。

万一愚侍御纠董宗伯疏，首引先大父先君遭辱为言，至云沈某父子，尝从大夫之后，偶因出游，未遑趋避，而衷甲之士奋呼群起，几不获生焉。此实传闻之过。先人奉使归，侍膝下，游吴之光福山，正董茔墓地，适给事道醇时为行人，亦以省墓至。给事故先人乡同年也，偶舟人争斗，彼舆台甚众，不无稍纷扰，寻已讲解罢去，相忘久矣。万久在公车，游学吴越间，习见董氏诸奴之生事而恶之，以故入台即首上疏，偶知余家小相失一事，遂引为确证。闻宗伯甚不乐，意谓寒家与闻。是时先君已早世，余在保抱，安知台臣白简所自来也。给事少子斯张，少年负隽才，与予善。

董　伯　念

董伯念为给事长子，先给事登第，壬辰以疏论国体本，斥为编氓，时宗伯赀产过厚，怨满一乡，伯念思稍散之，以结人心。宗伯不谓然，而伯念奋然行之，举故券以示小民，或止半价，或许回赎，各有条绪。湖俗故嚚悍，至此不以为恩，反共讦董氏，直谓诸产俱属白占，欲尽徒手得之，咻怓者日千百人，伯念不能无中悔。而御史彭鲁轩应参来按浙，彭为令，负清劲名，在西台亦铮铮者，巡方入苕，诸仇董者，争先投牒，填塞途巷，并及故祭酒范屏麓应期。彭受两家词，俱以属郡邑，追逮纷纭，两家纪纲用事者尽入狴犴。祭酒不能堪，至雉经死，范事得小解，而伯念日夜为乃祖所恨詈，乃谋之吴江一斥生周姓者，嗾祭酒夫人上疏鸣冤。范于今上初元曾备员讲官，上见疏大怒，给事孙鹏初羽侯等，复合疏纠彭之横，御史逮去，并抚台王洪阳汝训亦罢归，董氏事渐以消弭，而伯念与宗伯以忧劳成疾相继下世矣。伯念有才名，其志业不凡，不幸为富贵所累，以致短折，惜哉！

王中丞先为光禄少卿，以纠浙人吏科都给事陈隅阳与郊不胜，调南去。至是有浙抚之命，陈已从太常罢官居里矣，意王之修怨而惧，托所知调于王以钓之，王毅然正色曰："往日在朝议论相左，此国事也，今受命此方，则彼申部民之礼，予修式庐之敬，若以往事介怀，非人矣。"陈遂往谒，宾主欢然，终王任无有以陈氏投一词者，人谓王为长者云。

下谥

谥法：宠禄光大曰荣。本下谥也，得之者类非名实硕然，惟嘉靖间最多。上初登极，礼部尚书、文渊阁大学士赠太子太保，袁宗皋谥荣襄，则故长史以从龙峻迁，在位不数月耳。其后则太子太保礼部尚书邵元节谥文康荣靖，少师兼少傅少保礼部尚书恭诚伯陶仲文谥荣康惠肃，二人俱真人带衔，且特加四字，尤非典故，无足道者。至太子太保礼部尚书顾可学之谥荣僖，太子少保礼部尚书盛端明之谥荣简，二人俱以甲科起，盛又出词林而得此等谥，则以炼药进，非可士人比也。若驸马都尉京山侯崔元以直斋宫奉元亦谥恭荣，又如定国公徐光祚谥荣僖，镇远侯顾士隆谥荣靖，成国公朱奉凤谥荣康，会昌侯孙果谥荣僖，安昌伯钱承宗谥荣僖，安平侯方锐谥荣靖，昌化伯邵喜谥荣和，瑞安侯王源谥荣靖，则犹勋戚臣也。若世宗初年之眷汪诚斋铉，以太子太保吏部尚书且附丽张永嘉受上异眷，仅得谥荣和，至末年则宠任袁元峰炜，几出徐文贞上，袁以少傅户书建极殿大学士得请，没赠太傅，亦仅谥文荣。盖汪死时适永嘉甫去，而李任丘代之，故不得佳谥。袁之没也，为徐文贞所快，因亦以下谥与之。世宗于诸公生前向注何等隆赫，而比其亡也，虽修易名故事，仅比帷盖之恩，其生平品行心术，尽入圣鉴久矣，肃皇之肃也，谅哉。

南礼部恤典

世宗朝，大臣恤典最不易得，如湛甘泉若水以理学名天下，官至南京礼部尚书，年九十七，比其没也，吏部为请恤典，上大怒，谓若水伪学乱政，并太宰欧阳必进夺孤卿官衔罢归。其他如阁臣石珤、张治，俱以微忤谥文隐，石以违拂不成为义，张以怀情不尽为义，皆上所亲定，盖圣意示贬于褒也。惟南礼部尚书章懋得超二品，竟赠太子太保，特谥文懿，邵宝、孙陞、江澜、顾清、杨廉俱以南礼书赠太子少保，邵谥文庄，江谥文昭，顾谥文僖，孙、杨谥文恪，五公官同湛甘泉，而名出其下，乃加秩易名，饰终之典甚备，岂湛果有遗行，为上所默窥耶？又如南礼侍之赠礼书者，王瓚谥文定，崔铣谥文敏，陈陞谥文僖，皆三品也，又他曹赠礼书者，南吏侍罗玘谥文肃，南工侍黄孔昭谥文毅。又如南吏部侍郎林文俊者，亦没于嘉靖之丙申，未满考，得赠南礼部尚书，赐谥时礼部拟文良，又拟文恪，上皆不允，御笔特改曰文修，其得此谥者，本朝止林一人耳。世宗之待大臣，权衡必有说矣。

湛至隆庆始补赠谥文简，则以讲学为徐文贞所厚也。此时幸新郑、江陵为次揆，若居首，则终不得矣。

四字谥

臣下四字之谥，惟宫中贵嫔蒙宠或生皇子者有之，他不尔也。世宗朝，方士邵元节、陶仲文俱得谥四字，此系皇祖特恩，旋以追夺矣。今上庚子九月，佑圣夫人徐氏卒，赐谥阁臣拟"勤敬"与"荣安"二号以进，上俱点用，阁臣以非故事净之，上曰："徐氏奉事三朝，故特与之，后不为例。"此则古今所未有。按，夫人号带圣字者，俱系至尊乳母，今云三朝，岂皇祖阿保耶？何故存至今也？若穆考乳母，自是奉圣夫人柴氏。

羽流恩恤之滥

故事：文臣一品，始得祭九坛，至于杂流，则不在此例。本朝惟嘉靖间邵元节、陶仲文以方士得一品之恩，此最为滥典，未几而削夺及之矣。近日癸卯甲辰间，龙虎山真人张国祥以斋醮久留京师，其母亦随在邸中，病死请恤，上特赐祭九坛，盖视文臣之品。然妇人贵至一品夫人，止得一祭，公侯母妻则二祭，即各藩亲王正妃仅得祭四坛耳，且真人母妻俱称元君，又非可夫人比，而滥恩至此，真堪扼腕。

按元节纡衔宗伯，而仲文则又以礼卿并兼三孤，陶妻又先封一品夫人，其僭拟文臣，犹为有说；国祥列秩黄冠，衔名不登仕版，且今上初年，以其异服不雅，不许入班朝参，今乃得此，而礼官亦不闻坚执，何耶？先是，辛巳年上命修张真人府，言官俱谓非宜，疏谏不听，有质之江陵公者。江陵云此圣母慈圣太后之意，即主上亦不能遏止。时咸谓信然。无何，内传收前所下旨，并遣去内臣取回，竟不果修，即政府亦不知其故也。

国祥即隆庆间革爵降为上清宫提点其人是也，今上初年复真人，近又叨恩至此。

非例得封

文臣满三年考始得封父如其官，惟军功则或特加恩，要不以为典例，先朝亦有未满考而得全封者，至近代则无之。惟嘉靖初，吏部侍郎温仁和以父河南参议玺年及八十，恐不及待，以情乞封，特允之；继而詹事董玘以父云南知府复年八十三，比例乞恩，亦许之，此后绝不闻。至万历二十四年，礼部侍郎冯琦以父山西参政子履病，给假省觐，亦乞恩求封，上命如所请，然冯三品未及一年，乃翁年止六旬，尤为异典云。三公一时名硕，乃父亦曾居方面，宜膺殊锡。其他失记者尚多，要皆禁近儒臣，故先后俱得之，非他卿佐可望也。

协理关防

京营之制，自嘉靖二十九年复国初三大营，以文武大臣二人主之，武称总督，文称协理，印曰戎政之印，则总督专掌，坐是文臣不敢专制。如咸宁侯仇鸾，则凭恃上宠，奴视协理矣。自鸾败，文臣稍得发舒，终不能自行其意。直至今上己亥，王怀棘世扬以大司马领协理，始请别铸一关防以便行事，上允之，自是协理大臣始得与掌印勋臣均事权。又五城巡视御史向无关防，亦近年题请始铸给，而南京五城台臣，亦得之矣。

大臣补荫之滥

嘉靖末年，朝政浊乱，任子妄行陈乞，包苴之人往往破例得之。今上初年，始定为大臣身后五十年概不准行，且永远遵守。时张江陵励精之始，故力杜幸门，以后又渐滥觞，如吏部尚书倪岳卒于弘治辛酉，至今上甲辰，其曾孙翰儒以补荫请，吏部覆疏，近例虽有年远亲尽，不许补荫之条，但岳先朝名臣，翰儒尚在君子五世之内，其他名德逊岳者，不得比例。上允其补。按，倪文毅之没，至是已百余年，历列帝五朝，孰辨真伪，且文毅隐宫无子，当时已立侄为嗣，至翰儒支派更难考矣。时四明为政，固无足怪，而言官无一人纠正，宜次年大计，即有钦留科道事矣。先是隆庆四年，故相梁文康储有荫子次抱夭死，孙纹请补荫，穆宗以年久不准，且命自今俱禁绝，著为令。时高文襄拱以辅臣掌铨，谓纹所请与滥乞者不同，请许纹，而此后皆力禁。上乃允之。高此疏虽以揆地体面，且为己他日地，但梁之殁在世宗朝，未及五十年，次抱自以父一品九年满得之，初非滥恩，尚靳不轻与。盖初元录故臣子孙稍多，识者颇以为非，穆考至是始加慎惜，有以也。

宗伯执持

天地分祀出世宗意，夏贵溪附会之以取富贵，而识者颇谓不然。隆庆初元，议论藉藉，俱谓宜复旧制，大珰李芳因请于上，欲合祀如祖宗时。时高南宇仪为大宗伯，力持不可，或问之曰：合祀果非是耶？

高曰：吾且未论分合之是非，但以朝廷极大典礼乃不出廷议而出宦寺建明，他日事柄旁落，且奈何？人颇服其远识。龙虎山张真人不法事上闻，高又请革其真人号，降为六品提点，天下服其公正。穆皇末命始大拜，方奉凭几之诏，遽卒，士论惜之，谥曰文端，真不忝云。

合祀之议，在当时内臣主议则不可，至今日若有言官建白仍太祖规制，亦继述第一义也。万历初年，张提点者请复本号，时同州司马乾庵自强为礼卿，亦执奏不许，而江陵当国，竟以中旨复真人，同州不能执矣。

恤赠谏官之谬

隆庆登极恩诏，恤录故臣，以建言被僇为第一等，以故中允郭希颜遂与员外杨继盛并列。既而郭赠翰林光学，以词林故事也，而赞善罗洪先、修撰杨慎止得光禄少卿。希颜何如人，乃出罗杨上耶？沈錬亦论严嵩僇死，与杨继盛俱止光禄少卿，而给事中钱㠘等十余人，以他事削籍，优游林下反得太常少卿，凡超本品七级，又何也？

时列僇死首等杨、郭、沈三公之外，又有给事杨允绳，仅四人耳。按允绳之死固冤，但疏参寺丞胡膏时，引内臣杜泰诬陷故少卿马从谦盗用大官食物，欲比例中以死法，膏恨怒反噬，因之得罪。夫杜泰凶竖，谗杀从谦，死有余辜，其唾余岂士大夫可拾者，杨公此语，不可谓非失言也。

牙　牌

唐宋士人腰带之外，又悬鱼袋，为金为银以别等威。本朝在京朝士俱佩牙牌，然而大小臣僚皆一色，惟刻官号为别耳，如云公侯伯则为勋字号，驸马则为亲字号，文臣则文字号，武臣则武字号，伶官则乐字号，惟内臣又别为一式。其后工匠等官虽非朝参官员，以出入内廷，难以稽考，乃制官字号牌与之。若英宗、世宗两朝，俱有王府仪宾在京，得悬牙牌，想俱用亲字无疑矣，惟道官如协律郎、奉祀之类，亦得用文字号，似为僭拟，宜以道字别之。又文臣章服，各以禽鸟定品级,此本朝独创,向闻教坊官绣补俱圆,其实正方,与朝臣无异,且亦衣练鹊如士夫,此更当改他禽,无混清流可也。

笏囊佩袋

古今制度有一时创获其后循用不可变者,如前代之笏囊与本朝之佩囊是也。凡大朝会时,百寮俱朝服佩玉殿陛之间,声韵甚美。嘉靖初年,世宗升殿,尚宝卿谢敏行以故事捧宝逼近宸旒,其佩忽与上佩相纠结,赖中官始得解,敏行惶怖伏罪,上特宥之,命自今普用佩袋,以红纱囊之,虽中外称便,而广除中清越之音减矣。惟郊天大礼不敢用袋,登坛时惟太常侍仪进爵,中涓辈俱不得从。万历丙戌年,今上南郊,寺臣董弘业所佩忽为鼎耳所绖,上立待许久,始得成礼。然祠官之不袋,至今犹然,盖敬天又特重云。

按,郊天不使貂珰得侍,最合古礼。而今太庙祭祀则大珰辈俱得法冠祭服,在上左右,盖起于中叶宦官恣横时,非祖制也。又先朝太常卿,多以黄冠充之,如蒋守约、崔志端之属,至列衔宗伯,亦以此辈娴习科仪,进止合节,儒臣或仓惶失措耳。嘉靖以后,始限羽流官止寺丞,专供骏奔,如董弘业即起家道士者,尚失礼至此,则不习者可知矣。又尚宝卿捧宝为御前第一玺,其文曰皇帝奉天之宝,此高皇制也,今正殿正门尽削奉天之名,何据?

三世得谥

弇州记父子得谥者以为盛事,然尚未有三世得之者,今于余姚孙氏见之。第一世右副都御史赠礼部尚书谥忠烈燧,第二世南京礼部尚书赠太子少保谥文恪陞,第三世吏部尚书赠太子太保谥恭简钺,则国朝二百余年来,海内仅此一家而已,且门宗贵盛,世以忠孝清白见称。钺兄弟四人俱致位列卿,名德无玷,真熙朝盛事也。

父子得谥

弇州记父子赐谥者十五家,同谥文者止一家,倪谦与岳也。此后则南充陈文瑞以勤,而子于陛谥文宪继之,则今上二十四年事,弇州身后数年矣。十五家中，如父仪智未尝为翰林而得谥文简，子铭曾为修撰，乃不得文谥，却曰忠襄，似不可解。然智以儒士荐起，铭以任子起家，致身卿贰，智以侍郎超赠太子少保，铭以太子太保超赠太师，俱不由科目，同被两朝殊典，为可异耳。

却千里马

唐昭义节度刘从谏，得异马高九尺，献之，武宗不受，从谏大怒，杀马，遂负固跋扈，其子稹叛逆实基于此。今上乙亥，天方国亦献千里马，其时大宗伯为万文恭士和不以上奏，竟用部文却之。时江陵公柄国，尚矫情振厉，未肯以异物开冲圣侈心，盖用汉文帝却马事为比也。然今古不可例拘，如唐太宗时各夷方入贡珍奇，至命阎立本绘为《职贡图》，至今传为佳话。倘天方国借此发愤，不修臣礼，其于柔远之义，失之多矣。

先朝进马

先朝进马者，如洪武四年伪夏主明昇进良马，其一最神骏，高至九尺，身长十有一尺，足亦高七尺，有肉隐起自膺至尾如龙鳞，命典牧高敬囊沙四百斤压之，始可跨以行。上行夕月礼，登清凉山，一尘不动。上大悦，赐名飞越峰，绘形藏之，宋濂有赞。永乐十八年，山东诸城人崔友谅献青苍驹，麟臆虬文，形体诡异，上赐名龙马，群臣表贺。至宣德四年七月，撒马儿罕国贡苍龙驹，记称马八尺曰龙，此其种也。产于西极，风鬃雾鬣，苍然若云，体质洁素，骏异殊常，但礼部尚书吕震等表请贺，则不许耳。宣德九年，甘肃镇献名马，有所谓瑶池骏、银河练、照夜璧、飞云白、碧玉桥、白玉驯、玉鳞飞者，其色皆纯白，尤为罕睹。正统四年六月撒马儿罕又遣使贡马，身色纯黑，蹄额皆白，赐名瑞骦，又诏画史图其貌，阁臣少师杨士奇等各作诗或上颂，盖祖宗盛时皆不拒也。况各属国如安南、爪哇诸夷，俱有年例额贡马匹，以至川、贵、云南各土司亦责贡马，何独至天方而斥之？江陵公最熟本朝典故，独不一考耳。

吴悟斋夺谥

仙居吴悟斋时来以先朝直臣，拜左都御史领西台，适戊子北场事起，覆试中式者八人，时原参官礼部郎高凤翥桂亦同评阅，欲斥二人以实其言，吴独力为解，欲尽保全之，终不能得。高疏实出于景素孔兼所授，高既谪去，于恨吴遂深，吴自是连遭掊击数十疏，温旨慰留，寻卒于位，赐谥忠恪。逾年于为仪郎，以职掌上言，谓吴末路改节，不宜冒上谥，寻下部覆请，竟得旨追夺谥号。时东阿于穀峰慎行大宗伯实主其事，以覆试时曾左袒高仪郎，与吴面争，不便具覆，甫去位而于仪郎疏即上矣。时申、许二相并罢归，太仓王相省母暂还，独山阴王相一人在阁，竟允其议，代于宗伯者为李棠轩长春，东阿至厚同年也。悟斋晚节，微有可议，然今上所夺止二大臣，前为江陵文忠，后为仙居忠恪，并罹身后大辱，咸谓吴罪稍未蔽法云。其后郭明龙正域署礼部，亦议夺不称者数人，以内阁正与不咸，留中不下，然则仙居之被夺，亦事会使之然。

嘉靖初，有赠太保工部尚书李燧夺恭敏之谥，以杨一清私与故，盖议礼新贵厄之也。若穆庙初夺陶、邵二真人及顾、盛两尚书谥，则公论所快矣。

吴仙居夺谥再见

万历十八年八月，左都御史吴时来病故，其妻尹氏请恤，上下之礼部。时礼书为东阿于公慎行，覆疏云："所据谥典一节，为照本官持身端介，体国忠诚，登琐闼而抗论权奸，直节曾甘乎万死，总宪台而主持风纪，清风丕振于群寮，允为昭代贞臣，堪副士林雅望，易名赐谥，允协舆情。"上遂赐以忠恪上谥。是时吴门当国，许、王次之，吴素与揆地厚善，以故于宗伯虽心衔吴，而褒美甚至。未几，吴门歙县去国，晏江未至，于时于景素孔兼为仪曹副郎，即疏请夺谥矣，盖于宗伯授遗计以伸其夙志也。谥典是祠司职掌，与他司无涉，时礼曹无人肯出疏，于即任之，亦以旧隙久，相佐也。其事予曾记之，又为补订云。

初己丑春，覆试戊子顺天举人，时东阿以左侍郎代朱大宗伯监试，东阿素不乐典试者，谓屠大壮卷文理不通当斥，吴仙居力争，始得置亦通中，既而奉旨俱准入试。然初时批坏诸试卷者，又即于景素，时尚为主事也，故二于俱恨仙居刺骨云。于请夺吴谥疏，末又申言请补故御史杨爵谥。杨为世宗朝直臣，系狱七年，仅殁牗下，委宜补谥，但以杨形吴，见其褒贬恪当，可谓良工苦心矣。

丘侍郎献谀

嘉靖末年，黄冈人礼科都给事中丘岳请修承天大志。先是，顾中丞璘请修志，既成而报罢，至是丘又以为言，上大悦。比志就进呈，修书者皆无赏，独丘以传奉超升礼部侍郎。不数月而穆宗登极，降一级调外任，丘恚不赴，至江陵柄政，丘始出补官，江陵亦许以光复矣。丘乃以己姓名献一对联云：日月并明，万国仰大明天子；丘山为岳，四方颂太岳相公。相公大喜，将超擢而病告殒矣，丘竟以外藩再斥。盖两番贡谀，皆不得厚偿，世谓君相造命，亦未必然。

不识方印

本朝印记，凡为祖宗朝额设者俱方印，而未入流则用条记，其后因事添设，则赐关防治事，即督抚大臣及总镇大帅亦然，俱得带印绶，则谓之印亦可。近年有一嘉定令，起家癸丑进士，故南产，世席纨绮。初视事，所属有二巡司，其一司具申文于县令，用钦降方印于年月上，此令阅之大怒，批云何物卑官，辄敢藐视上台，私用方关防，法当重究。其巡检骇惧，走谢引过，且诉此印自国初颁降，凡申抚按各台俱然，今老爷嗔怪，是后再不敢用矣。此令内惭，阳责詈而遣之。凡关防未有方者，此等学问见识，不特可恨，亦可哀哉。

恩诏冠带之滥

内外两大计，为弘治后大典，凡恩赦内俱开明不许概复，其后渐不然。王弇州谓始于今上壬午赦文除去朝觐考察字面，以致贪酷为民者亦列冠裳，盖归罪于张蒲坂之市恩，其说诚是。但其时去穆宗朝未远，庚午考察科道一案，全出高新郑私意，高失位后，凡在废籍者，公论翕然推毂。而去年辛巳内计，则艾穆、沈思孝等亦赘名永锢中，时故相新没，诸君子势必向用，则此举盖有为而然，所惜者不明著其实耳。至如近日辛亥之察，时论共雪七人之枉，于是有列不谨条中者，亦登荐剡，破天荒，他日贪酷两款且在奢望，又何论冠带哉！

按，先朝治贪酷吏极严，如弘治十一年清宁宫灾恩诏，凡诰敕准给未领而因事降调、非贪淫酷刑者仍给与；世宗登极，上两宫徽号，凡两京文官未一考者与诰敕，其因事降调、非贪淫酷刑者，仍给与。盖降调本非永锢，而贪酷尚不得沾恩，况大计削籍者乎？

朝　　班

朝班自有定式，今上久不临御，班行遂无定序。癸卯，忽有台臣与部属互争先后，时蔡虚台献臣为仪郎，当主议，稍以故事折之，为豸绣交詈聚唾，因调停为常朝、大朝之说，总之无成规也。因忆往年沈晴峰太史懋学曾为予言，王太仓相公为宫允时，立班未定，而吏科都给事韩元川越次进欲与所厚者接谈。王提而下之曰："此非权相堂庑，韩楫亦敢争先取捷耶！"韩本新郑私人，王素嫉其生平，故借朝班折之。退朝，韩诉于朝房，新郑怒甚，方盛气以待，而王续至，其诋诃几不可闻。新郑仓卒失答，急令人邀马乾庵自强相公至，两叱之，方解去，盖王与韩皆马先后所收士也。此时沈正在词林，目睹其事，因叹太仓之不挠，而新郑出不意中，尚能呼其座师息斗，亦是急智。

旧制一废难复

太祖旧制，内臣出外，非跟随亲王驸马及文武大臣者，凡遇朝廷尊官，俱下马候道傍，待过去方行，今小火者值部阁大臣，俱扬鞭直冲其中道矣。旧制文臣三品以上始得乘舆，今凡在京大小官员俱肩舆出入，初犹女轿蔽帷，不用呵殿，今则褰幕前驱，与南京相似矣。旧制给事中回避六卿，自嘉靖间南京给事中曾钧骑马径冲尚书刘应龙、潘珍两轿之中，彼此争论，上命如祖制，然而终不改。今南六科六部，同席公会，俨如寮友，途间相值，彼此下舆揖矣。太庙陪祀，止用五品以上尊官，自吏科都给事中夏言以加四品服俸求陪祀，上下其议，部覆不许，今不知何时何人作俑，六科都给事俱随班骏奔于太庙中矣。此皆蔑弃旧规遗制之极，然而一变之后，遂不可改。他如藩臬台与按臣本寮友，今以素服行半属礼；参游亦方面重寄，今叩头披执，与卒校无异，此又皆势处极重必难返者。至若制诰两房中书官，初本内阁僚佐，今已夷为属吏，且大半非科目清流，甘心为役，无有后言，惟新辅臣到任，两房入谒之后，新辅亦至两房答揖，尚存往日旧例。至于吏部选君，见都察院不肯行跪礼，而五部尚书至吏部反揖四司郎官，最为失体。至嘉靖末年，张永明为左都御史，始正之，以至于今，惟此一事存饩羊云。

礼部官房

李晋江相公为少宗伯时，节省署中羡余，置买官房，自三堂四司司务厅皆有宁宇，春曹始免僦居之费，盖自其为南部侍行之，以及于北。此法甚善，各曹宜仿而举者，但李能耐烦琐，任怨讥，有陶士行风范，他人或不办，亦不屑也。又礼部到任升转诸公费，俱出教坊司，似乎不雅，此项断宜亟革者。南京礼部堂属俱轮教坊值茶，无论私寓游宴，日日皆然，隶人因而索诈，此亦敝规，北部却无之，兼有弦索等钱粮解内府，如此猥亵，似皆当速罢。

往时许新安为次揆，好以青蚨施丐者，每出则鹑衣载道，拥轿叫呼，识者非之。近日晋江亦然，而南中一大司空于犒钱之外，遇寒复有絮袍之赐，即使有济，亦溱洧之惠也。

乡　贤

学宫祀乡贤，最为重典，今乡绅身都雄贵，其父必登俎豆，至有生前屡罹胥靡之罚，暴著耳目者，亦俨然当春秋两祭。而黉序中遂借公举以媒重贿，日甚一日，至于子孙微弱，则所列木主，庋置高阁间，供斋役爨材矣。盖地窄而主多，定不免积薪故事。忆罗念庵洪先见其乃翁遵善循主在祠中，耻与非类并列，遂泣拜奉主以归。夫吉水理学渊薮尚如此，况他方乎？嘉靖初年，清议犹重已如此，况今日乎？

褐　盖

旧制：仕宦四品腰金以上，始得张褐盖，未及四品者，惟状元以曾经赐京兆尹卤簿归第，遂仍不改，他亦不尔也。犹忆先人自翰检差归，转修撰假归，俱用青伞如他官，后来词林六七品，忽皆黄绢伞银瓜前导，已为逾分；未几而庶常亦然，乙科之为待诏孔目者，赀郎之为典籍侍书者，又效之，至于詹簿、詹录亦用之，此何说也？词林转五品者，惟光学士则本班在三品之末，且在京开棍如大寮，而庶子、谕德、洗马及讲读学士，在京亦张大金扇，以故向来俱得用黄伞。十年前，有一御史转通政参议，忽用之，殊以为怪，近日则光禄尚宝之丞俱僭张褐盖，驿递亦用此迎送，遂以成俗。十年前有一行取外僚，改青伞为天蓝，郎署以下争相慕效，遂不可改，尤为创见。

近日事例滥开，一切徒隶辈，俱得以白镪授勇爵，披金紫戴黄盖，充塞道途而无如之何。因忆近年京师有一快心事，故驸马许从诚尚世宗女嘉善公主，有孽子名显纯，以太学生入赀，遥授指挥佥事。其人拥多金，负小慧，学诗画，以此得交士大夫。一日拥骀骑乘小轿过正阳门所谓棋盘街者，下舆，遇巡城御史穆天颜，相逊而揖别去。穆问何官，从者素憎之，对曰此纳级武弁也。穆大怒，追还，裸而笞于道旁，路人莫不揶揄。今年阅武录，其人已用锦衣籍登武进士矣。向见锦衣奉使出者，俱坐八人轿覆褐盖，虽试百户亦然，不知始自何时。有一溧阳人蒋文兴者，史元秉继书家奴也，史为缇帅，文兴因冒功官百户，差至浙江拿人，亦用此体，今上庚子年事，予亲见于杭城中。若内官衔命而出，无论崇卑真伪，遂无一青伞，要之，此辈不可理喻，亦不足深诘也。许显纯后为魏珰鹰犬，即五彪之一，士大夫受其屠戮，最为惨酷。

卷十四

礼 部 二

滁阳王奉祀官

今泗州蟍城之北为熙祖山陵，设泗州祠祭署，奉祀一员，朱氏世袭，其先为宗婿，遂承国姓。仁祖陵在中都凤阳府太平乡之北，设皇陵卫祠祭署，奉祀一员，祀丞二员，以刘、汪、赵三姓之后世袭，刘即义惠侯子孙，汪即汪氏老母孙也。泗州祀官，以懿亲当世职不必言，如刘、如汪不过龙潜时故旧，世叨冠裳，国恩厚矣。惟是滁阳王郭子兴长子郭大舍者，战没，一女充太祖惠妃，幼子名老舍者，仅与庄田而不得官，卒后亦赐谕祭，传凡五世，尚以庶民岁得一朝京师。至名琥者，于弘治癸丑上始与冠带守祀。壬戌岁，圣旨郭琥与做奉祀，遂得比刘、汪二氏矣。至正德间而琥求乞无已，且请印信，当事者厌之，遂革其职。至世宗登极，琥复疏辨，上哀之，始还其旧秩，止许终身，此后遂为编氓以至于今。夫滁阳破家以成帝业，且无论高后微时瓜葛，即惠妃生蜀、代、谷三王，永嘉、汝阳两公主，与国家勋旧兼之戚畹，而后人不叨一命之荣，滁阳之祭，亦仅有司岁终一举而已，是亦圣朝大缺典、大恨事也。

女 神 名 号

孝女曹娥，在宋大观四年封灵孝夫人，至政和五年加封灵孝昭顺夫人，淳祐六年又加灵孝昭顺纯懿夫人，父为和应侯，母为度善夫人。此无论名号之无稽，而女之父以溺死，则水府乃其深仇，有何和应，亦不经极矣。我太祖尽革之，但称孝女曹娥之神，今有司岁时致祭，则最为正大。至如海神，今东南共祀者在宋已封天妃，盖妃生宋哲宗元祐时，莆田人林氏生而灵异，没而为神。本朝永乐六年正月初六日，太宗又加封为护国庇民妙灵昭应弘仁普济天妃，庙号弘济天妃之宫，岁以正月十五日、三月廿三日遣官致祭，盖其时将遣郑和等浮海使外国，故祈神威灵以助天声。与孝女封号事若相戾，然于敬奉灵祇则二圣一揆也。江海二神，俱以女真享血食，故并记之。

按，曹娥碑中所云婆娑，盖言巫降神时按节而歌，此其舞貌也。而宋封孝女敕文，乃云其父迎婆娑神因溺死，则冬烘之极，不知其时当制者何人也。又宋封天妃，言神功德可与天配，故名天妃，今以为后妃之妃，则亵甚矣。古以伍子胥为五髭须，以杜拾遗为杜十姨，又何足怪。

廪生追粮

正统元年初设提学省直宪臣，时山东提学佥事薛瑄疏请凡廪生考斥者俱追粮为民，时以为苦；至成化九年，北直提学御史阎禹锡奏今斥生已奉敕充吏，请停追粮，上许之。禹锡起家甲子乙榜，为国子学正，曾充天顺四年会试同考官，寻升监丞，值天顺七年会试，火焚举场，禹锡疏请赠举子焚死者俱为进士，礼科驳其非，下锦衣狱讯治。既而用其言宥之，成化中遂入台班。先，禹锡以国子学正掌京卫武学，上疏谓武学生俱纨绔子弟，骄惰不学，今后武生考劣等，俱宜追所食廪粮以警其余，上亦允之，其持论不同又如此。盖斟酌时宜，通达国体之士也。

按，正统四年八月，江西南安知州林芊言，比者提学薛瑄以生员有疾罢斥者追所给廪米，臣以为不幸有疾，罢之可也，至于廪给，糜费于累岁而追索于一朝，固已难矣，且父兄不能保子弟之无疾，今惩偿纳之苦，孰肯令其就学？上是之，行礼部除其令矣，何以成化间而禹锡又有免追之疏？想林疏已行而中止耶？

五岳神庙

正统三年，湖广巡按御史陈祚奏衡山岳庙坍损，遂欲尽毁其后妃像，设寝殿朝堂，仅立坛壝斋室以供祀事。且引宋儒张栻之言曰，川流山峙，是其形也，而人之也何居？其气之流通可相接，而宇之也何居？上下其奏于礼部，尚书胡濙以为太祖更制神号，而不除像设，必有明见，所言不可行。上从之，命湖广布政司督修。按礼：五岳视三公，岂有无室无貌之理？陈祚祖张敬夫陋野之谈，妄议祀典，已开张璁去孔庙圣像之端矣。

北　岳

北岳恒山，据《一统志》云在山西大同府浑源州南二十里，历代自舜时巡俱祀于此地。及石晋赂契丹，割以与虏，至宋不能复，乃致祭于真定府之曲阳县。因俗有飞来石之语，遂借之以文其陋，本朝因而不改，此说其来旧矣。弘治六年，钧阳马端肃文升为大司空，始疏请还祀浑源，谓本朝既还都北平，而真定在京师之南，于祀北岳甚悖，况浑源尚有故庙基址，修葺无难。上下其疏于礼部，时宗伯倪文毅岳覆疏，谓事体重大，仅请修建恒山旧庙而已。说者谓文毅之父谦曾祷于曲阳北岳庙，因生子名以岳，故文毅力遏移祀，未知果否？后至万历十二年，大同巡抚胡来贵又如钧阳疏请之，卒格于礼臣覆议不允而止。因陋就简，此祀之正，在何日耶？

又《寰宇记》云恒山在曲阳县西北一百四十里，《禹贡》太行恒山至于碣石，正是此地。《周礼》曰并州山镇曰恒山，郑注云恒山在上曲阳县，至高齐天保之年始去"上"字，故郡名恒山。今祀本不误，不宜更易于浑源。此说似祖赵宋飞石而附会之，谓舜阻雪于此，即柴望北岳之说也，当再质博洽者。

祀　典

世宗朝大虏频犯内地，上愤怒，思所以大创之。时正议礼纷纷，前朝祀典多所更改，于是修撰姚涞、给事中陈棐辈，窥知上意，疏请帝王庙削元世祖之祀，又追论故诚意伯刘基，曾受虏元伪命，故力为拥护，致污庙祀，非出我太祖深意。上嘉而允之。又如孔庙易像为主，易王为师，尚为有说，至改八佾为六，笾豆尽减，盖上素不乐师道与君道并尊，永嘉伺得微旨，建议迎合廷臣争之，上不顾也。又进欧阳修于两庑，则以濮议与永嘉暗合，故特崇之，未免为有识所笑。至斥姚少师配享太宗，则圣见超卓，非臣下所及矣。今上甲申年议孔庙从祀，时主王守仁者居多，而主事唐伯元力攻之，盖犹祖桂萼等之说也，唐以贬去。先是，守仁与陈献章、胡居仁俱得旨崇祀已定，至次年而唐始阻止，且疏末又欲斥两庑之陆九渊，而进宋之周、张、朱、二程于十哲之末，则举朝皆骇怪。况九渊为世宗所褒，与欧阳修并祀，安得擅议废退？其仅得薄谴者幸耳。是后王弇州遂疏请裁定孔庙从祀，欲升有若、南宫适，而降宰予、冉求。申、王二相在位，俱弇州所厚，竟从中格，而说者遂讥弇州考察圣贤。此等大事，非君相主持，万无行理，此议似可已。

园林设教坊

世宗入绍，报恩所生，如尊兴邸旧园为显陵，此情也亦礼也。至推恩蒋氏，命为世都督金事，令专典祀事，以比魏国公徐氏世奉孝陵故事，已为滥典。至嘉靖二十七年，增设伶官左右司乐以及俳长色长，铸给显陵供祀教坊司印，独异天寿山诸陵，不特祀封于祢庙傅岩犹以为渎，且教坊何职，可与陵祀接称，不几于皇帝梨园子弟，贻讥后世乎？时严分宜为首揆，费文通为宗伯，宜其有此。

孔庙废塑像

正统八年，国子助教李继上言，宫殿将成，惟太学尚仍元旧，且土木肖像不称，亦非古制，请择地改建。上曰朝廷自有措置，不允。天顺六年三月，苏州知府林鹗因文庙圣像颓坏，乃并诸贤像皆易为木主，然未敢闻之朝也。至成化十七年，国子监丞祝澜者，遂上疏欲以木主改塑像，上不允，斥为云南府幕而去。至弘治十二年己未，南京兵科给事中杨廉遇阙里灾，乃上疏宜趁庙宇一新，更易木主，以革夷教，及"大成"二字乃譬喻之语，于谥法不合，亦宜革去。上虽不从，而不加谯让。至嘉靖初，张永嘉用事，而普天塑像被毁矣，盖其说非始于张也。杨又有疏申明祀典，谓宋儒周、程、张、朱从祀之位，宜升居汉唐诸儒之上，其说更为不经，识者非之。杨至弘治甲子以告病光禄少卿，聘主浙江乡试，被言官指摘，谓其欺君不忠。后官至宗伯，得上谥，时嘉靖乙酉，盖永嘉以议合左右之。

先圣木主

张永嘉当国，议易先圣孔子塑像为木主，时徐文贞为编修，抗言其非，坐是外贬，天下翕然称贤。盖高皇帝谓塑像为故元夷俗，一切城隍岳渎尽易木主，废王侯之号，独孔庙存塑像，仍王爵。至永嘉承世庙圣意，易王为师，并弃像设，时论不以为然。然广东广州府城隍神木主，至景泰中巡抚都御史王翱仍易以塑者，则高皇制作，当时已不能尽奉行矣。又宣府儒学圣像亦系土偶，有镇守大帅永宁伯谭广者，范金为五脏实其中，未几被盗穴其背而取之，此亦天顺间事，见叶文庄日记中者，然则木主亦未可尽非也。

徐文贞抗论孔庙事，上恚甚，既逐之，又下旨云徐阶天下小人，永不许擢用。未几超为学使者，超为祭酒、侍郎、长春卿入内阁，继分宜当国，奉世宗末命，为时元臣，几轶永嘉而上之。弘治十二年，给事吴世忠谓尊夫子为文祖大成至圣帝，不允。

吕仙封号

世宗奉玄诸典不可胜纪，惟嘉靖二十五年，以永禧仙宫成，命成国公朱希忠祭告朝天等宫，首揆夏贵溪告纯阳孚祐帝君，而工所告成，则用次揆严分宜。近古洞宾屡著灵异，然爵以帝号，则始见于此，但人间未有称之者，即羽流辈亦未之知也。

四贤从祀

隆庆初元，徐文贞当国，御史耿定向首请祀王守仁于孔庙，而给事赵轼、御史周弘祖则主薛瑄，既事，都给事魏时亮又加以陈献章，凡三人。后会议仅瑄一人得祀，时为隆庆五年，则徐文贞去国久矣。初，徐文贞议复王守仁世爵，并欲与薛一体从祀，以众论不同，仅还故封；比新郑当国，遂嗾给事中笪东光劾原任给事魏时亮附阶私守仁，借从祀以滥与伯爵，欲坐徐、魏以专擅封拜论斩，盖魏佐徐攻高最力，故恨之尤深。会东光病狂，衣红衣跣足唱曲入朝，被参逐去，自是无敢议守仁从祀者矣。至今上初元，都御史徐栻、给事中赵参鲁、御史梁许、萧廪、谢廷杰、余乾贞等，各独疏荐守仁，宜与瑄同祀。时万文恭士和为礼卿，亦特疏专主守仁。御史李颐，则荐胡居仁宜与王守仁同祀，无及陈献章者。时旨下虽命会议，然张江陵秉政，素憎讲学诸公，言路逢其意，攻守仁者继起，以故卿贰台琐以及词臣，无一人肯具议者，事遂中辍。至十二年，而御史詹事讲首倡议，则又荐献章、守仁而不及居仁，南科钟宇淳亦同其议，乃科臣叶遵、主事唐鹤徵又只主守仁一人。上下诸疏会众议之，都察院左都御史赵锦等、御史许子良等、户科给事萧彦等、宫坊徐显卿等、韩世能等，各公疏，礼科王士性一人又独疏，俱荐陈、王二人，又不及居仁，上意亦以为然。时惟祭酒张位、洗马陈于陛、中允吴中行则以王、陈、胡三人当并祀，而阁臣有疏亦谓三人同祀之说为允，祀典从此定矣。时礼卿为沈归德鲤当主议，仅左袒胡一人，而于陈、王俱有訾贬，忽闻阁臣有疏，亟露章遏止之，上仅批已有旨了，其疏与阁疏同日发下。沈遂疑撰地故抑其言，怏怏见于辞色，相猜自此始矣。次年春，南京户部主事唐伯元则又痛诋守仁之学至不可闻，而上出严旨斥唐偏见支词，挠毁盛典，于是众喙始息。说者遂谓新建之孙与戚畹永年伯王伟共酿数万金从内援得之，尤为怪妄。永年虽浙籍，与文成非一家，且虽名外戚而实酷贫，安得有金以助新建也。文成生前身后，无端遭人指摘者不一而足，岂真高明鬼瞰耶？

初，祀议纷纷时，光禄寺李桢又别荐曹端、吕柟等五人，而以禅学暗攻守仁、献章，为上所诘责。大理少卿王用汲则单疏专劾守仁为悖叛朱晦庵，且谓守仁曾詈朱熹为夷狄禽兽，至造其像鞭朴之，则又剿袭风闻仇口也。于是上始有守仁、朱熹学术互相发明，何尝因此废彼之旨，然皆祀典未定时也。其时内阁止申、许二人在事，沈归德莅任未匝月，既阁疏伸而部疏绌，争者俱已付之忘言，独唐户部于事后力争，盖代归德不平也。今归德自刻南宫奏稿，最为详备，独削从祀一疏不存，不知何故。

王文成初没，桂文襄萼、魏恭简校、董文简玘尼之于先矣。至穆宗初，又以徐华亭故，波及良知之学，攻之不止。直至甲申岁，出自圣断，始祀两庑，而唐户部疏中至云皇上尊宠王氏如此，盖暗指永年赂通中宫，见之章疏奏，以故上怒而谪之。此等语若在世宗朝，根究下落，唐难乎免矣。又陈白沙在先朝与薛文清同议从祀，忽有谤大珰李芳广东人，与陈同乡，为之奥主，议遂中止。陈在成化被召时，为丘文庄肆谤，亦同乡也，至甲申之得祀，言者又云司礼掌印者珰张宏，故产粤中，私其里中先达，特下俞旨并祀三臣，此祖子产立公孙泄故智也。盖陈死生皆以桑梓受累，然而薛河东议祀时，高新郑为政主议，言官则吏科都给事韩楫为首，山西蒲州人，与薛同里，因极意推崇。韩又新郑第一心腹门生，故一疏而穆宗立允，举朝无敢异议。至胡居仁向来少有议崇祀者，台臣李顺亦余干县人，与胡同邑，始跻之薛、王之列，其后沈归德因据以上独祀胡之疏。二贤虽无忝盛典，又得乡人之助如此。

加前代忠臣谥号

蜀汉关壮缪侯，本朝所最崇奉，至今上累加至大帝天尊之号而极矣。或云上梦有异感，遂进此衔名，未知果否？然又加南宋岳鄂王谥号，见之诰词，不下壮缪，则海内或未及闻也。其最后加岳谥云"诛邪辅正大将精忠武穆帝君主治洞天福地统领禋祀蒸尝协理三十六雷律令赞七十二侯天罡受命上清永扬帝化神霄右监门靖魔忠勇岳鄂王荡虏大元帅"，其崇奉亦至矣。今西湖鄂王祠修饰甚丽，禾郡有称其子孙立祠宇者，何不以此颜其庙，而犹仍宋故称耶？

解池神祠加号

国家盐利，惟两淮为最，然岁不过六十万缗，已当天下之半，若较之宋，仅二十中之一耳。按，宋盐有四种，一曰末盐，即今煮海所得，两淮、两浙、荆湖、闽广、河北俱用之；次曰颗盐，即今解州及晋中蒲绛所出，中州秦、晋、赵、魏用之；三曰斥盐，则川蜀四路用之，以上与今日略相似，而行盐之地则已不同；四曰崖盐，出于土厓，秦、凤、阶、成所用，今未闻也。然宋一岁获盐之利凡二千余万缗，我朝全盛，何以仅仅止此？且洪武三年户部言陕西察罕脑儿之地有小盐池，设盐课提举，司行盐之地，东至庆阳，南至凤翔、汉中，西至平凉，北至灵州，皆募商人入粟中盐，则所出之地亦宋所未有。今但称灵州课司，惟陇西三府食此盐耳。熬盐之外，独解盐最奇，其出之岁亦有丰歉。唐大历中，河中盐池为秋霖所败，度支韩滉独称雨不为害，且有瑞盐，代宗喜，赐二池名，一曰宝应，一曰灵应。顷今上己丑年，河东盐池利大兴，御史秦大夔奏闻，请加崇穹爵以答神贶，时议本朝于海内神祇，久革侯王之号，乃诏赐祠额曰灵惠，盖司盐之神，惟解著灵异耳。

解池相传为蚩尤血所化，其说不经。且其长五十余里，周百余里，又有淡泉二区，味甚甘冽，盐得此水方成。又有女盐池，东西二十五里，南北二十里，土人引水沃畦，水耗土自成盐，盖天生之利也。自大历奏祠，遂建盐风亭，有碑在池北之峨嵋坡。至贞元十三年，又有盐池灵应公碑，则更得封爵矣。至宋大中祥符之甲寅，盐池大坏，关壮缪以阴兵与蚩尤大战而破之，始为之建祠。至崇宁元年，加封关为惠公，大观三年又加武安惠王。盖关自以桑梓之乡，加意拥护，而盐池之功，遂超盐神而上之者矣。

部　　科

凡部曹一拜副郎，马前即得用鞍笼，如正郎及科道诸臣矣，今惟吏礼二部无之。相传铨属以衙门华要，欲比小京堂用红鞍笼，疏上而旨不下，遂并青者弃之，礼部以秩宗清望，不同他部，亦屏不用。又七品例服潋濑，向来多别缀他补，惟给事中独用之，而中书舍人亦效焉，盖两官俱内府衙门，连署出入。京师因为之对曰：礼科不带鞍笼，求同吏部；中书学穿潋濑，混拟掌科。又吏礼二部司官往还，但称侍生，不用寅字，亦自别于他曹也。

比　甲　只　孙

元世祖后察必弘吉剌氏，创制一衣，前有裳无衽，后长倍于前，亦无领袖，缀以两襻，名曰比甲，盖以便弓马也。流传至今，而北方妇女尤尚之，以为日用常服，至织金组绣加于衫袄之外，其名亦循旧称，而不知所起。又有所谓只孙者,军士所用,今圣旨中时有制造只孙件数,亦起于元时,贵臣凡奉内召宴饮必服此入禁中,以表隆重。今但充卫士常服,亦不知其沿胜国虏俗也。只孙,《元史》又作"质逊",华言"一色服"也,天子亦时服之,故云。

仕宦谴归服饰

今大小臣削籍为民者,例得辞朝。往时成化三年,故相商淳安召还,时尚未复官,及诣阙,投榜子于鸿胪,称浙江某府县为民臣商辂行取到见朝。及陛见,戴方巾穿圆领系丝绦,盖用杨廉夫见太祖故事。想当时大臣编氓者,其体皆然。顷今上甲申,刑部尚书潘季驯为民辞朝,头戴平巾,亦布袍丝绦,其巾如吏人之制而无展翅,今六部及藩司知印尚戴之,已非方巾矣。比来闻朝士得谴斥削者,皆小帽青衣,虽曰贬损思咎之意,恐未妥。盖舆皂之服,充军者方衣之,而充军重谴,例不辞朝,若为民者,奉旨云回籍当差,犹然陇亩良民,固未尝有罪。国初粮长例得用平巾,则潘司寇所戴似为得之。又冠带闲住者,必先云革了职,盖已夺爵秩,无品级高卑可分,一切头踏仪从俱不得用,仅予以仕服耳。以故嘉靖辛酉,高安吴宗伯以闲住归,时已拜少保,其见容止青衣角带,并侍卫亦无之,真深谙祖制,得大臣之体。今但以章服里居,皆蟒玉金紫,呵殿赫奕,与居官无异,失之远矣。

今上乙酉年,右通政梁子琦以议寿宫不合,奉旨降本司参议闲住;丁亥年在籍兵部尚书凌云翼,以殴诸生被评,奉旨革去宫保,以尚书闲住。夫既罢闲,又何秩可降?乃复从贬谪,是无官者反得官矣。撰地如此票拟,不满谙练者一笑耳!先朝故老,决不冬烘至此。

教　坊　官

教坊官在前元最为尊显,秩至三品阶,曰云韶大夫,以至和声郎,盖亦与士人绝不相侔。我朝教坊之长曰奉銮,虽止正九品,然而御前供役,亦得用幞头公服,望之俨然朝士也。按祖制乐工俱戴青卍字巾,系红绿搭膊,常服则绿头巾,以别于士庶,此会典所载也。又有穿戴毛楮皮靴之制,今进贤冠束带,竟与百官无异,且得与朝会之列,吁,可异哉!

科　场　一

教职屡为考官

荆州府教授陈观,字子澜,以乡荐授福建延平府教授,岁满调湖广黄州府,升国子助教,力请补外,改除武昌府,又调荆州府,初为应天府同考试官,再为福建考官,调荆州后又为江西福建考官,以岁满致仕归,后起复为应天同考试官。自来举人无直选教授者,观得之,又辞成均就外任,且历四郡,一异也;教职典试,未闻有三数往者,观凡六次,且为应天同考者亦二,二异也;观以洪武庚午登科,壬申就选,至正统辛酉尚典试,凡为教职五十余年,三异也;卑官已居林下,又特选为主事,且屡为主考,又为分考,四异也。事见陈少保循所为陈观志铭。

学士两主会试

国初,官制未定,词林晨星,以故有一人而三主会试者,如永乐十六年戊戌、二十二年甲辰,皆侍读学士曾棨为正主考,至宣德二年丁未,曾以左春坊大学士兼读学,又为副考,盖三度云。宣德八年癸丑,少詹事读学王直为副考,正统元年丙辰为正考,四年己未已升礼部左侍郎兼读学,复为副,亦得三次。然二公后俱终于卿贰,不得大拜。至成化以后,词林大备,渐不复然,惟钱文通溥成化中乙未、辛丑两为正考,而弘治三年庚戌复入正主考会试,然前二次俱学士,最后则为文渊阁大学士,非复词臣比矣。其他词臣两主会试者固多,然其后次多以入阁得之,其未得为阁臣而再司南宫试者。天顺四年庚辰尚宝少卿兼编修柯潜为副考,七年癸未以故官再为副,火焚科场,不完而出,此无足言;彭文思华以光学士主成化戊戌,以正詹事光学主成化甲辰;吴文定宽以谕德主成化丁未,以吏侍学士主弘治壬戌;石文隐珤以礼侍学士主正德庚辰,以吏书学士主嘉靖癸未;张宗伯潮以少詹事学士主嘉靖壬辰,以礼书学士掌詹主嘉靖甲辰;曾宗伯朝节以礼侍学士掌院主万历戊戌,以礼侍学士掌詹主万历辛丑。此五公中,其后惟彭石得为辅臣,然彭戊戌为副,甲辰为正,吴丁未为副,壬戌为正,石以庚辰为正,癸未反为副,曾两次俱副考。内惟张两度俱正考为奇,然甲辰之役以病卒于闱中,舆尸而出,盛美之缺陷如此。

十典文衡

弇州《盛事》纪钱侍郎习礼六典文衡,以为极奇,不知其于永乐二十三年甲辰,已为会试同考,宣德二年丁未再入会场分考,则并后之乡会主试共八次矣。而正统元年丙辰廷试,四年己未廷试,又皆为读卷官,凡主文柄者十度;又钱之初主应天乡试,为宣德己酉,而误书为永乐丙午,正统四年读卷,而误书为主考,至正德六年辛酉钱又以翰林光学为顺天主试,而弇州缺不书,始信纪载非易事。

弇州《盛事》又记梁文康储正德戊辰、甲辰两主会试,是矣,然文康弘治壬子、辛酉又两主顺天乡试,竟亦失记,何也?他如刘文靖健再主两京乡试,四同考会试,一主会试,六充廷试读卷;李文正东阳再主两京乡试,两同考会试,两主考会试,八充读卷,似亦可为钱侍郎之亚云。

又杨文敏荣典京畿乡试一次,廷试读卷九次,亦可称十典文衡。又初预修高庙实录,后文、昭、章三庙实录,又为总裁,俱为难遘。其十知贡举者,前为胡忠安濙,后为严分宜嵩;十为读卷官者,前为蹇忠定义,后为王文端直,亦可称盛事。

金　实

金实者,浙之金华人,永乐初生员,上书陈王道,其纲有四,其目有五,上嘉纳之。又试策三道,俱称旨,遂命入文渊阁预修《太祖实录》,书成,授翰林典籍,又预修《永乐大典》,晋春坊司直郎,洪熙中升卫王府长史,正统四年充会试同考官,即以是年卒于京。以青衿为纂修,一异也;以青宫近臣曳裾王门,二异也;以藩府外僚膺文衡重任,三异也。是时官制已久定,而金实独承异数如此。

是时与实同为分考者，有浙江佥事花润生，而江西丰城人李郁者，以承差习《礼记》中五十九名。

考官序次

景泰二年会试，吏部左侍郎江渊、修撰林文为考官，二人俱庚戌进士，林为第一甲第三人，江则庶常也。林滞史官二十二年矣，知贡举礼部尚书杨宁，亦其同年，三人者官爵高卑复绝，而同事南宫，已为可异。至房考则侍讲刘俨，官反尊于副主考，而修撰、编修二人次之，南京刑部主事钱溥、广东左参政罗崇本又次之，其末则教授学正、训导各一人，凡分考八人，始中二百名，较前朝加多矣。景泰五年会试分考，始无外官，其领房为翰林院侍讲兼左春坊左中允杨鼎，而詹事府丞李龄以己酉贡士次之，左中允兼修撰柯潜又次之，可见本朝官制，重词林而抑坊局，且侍讲中允俱正六品，而相兼如此。天顺初元，岳正以修撰入阁，亦兼赞善，则俱从六品相兼，至今上已卯用中允高启愚主应天试，而侍读罗万化副之，后来以舜禹命题为言官论列，高坐削夺。弇州公谓故事修史主考，皆讲读先而中允后，此举乃出政府意，而不知讲读之得兼中允也，然则不但弇州未熟典故，即江陵公当轴，亦不谙本衙门旧典矣。是年会试对读官有仙居知县张翔名，下书文学才行出身，取中三百五十名，如永乐十三年之制。又正统十三年，弇州云是科廷试右都御史掌鸿胪寺杨善，以守城生员读卷，然是年登科录并无杨姓名，至景泰二年、景泰五年二科始为读卷官耳，且正统戊辰科尚以亚卿掌鸿胪，至景泰监国始升右都也。弇州博洽第一，而偶讹乃尔。

乡试取士滥额

景泰四年癸酉，各省直乡试竣事，后给事中徐廷章上言，今者科举山西、陕西皆取百名，其数浮于额三倍，为悖典制。按正统四年，英宗在御，已定山西、陕西解额皆四十人，则所收虽未至三倍，而考官故违明旨，罪难自逭。乃礼部覆奏云，此后仍宜如宣德年例，盖不以正统所增为成规矣；又云若文字果多合格，亦不妨多取，但不得过二十名，则并宣德旧额亦不复遵矣。时掌春曹者为胡忠安濙，其人以模棱致高位，宜有此等议论。至正德三年，则科场定制明备已久，又用给事中赵铎疏下礼部议，增解额陕西为百名。河南九十五名，山东、山西俱九十名。是时刘瑾陕西人，焦芳河南人，故比周为奸，厚其桑梓，而齐、晋二省则以余润见及，遂超江、浙、闽、楚四大省而出其上。又二年芳逐瑾诛，是科其说不复行，然是时周阳曲经以宗伯主议，何以附和至此？岂亦以身为山西人耶？先是，弘治间李广之死，六科十三道纠周贿赂交结诸状，周恚辨甚厉，今视此举，无乃不诬。未几没而易名文端，时周婿曹元为逆瑾私人，新入辅政，遂得上谥。

按正统初广解额，江西仅六十五人，河南仅五十人，乃宣德八年一甲三名钟复已中江西乡试一百九名，三甲进士杨玉已中河南乡试一百二十七名，此则不可晓矣。

奏讦考官

自来子弟不第，父兄无奏讦考官者，惟景泰丙子顺天乡试内阁陈循、王文有之。循言子瑛，文言子伦，文字俱优，不为试官刘俨、王谏所识拔，欲罪之，赖大学士高穀力为救解，俨等宥罪，瑛、伦俱许会试。次年丁丑正月，睿皇复辟，而王文就诛，陈伦遣戍矣。此事古今创见，宜其不旋踵而败，后人亦无敢效之者。惟嘉靖甲午顺天乡试，吏部尚书兼兵部尚书汪鋐以子不与中式，乃指摘场弊，劾考官廖道南、张衮，且以太祖诛刘三吾为言，道南等即引陈、王及刘俨故事以答。上两不问，次年鋐亦劾罢，旋死。鋐之横恶，此特其一端，且狠暗无识至此，更为可笑。此后三科为庚子顺天乡试，掌詹事礼部尚书霍韬亦以子畿试不录恚甚，欲纠主司童承叙、杨惟杰。其门生李开先力劝之，曰公有子九人，安知无入彀者，姑听之。韬次子与瑕果中广东乡试第九人，霍乃止，疏不上，未几亦卒于位。自制科以来，大臣仅有此三次举动，至霍渭厓则正当主上眷知，其疏果上，必有非常处分，赖李中麓巽言而止。总之舐犊情深，裂四维而罔顾，或诛或窜，或自毙，俱近在岁月间，则其心死久矣。

减场解元

正统甲子科四川乡试，以周洪谟为解元，其卷减场止五篇。考试官为监利县教谕杨述所特拔，明年乙丑举一甲第二人，历官史局。至成化十六年，洪谟为礼右侍郎，上《疑辨录》三卷，订朱熹集注五经四书之误，欲乞圣裁亲加笔削，写其误者于前，续今所订者于后，赐以书名如汉《白虎通》之类。上曰："汉唐宋诸儒四书五经注释，各有原委。永乐间儒臣奉敕纂修考订，悉取其不悖本旨者录之，天下习学已久，洪谟乃以一己之见纷更。"不许行。次年周即正位宗伯，其在掌行多所建白，亦不尽允行。宪宗升遐，首上疏驳御制太学碑、灵济宫碑、东岳碑、显祐宫碑、延福宫碑、戒百官敕谕及龙文春景诗诸文字，用字讹谬，宜令改正；及宪宗谥议，中含讥讪，宜速逮万安等治罪。时孝宗初登极，山陵甫毕，敢纠先帝制作之失，且句摘字贬，不遗余力，是诚何心，岂以《辨疑》一录见斥于宪宗，故以此逞其憾耶？是时万文康已去位，又其乡人也，盖借以挤其在事刘博野、尹泰和等耳。上命九卿翰林会议，皆引经传子史以证先帝圣制曾无一字之误，且谥议为礼部掌行，当日何以不言？不过希恩于己，嫁祸于人，盖已直抉其隐矣。覆疏上，得旨御制文字，考订不差，洪谟妄肆诋毁，本当重治，姑罚俸二月。于是六科韩重等、十三道刘宪等，皆群起弹治之，上以洪谟挟私偏执、但已罚治姑宥为言，盖全大臣体也。使当日言官追论其乡试五篇之卷，冒冠贤书，又献书为先朝所摈，故行谤讪，岂惟不得仍居秩宗，且掇大祸矣，乃终无一人及之者。次年洪谟罢去，没而得易名文安，固圣朝优容，而一时士风之厚，朝论之平，亦不可诬也。

成化末年，占城国王古来为安南所逼，弃国来求救，洪谟在礼部，请命广东官送之还国。尹直诘之曰："还国遭杀，奈何？"洪谟曰："于彼杀之，我无预矣。"其经济如此。

顺天解元

顺天解元向有被议者，以辇下人众，妒口易生也。如予所知，景泰四年癸酉，第一名罗崇岳，江西庐陵人，以冒籍斥，七年丙子，第一名徐泰，直隶江阴人，以内阁大学士陈循、王文论列，覆试得留，此二事《英宗实录》中俱不详载。至嘉靖四十三年甲子，第一名章礼，浙江余姚人，以冒籍被劾，覆试得留；万历十六年戊子，王衡（直隶太仓人）以大学士锡爵子见疑，覆试得留；万历三十八年庚子，第一名赵维寰，浙江平湖人，以文体被参，礼部覆试罚科。举人之有罚科自此始。要之，博洽如王，经学如赵，无忝榜首，亦遭指摘，世共冤之，当太仓公之为子辨覆试也，引章礼为言，而不及徐泰，盖偶不记忆耳。

京闱冒籍

国初冒籍之禁颇严，然而不甚摘发，惟景泰四年顺天举冒籍者十二人，时礼部主事周璲请照例论罪，已中式者斥不录，未中式者终身不许入试。既而言者以为过刻，始令斥回者仍许再试，其中汪谐者，次科即联捷矣。至成化四年星变考察，南京科道交章劾吏部左侍郎章纶纵子玄应冒籍京卫军余，侥幸京闱中式，并其他罪宜究。上命礼部右侍郎、刑科都给事中毛弘往按，得实，奏请区处。上以事在革前，姑宥之，但革斥玄应，令再入试，又中浙江试第二十名，遂以乙未科登高第为显官矣。至嘉靖二十二年癸卯，顺天中式陆光祚、毛延魁、陈策，俱以冒籍被劾，礼部请发回原籍，上命姑准存留，但不许今科入试，而贷其父叔侍郎陆杰、太仆卿毛藻、鸿胪卿陈璋罪。至四十三年甲子，顺天乡试后，给事中辛自修又纠章礼等五人冒籍，诏覆试，仅斥二人，而章礼即以乙丑登第，余考官监试俱无所问。至今上十三年乙酉科顺天场后，冒籍之说纷起，既而给事中钟羽正发之，为浙人冯诗等八名，俱奉严旨，诗等二人枷示顺天府前满日，同六人俱发为民，禁锢终身。是时讯治既酷，二生被重创，荷三木，穷冬盛寒，皆濒死而苏。八人中史纪纯之父，为编修钶，至革职闲住，提学御史董，以失觉察调用，正主考左谕德张一柱调南京，盖自来冒籍受法未有此严峻且滥及者。逮其后再有议，则宽政普及矣。

薛文清主试

英宗天顺元年南宫之试，阁臣许彬子名起，与忠国公石亨侄名俊者，同登进士，时有诗曰"阁老贤郎真慷慨，总兵令侄独轩昂"者，指此也。但《登科录》刻许起书兄越为奎文阁典籍，遍考列朝无此官。然刻录必不误，盖英宗时犹仍国初旧制设员，今实录、会典诸书俱不载，则旧官之不传多矣。所云"吴节只知通贿赂，贤孙全不晓文章"，固为仇口，若所云"问仁既已无颜子"，指克己复礼一节题，芟去首句，此却不妨，至"祭告如何有太王"，则《诗经》后稷配天，程文果有此语，其说似难通。至若"告子冒名当问罪，周公渫井亦非常"，因孟子题为都公子之言而去之，直云告子，《周易》井卦却引周公，其说出国初赵东山，亦微有可议。是年薛文清为主考，此何等人品学术，尚遭谤讪，下第举子之口，真可畏哉。

是年同考翰林典籍徐伾、刑科左给事司马恂，俱书贡生，系举人；供给官大兴、定平二县主簿俱同名姓王珙，一为丙辰贡士，一为壬戌贡士，俱岁荐也。领房同考为尚宝少卿兼编修钱溥，以从五品兼正七品，其书批语衔，直称少卿，而正主考礼左侍兼光学士薛瑄，以正三带正五，副主考通政参议兼侍讲吕原，以正五带正六，但书兼官为学士侍讲而不及九列之衔，俱不可晓。钱溥本以《春秋》起家，是年阅本经，又兼看《诗经》，亦奇。

天顺初元会试

英宗以天顺元年正月十七日复位，二月会试，主考官为薛文清瑄、吕文懿原，系一时人望也。而许起、石俊登第，时起父彬以侍郎学士为次揆，俊叔亨以忠国公为总兵官，时有作俚诗嘲主司曰："阁老贤郎真慷慨，总兵令侄独轩昂。"盖指起与俊也。至四年吕原再主会试，则俊先因亨败，诈病居家褫夺，又以怨望磔于市，使在今日，追论往事，则薛、吕二公难乎免矣。是科分考官有尚宝司丞兼编修李泰者，即太监永昌嗣子也。首场三题为《大学》、《论语》、《孟子》，而首题不刻程文，殊不可晓；又读卷为武功徐靖远、王兴济、杨三伯，而弥封官有光禄卿蔚能，则由厨役起家，且曾以盗膳物问罪者，次科能再为弥封官，则已升礼部右侍郎掌寺事矣。前帙已纪石、许而未备，兹又详之。

会试刻文

会试录刻文,先朝多不拘式,如成化二年丙戌,五经各刻文三篇,二场乃刻诏;十七年辛丑,二场刻论二篇;弘治六年癸丑,亦刻论二篇,史刻诏一篇;十八年乙丑,又刻论二篇;正德六年辛未,又刻论二篇,而会元邹守益论在第八名沈圫之后,是后遂无此事,而武举录或刻二论,或二策,则至今尚然。

京考被劾

弘治十七年甲子科,礼部建议用京官各省考试,于是浙江聘南京光禄少卿杨廉,山东聘刑部主事干守仁,既讫事矣。至十二月南京御史王蕃劾廉以省亲,守仁以养病,夫省亲者背亲为不孝,养病者托病为不忠,不忠不孝之人,大本已失,何以权衡人物?乞复里选之制,正廉等罪。然杨实依亲在浙,王以病痊北上,俱非现任官也。王蕃之言虽过,然当时御史辟聘,亦似出格,所以止行一科,旋即报罢。今制则先期请于朝,皆以词林谏垣及部属中行出典省试,遂为成例,不可改矣。

王大成后日功名不必言,即杨廉亦至南礼部尚书,谥文恪,则言官白简,亦未足轻重也。

考官争席

李文正西涯初在词林,及居揆地,皆以和煦容物见称。惟为太常少卿时,典弘治癸丑会试时,耿文恪岳以礼部尚书知贡举,初入帘大宴,与争席有违言,比壁经命题,其首题即为"伯拜稽首让于夔龙",以寓调笑,亦可谓谑而不虐。其时同考修撰三人,而钱福列在杨时畅、涂瑞之前,钱后杨四科,后涂一科,凡词林五品以下,俱论科不论官,况一官而搀越前辈乃尔,岂钱以鼎甲重耶?则涂亦鼎甲也。涂、钱俱治书经,有愧首题多矣。

是年论刻二篇俱肤甚,又刻一诏,更寥寥数语,不今不古,此时出格刻程,意必博奥惊人,不意技止于此。

霍渭厓不认座师

座师门生之谊自唐而重,然汉时州牧之察孝秀,三公之辟寮属,至有以死相报者,其酬知己之恩,固不下于唐也。本朝乡会座主亦如之,惟嘉靖间霍渭厓韬举甲戌会元,不认大主考梁文康、毛文简为座师,及己丑主考,一榜所投门生帖亦不收。霍有才而佷,以议兴献皇大礼暴贵,所至与人相忤,人颇畏恶之,此等事亦惟此公能行,张罗峰欲效而不能矣。前乎此后乎此俱未闻也。

师弟相得

座主偏重会试分考,执弟子礼终身不衰,若乡试分考,或滞下僚,而弟子登要津,其房考不敢复居尊,而门生礼亦稍杀矣。至焦弱侯太史竑则异是。其举甲子应天乡试,适世宗新更典制,先大父以仪曹正郎为书一房,得焦卷欲首荐。而主考赏大父次卷沈太史虹台位,定为解元,焦稍居后,然相知最深。焦久困公车,每岁必至吾家留浃月,借观书籍,时焦贫窭,至手自节录,或遇巨函,则大父撤以贻之。先人少于焦十四年而早登第,然每兄事之,焦亦不少降意。至己丑抡大魁,先大父喜甚,遣人贺之,先人因寓书令其勿循词林故套,必称昆弟如平日。焦复书云:"兄高谊不可违也,不用晚字矣。"其真率如此。但焦是科为蜀人范太史凝宇醇敬首卷,而情意殊不惬,至于焦丁酉科场之谤,己亥计典之谪,虽张新建、郭江夏诸公不肯相忘,或云座师亦与闻,则不可晓矣。

癸未先人以阅尚书分考,得一南卷,赏异之,云非吾叔度老手不办。此时焦尚未改字,而先人自幼同砚席,识其文甚稔,因荐高等。比拆卷登榜,则广东邓宗龄,其年甫弱冠,焦年逾不惑久矣。邓入词林又六年,焦以龙首继之,邓未几夭,焦虽晚达,又罹谪籍,然年位未可量也。

弱侯与宣城沈少林懋学同乡榜,同计偕,途次梦骑牛头入京城,回顾则焦尾其后,因自负必得鼎元,而戏谓焦且迟吾十二年。比乙丑同下第,直以魇呓置之矣。至丁丑,沈果得第一,而焦将就选入,因举前梦力止之。后焦以丑科踵其盛，则沈没将十年矣。此事已有纪之者，但思功名迟速素定，先人往时即真得焦卷，未必能使之入彀也。

贵后拜师

王文成自龙场贬所内擢为刑部郎，而南海方西樵献夫为吏部副郎，遇文成与语，服其学识，且拜之为师。后以议礼骤贵，荐文成之章不一，及为礼书，又荐文成入内阁。近日则赵定宇少宰自史官疏止江陵夺情，廷杖削籍归，负海内重望，亦执贽于弇州门墙，修北面礼甚恭，皆可谓真正虚心，忘势好学者矣。若罗近溪以进士请告归，而拜大侠颜山农为师，随之行脚远方，受其笞责，此又近于妖诞不经。又如迩年之礼达观者，俱耆旧名公，持钵捧锡，备高足之列，此又如崔浩之师寇谦之，未可为训也。

考官畸坐

本朝两京主考，从来用资深两翰林，事体略同，而顺天则议论最多，然有罪同罚，未有独及一人者，有之自天顺己卯始。时正考为学士刘定之，副为倪谦，倪有门生不收，遂疏讦其私，倪至遣戍去，而刘不问。直至嘉靖戊子，庶子韩邦奇为正考，方鹏副之，因前序引尚书错误被论，韩降外，鹏仅罚俸，盖指摘本及一人，故处分亦不旁及，犹有说也。至今上乙酉冒籍之事，于主考何预焉？而谕德张一桂至于谪调，副考陈于陛无恙。戊子关节之讦，则两主考均其任矣，庶子黄洪宪受攻，而副考盛讷无恙，然张、黄俱正考，或当独肩重责也。若丁酉顺天，则中允全天叙为正，焦竑以修撰副之，及场后交章，止及焦一人，而全高枕无一语呵诘。次科庚子，则庶子杨道宾为正，顾天峻以修撰副之，其后攻顾如焦，而杨不及也。此两人既无关节，又非正考，何以锋镝偏丛焉？举朝明知其故，而无一人为别白之，可叹也。

又应天己卯、壬午连二科，亦止议及一人，然前以高启愚出舜禹题见疑，与副考罗万化无预，后以沈懋孝独阅卷受讦，而正考沈鲤以病卧闱中，俱非无故得免。

关节状元

今上庚辰科状元张懋修，为首揆江陵公子，人谓乃父手撰策问，因以进呈，后被劾削籍，人皆云然。前此正德辛未科状元杨慎，为次揆新都公子，人谓首揆长沙公先以策题示之，故所对独详，其后新都公议大礼忤时，为新贵所聚攻，亦微及前事，盖以用修博洽，无忝大魁，而不免议论如此。又前此永乐二年甲申科学士解缙为正主考，得江西泰和人刘子钦为第一，刘本省癸未解元联捷，解爱其才，面许以必得状元。刘直任不让，解心薄之，以题密示江西永丰人曾棨，得状元，其题以礼乐制度为问，上意必欲得渊博之士，然非夙构不能详对，故子钦竟绌，犹得选庶吉士，然则曾襄敏重名高第，亦不免以关节得大魁矣。今世多知杨、张，而未必知曾，然曾与刘子钦俱吉水人，而曾棨亦同郡人，当时不以为嫌也。是科选庶吉士二十八人，以为上应列宿，而江西占十七人，吉安一府又居其半，浙江得七人，南直隶二人，福建、湖广各一人，所谓挨宿周忱者，又吉水人也，而蜀、两粤、云贵以及中原四大省，及北直无一焉，正与正统戊辰科但选蜀人与北人相反之极。又，是科会试取四百七十二人，见杨东里所作罗简志铭中。本朝甲榜自洪武己丑后未如此之多者，但是科会元又有云杨相者，未知孰是。简亦是科庶吉士，亦吉水。简字汝敬，后以字行。又是科庶常陈士启者，江西泰和人，先以进士观政于后军都督府，时掌府者为成国公朱能，器士启才，甚相知爱。可见五府亦有观政，今但拨大九卿衙门，不知始自何时。

是年，曾棨为永丰人，而第二周述、第三周孟简俱吉水人，从兄弟也。又是年鼎甲俱入馆读书，合之吉士，江西凡得二十一名。按，是年廷试后，即选吉士五十一人，其他以善书选入同入馆者，亦附吉士之列，总为六十一人，盖庶常之盛，亦无逾是年者。次年又选者为二十八人，中自罗简外，彭珑字汝器，柴钦字广敬，李懋字时勉，皆以字行。

卷十五

科　场　二

阁　臣　典　试

　　隆、万以来，南宫主试例用辅臣，而以词林大僚副之，已有成规矣。惟今上之壬辰，列内阁者四公，首辅王太仓、四辅张新建俱未至，次辅王山阴以争册立杜门，仅赵兰溪一人在阁，遂并用词林两学士主之。至辛丑科，则内阁二人、首辅赵兰溪久在病杜门，仅沈四明一人在阁。至丁未科，内阁亦止朱山阴一人，遂并用词臣如壬辰。又至庚戌科，则内阁三人，首辅王太仓不至，次辅李晋江以避言杜门，仅次辅叶福清一人在阁，于时主试亦用两词臣。是四科虽变体，亦揆之理势宜然。况先朝俱有故事乎。及次科癸丑，内阁止福清独相，则典试应如前四科例矣，而中旨忽下，命叶揆入闱，而起故祭酒方德清于家以为之副。是时虚纶扉以待者几三旬，一切送票本章，皆自外而入；条拟旨意，皆自内而出。法膳上尊，赐无虚日。真千古所无之旷典，台垣寂无一人敢言其非体者。乃至旧台臣素号铮铮，临期上疏劝驾矣。次科丙辰，吴崇仁以次辅领春闱，而假元之事起，狼狈去国，为天下笑。真所谓"盛满之后必有衰风"也。

有　司　分　考

　　今上壬午科以后，议者谓十三省乡试俱巡按专其事，实为总裁，而外帘府县知推自为分考官，所聘教官，虽刊名录中分阅朱卷，毫不得干预试事。其知推各看墨卷，恣通关节，竞取所私。今宜痛革前弊，以京朝翰林科部诸官驰往典试，如先朝故事。若分考，则尽用别省教官之有声者。倘不足，则间取本省一二知推佐之。奉旨准行，以今科乙酉为始，永为定例。其年之三月，将遣主考巡按浙江，御史王世扬条陈科场事宜数款，其语俱关切可行，而就中一条，若预知今日之弊而先言之者。疏中所列，二曰议革有司分考以杜私交："臣查得往年同考试官，不论省直，皆用教官，惟顺天乡试则间以办事进士或府佐及州县正官充之。此非有意如此，盖以其待选铨曹，随便择用，此虽以阅卷而取，彼非阅卷而来，事不出于预期，人自难于蒙见。即欲作弊，安所措手哉。乃今谓教官，识劣位卑，为人所薄，欲与前项官员相间取用，是诚补偏救弊之法矣。而不知今日之教官非前日之教官也，前此就教者，类皆年力衰迟，今则多少壮矣；前此就教者，科不数十人，今则或千百矣；前此教官多无志上进，今则成进士者接踵相望矣；前此充考多压于监临等官，今则随京考入帘，得专试事矣。此其识其官，尚可薄乎？即使果尔，亦宜另为酌处，不可遽及有司。何者？盖有司之在本省，属官也；其入帘，则考官也。将待之以属官，则考试之体不宜卑；将待之以考官，则上下之礼不宜紊。此犹其小者。臣闻甲科，有司之在各州县，多有从之讲学作文者，其声口知之极真，其情好交之甚密，今一旦使之得典试事，则与前日外帘何殊？虽糊名易书，与看墨卷者不同，然岂能尽保无牢笼之意，如昔人所谓冒中三古者乎？革弊而反以滋弊，厘奸而重以为奸，似非计之得者。况平时考官，各省俱已聘定足数，欲减其数，则苦于时迫路遥。欲听其时来，则不免徒劳无益，将若之何而可哉？臣以为分考各官似宜仍用教职，第速行各巡按御史，督同各提学官，将各学年资精壮教官严加考选，一如类考生员之法，勿徇请托私人，惟择最优者应聘前来。若辈既有志于功名，岂忘情于举业？以此程士，自无遗良。若使拘拘于有司，则云、贵、川、广有司，进士甚少，亦何贵于舍外省举人之教官而必用本省举人之有司乎？此有司之分考所以当革也。"疏上，下礼部，时宗伯为归德沈龙江，力主遣京考者，亦深是其说；但间用知推，乃其所建白，不欲自改前言，遂于覆疏中云："教官之外仍用知推一二人，但令按臣严核奸弊可也。"自此以后，教官日减，知推日增，沿至今日，每科用聘来教官止一二人，亦有全不用者。本省有司，平日广辟门墙，入闱各收桃李，士子钻营日巧，径窦日多，取功名如寄。其京考官，视有司之高名积资者，旦夕铨部台省，惴惴敬畏之不暇，间或驳回二三卷，则峻然盛怒，不复别呈。放榜期迫，京考惶惧，反卑辞谢过，仍求所呈卷，填榜毕事。较之壬午以前，幸门不啻倍蓰矣。

乡会分房

自今上乙酉命京朝官出典乡试，其分考属之知推以及迁谪官。后知推行取拜禁近，再入会场分考者，固不可胜数，然未有先会场而下就乡试者。惟吴江李龙门周策，以礼科都给事中为壬戌会试分考官，后外谪升山东兖州府通判，又为甲午科山东乡试房考，此则二十年来未有之事。

科道争为主考

自乙酉以京朝官典乡试，行之已三科，而御史不甘文柄之见夺，每科必有争执。至癸巳冬，而纷纷互讦愈不休。上命礼部会官议之，因及主考两司、分考有司之便否。今录其略。礼部题覆九卿科道会议曰："臣等参酌大明会典、前后诏令，窃谓国初之制，教官主考，慎选老成端方之士，皆自远方聘至，不使本省一官得预其间。行之既久，法废柄移，则改而署事举人矣，又改而京官进士矣，又改而博选廷臣矣，并未有以较文归守土。如近议用两司者，盖事外之官，必立于耳目之表，而后可以专弹压事内之官；必绝于嫌疑之地，而后可以操权衡。布、按二司皆守土之吏，向用为提调监试，而不用为考试，杜请托绝嫌疑，祖制之所当恪守者也。同考试官，旧聘教职，或谓品鉴稍有未精，至欲改之用本省甲榜推官、知州、知县，则又失祖制不用守土官之意。且前项有司，在本省，属官也；入帘，则考官也。将仍待以属官，则取聘教职不得一体；将概待以考官，则于御史二司，不便相临。请御史于隔省，聘取甲榜府佐推官，或迁谪闲散之臣，大省量用三四员，小者量用二三员，以为领袖，其余仍旧聘取教职，而知州、知县有地方之任者不与焉。一应科场之事，在外听御史纠劾，在内听礼部礼科参驳，毋得阿徇，著为定例，庶职掌画一，名实不淆。"上然其言，命永远遵行。盖未几而渐变，以至今日，则渐以有司为政矣。王世扬疏语虽确，然奉旨后，稍为部所调停，此则九列与两衙门会议，乃满朝公论，今上已著为令，不旋踵而置高阁，虽圣主亦无如之何矣。先是，辛卯春，御史刘会请罢京考，仍用台臣监试。礼部覆奏，监临而亲校阅之事，倘有奸弊，谁为纠察。即京差不便，总必归重内帘。当使甲科就教者，复以行取以备主考；举人就教者，宽以三科，以备分考。疏上，议行，台臣不敢复争，然而不用本省有司如故也，其如臣下之不奉行何！

太座师

乡、会座主体严，自难假借。至座主之师，则少杀矣。是以有"看马不避马，隅坐不随行"之说。盖士登甲榜，便有太座师三十六人，势不得以居尊概之。况大廷会议，公事纠弹，有难引以嫌者。往年惟甲戌科杨御史四知，认太座师许新安相公为师，凡晋谒俱踵弟子之后，已为一时谈柄。近日亓靖初诗教给事用事，有江西祝给事耀祖与之同垣，其认师弟极称亲切。盖祝之乡座师为于泰常伦光禄，而亓则于之座师也。人薄其趋时，讥之云："不父其父而祢其祖。"相传以为笑。

李京山门生

古人以门生门下见门生为绝盛奇事，本朝固时有之，然如近日京山李翼轩维桢则异极矣。辛未科李以编修分考，得陈大参培所长祚，陈之门生为癸未叶相国向高，叶之门生为戊戌顾榜眼邻初起元，顾之门生为甲辰杨状元昆阜守勤，一时同列禁近，无在家者。至癸丑会试，叶以首揆主考，得周延儒等一榜，尤为极盛。李尚以右辖起家，仕途中最为积薪，而衣钵之传，则向来未有绵远如此公者。

荐主同咨

士人当重座主，无论乡、会皆然。若作外吏，遇台剡举荐，虽称相知，然恩地轻重，相去自远；数十年来，特重荐师，待以异礼，几出乡、会座师之上。盖房考座主，日后升沉不可问，而荐主西台烜赫，且可藉以为援，势使然也。以故近世建言诸公，参劾会试大座师者屡见，则大座师已登揆席,次亦要地,可借以博直声,而参荐主者无一人焉,其向背最为易见。至于中行知推同时行取者,向号"同咨",不过以咨文并列,初无谱牒之谊。自戊戌一咨,候命辇下者五载,青袍角带鳞集都城,匹马过从靡间朝夕,而西北大老有位望气力者,时携壶榼作黄梅授衣故事。于是一时风靡,论议如出一口,敦讲年谊,情比埙篪。是时沈四明、温三原方水火,次年楚王妖书诸事起,沈遂为公议所共弃,间有异同一二人,旋以扫门入幕受指目矣。二十年来,同咨之好更胜同榜十倍,其子弟修通门之敬亦加严,然戊戌以前无此也。今同年往还投刺,俱称年弟,然先人丁丑榜中,惟同馆数相知称之,其余皆年侍生也。闻一榜尽称年弟,始于乙未科,不知然否。要之,后日名位稍异,其贵者或执旧礼,而冗散庶僚自称年晚生,至有竟署衔名,不复敢书年字矣,恶睹所谓年弟哉。

乙丑会试题

高中玄主乙丑会试,《孟》题有二夷字,犯上所讳,赖首揆徐存斋力解而止,人皆能言之。然实以首题为"绥之斯来"二句,则下文有"其死也哀",为上深怒,谓有意诅咒,忽问徐此题全文,令具以对。徐云:"臣老耄健忘,止记上文有臣名与字,犹天之不可阶而升,差能记忆耳。"上意顿释,不复治。使其具述讳语,高无死所矣。是年海忠介从郎署抗疏,指斥上诸过举,上必欲杀之,亦赖华亭诡辞如王生达生长富贵,正复一往之苦云云,因得长系。上即以是年冬上宾。又二年,徐谢政,而高再起柄用。海抚江南,所以苦徐者万状,幸两公先后去位,而事寝。徐之施恩出无心而报者反是,不可谓非两公之薄也。

甲辰科首题

今山阴朱相公主甲辰试,首题为不知命章,初命题即约同事必三段平做,不失题貌始可抡元,若违式,即佳卷亦难前列,同事皆以为然。既揭榜,则元卷殊不然。朱氏子弟俟其出场暂憩,漫叩曰:"大人遴择榜首,何以竟违初意?"朱惊起,取卷读之,叹曰:"我翻阅时殊不觉也。"盖识神似为鬼物所掩矣。朱婿张兵部亲为予言之。又杨表中

"天何言哉,民力竭矣"二俪语,亦梦中先授之者;及阅二场,皆击节叹赏,谓为成语确对,且切题,因以刻程。盖冥趣默相此公如此。然元卷为士子所聚哗,主考有忧之,索性以冠廷对,冀弭群口,天之巧于玉成至矣。

出题有他意

古来考试,以题讥人者与见讥于人者,其出时未必有意,而揣摩者多巧中之。如唐僖宗时,以"至仁伐至不仁"命题,而士子作诗云:"主司何事厌吾皇,却把黄巢比武王。"此语几欲杀其人,刻亦甚矣。若欧阳文忠典试,出"通其变而使民不倦赋",时谓多一"而"字,钱氏子因作诗云:"试官偏爱外生儿。"此又援蒋之奇劾欧甥女暧昧事,更为浮薄。我朝命题者无此事。而正德改元,实误袭西夏李乾顺故号,时马端肃秉铨,出试题以嘲政府之不学,刘晦庵、李西涯、谢木斋三公在揆地,世传为笑端。世宗朝,语涉忌讳有厉禁,乡、会命题,莫非谀词,至癸丑《孟》题五百余岁而巧极矣。隆庆初元,高中玄以次揆聚劾去,是年应天遂出"颜渊问为邦"一章,以放郑为言,盖媚徐华亭也,斯已可异。万历己卯,正江陵擅国之时,山东、贵州第二题俱为"敬大臣则不眩",尤属可笑;而南京出"舜禹为首"题,致他日有劝进之疑,则怪极矣。壬午湖广出"天下有道,则庶人不议",则江陵之桑梓,媚之尤为近情。而权相已没不及知矣。此后谄风稍衰,而讽讪者渐出。戊子河南《孟子》出好善章后二节,主意在訑訑之声音颜色与谗谄面谀之人,所以讥切时相,闻时相颇不悦。甲午应天以"管仲器小"命题,福建以"鄙夫事君"命题,说者谓指兰溪相公,又谓只指石东泉司马,未知谁属。而借圣语詈人,亦虐甚矣。至于己酉湖广忽出《孟子》"孙叔敖举于海",初见,人甚疑骇,后乃知为郭江夏家居,方负相望,故以此题,默寓拥戴,亦真能识时趋者。但江夏公正人,反未必喜也。

读卷官取状元

自嘉隆以来,春榜会元大都出词臣之门,盖馆阁本文章之府,而大主考又词林起家,亦理势使然。惟今上癸未,会元为李九我,则工部郎苏紫溪濬首卷。苏、李同邑，又自幼同笔砚，李举解元，久在公车，名噪海内。两主考既欣得人，并天下亦无议苏之私者，此数十年奇事也。若状元卷则必出揆地所读，方得居首。间有出上意更置前后者，十不一二也。惟今上乙未状元朱之蕃，则工部右侍郎沈继山思孝所读。沈居六曹贰卿之末，而以人望新起，时政府四人，为赵兰溪、张新建、陈南充、沈四明，俱与沈同年，凤称气类，孙富平虽为太宰，与沈隙未开，亦相厚善，故沈所取竟得大魁，莫敢与争，亦累朝以来仅见事也。至考馆选，从来非相公属意，则本房分考力荐，未有外寮得与者。是科秦人南师重，故沈抚陕时得意门人，至是荐入，亦列庶常，皆以前所未有。朱、南二词臣感知己之恩，修门墙礼甚恪。未数月，沈转官协理京营，渐与孙太宰有讳言，弹文四起，沈杜门求去，二词臣踪迹亦顿疏矣。

乡试借题攻击

丁酉顺天二主考独焦漪园竑被议，攻之者惟二三科臣，皆次揆张新建客也。焦以进《养正图说》为新建所痛恨，而郭明龙以宫僚为皇长子讲官，亦深嫉之。焦既出闱，即以所撰《图说》具疏呈御览，其时祸本已成矣。监生吴应鸿、生员郑棻先被斥，而曹蕃、张蔚然等数人则重罚以待覆试，分考行人何崇业、主事费学佺等调南京，焦亦调外任。盖物情惟欲焦早离青宫讲筵足矣，其关节固无影响，即指摘文体，亦借多名耳。焦既补冗僚，己亥再入大计，直至丙午，始一补藩幕推南司业，又论罢。盖新建厄之于前，江夏泥之于后，两公非同志也，特憎焦则无异辞。丙午后，郭久已林居，时方为名流所宗，故人肯代为效力。

北场口语之多

顺天乡试，自戊子深求之后，辛卯则冯临朐为政，时负海内重望。自爱其鼎，以故故陈都谏子、故邵中丞子，列在元魁，俱斥去别换，仅免口舌。甲午亦无所纠拾，得以政地持平，主者亦无仇家相嗾耳。丁酉一役，焦弱侯正在多凶多惧中，忽以临场特命，使不得辞。识者已知无故，比榜出，而省中曹大咸、杨廷兰辈露章，辞虽峻刻，实无关节可指。况所参汪泗论、张蔚然、丘梦周、曹蕃诸人，俱名下贫士，无能具苞苴者。焦虽谪，而己亥大计，曹、杨两公亦坐新建党逐矣。庚子则顾开雍主考，素以豪杰自命，虑碍大拜，加意防闲。至预约提调府丞乔璧星，凡其同乡江南四府监生卷，皆另为一束记认之，不派房，不批阅，自谓极其精严。以故三吴遂无一人得售。乃榜首浙人赵维寰，已首被文体指摘，盖北人见赵卷峻洁，骇而未见，仪郎某公尤忿忿，至欲斥而胥靡之。会同乡在事，议罚科而止。然向来被议者，主试皆南人，举子皆胄监。岂畿辅子衿，皆曾史耶？

礼官误字

辛卯南京乡试，中式李应杰者，误书"从谏如转圜"为"转镮"，礼科给事中胡汝宁驳之，谓当为"转环"，而此子荒谬，乃写作"镮"，此必关节语。主考谕德陆可教辨疏嗤之，谓一圜字耳，举子已误，给事再误，此宁容相笑。胡，江西南昌人，理学名邦也。又前一科戊子，胡亦曾主考浙江，而卤莽乃尔，同乡耻之。先是，南昌一巨公张昇者，在武宗时为礼部尚书，因主上新登极，选宫嫔例禁倡优隶卒之家不许就选，张认"隶"作"吏"，以登榜文，其下力争不听，比榜张而大哗。阖京刻木辈至欲剚刃，始为改正。同一邑人，同为文章司命，先后以鄙悖受侮，乃知伏猎侍郎、杖杜宰相，何代无之。先，嘉靖七年戊子，顺天乡试后，御史周易劾副考庶子韩邦奇试录引周尚书元首喜哉等句，错乱截除，而易疏中亦自误改尚书，为礼部所劾。邦奇既降囧丞，易亦降卫幕。盖易为提学，恨序中不列己名，故借端攻考官，已而两败，与胡汝宁事相似。

榜后误失朱卷

戊子顺天场事竣后，失去朱卷数卷。礼官高桂纠场弊，归罪于主考作奸，先去以灭其迹。至次科辛卯，应天中式七十五名，钱魁春借出朱卷，以灯下检阅，误焚二三场。检举当议罪，礼臣覆奏请薄罚，得旨姑宥之，一时言路亦无参驳之者。钱今去魁字，单名春，甲辰登甲榜，作吏有声。同一失朱卷也，而评议异同如此。盖其时司衡者，物情有与有不与，故当事者之苛恕亦因之通论也。今北场及会场朱卷，皆以开榜时立刻送部磨勘，无复遗失事矣。

廷　　试

正统戊辰科会榜后，即喧传谣云："莫问知不知，状元是彭时。"及廷试，彭文宪果为龙首，不三年而入内阁。天顺癸未科以御史焦显监试，而火焚科场，说者以御史之姓应之，诏改是年秋会试。次年甲申廷试，于是时人为之语曰："科场烧，状元焦。"比传胪，则彭教为龙首，其谣竟不验，惟庶吉中有焦芳一人，后至大学士少师，岂即此人应之耶。今上癸卯末阁进呈卷中，有吾乡朱少宰，与国姓既同，且名亦似佳谶，因拔为首。闻乙未科金陵之朱亦然。总之，君父造命，特偶应之耳。嘉靖末年及今上近科，以大力得路者，改佳名以应廷对，自谓芥拾鳌甲，竟不如所愿，撼地亦付之浩叹而已。宋时焦蹈登状元，是年棘闱亦被灾，时人云："不因科场烧，那得状元焦。"癸未之谣盖祖此。

阁　　试

士人自锁闱敭廷之外，其试事最重者，无如吏部之考选科道，内阁之考选庶常，尤为华选。先朝俱视文字为甲乙，且不拘定疆域，各以义命相安。今未试之前，采访居其半，请托居其半，甚而暮夜先容，纸上之语，仅免曳白，便足入彀。科道本以试卷为刍狗，惟庶常自考政以后，仍亲笔墨，朔望有阁试，每旬有馆课，近又多属之捉刀人。盖挟册传代诸弊，视里试有加焉。即博学宏词故自不乏，然才力每以应酬夺之；且自初考时，各省限定人数，而云、贵、广西三省又每科轮选，如壬辰当用贵州，则是科止中一人为马文卿，乙未当用云南，则是科止中一人为倪祺，皆未入试已知妙选属之，最为可笑。而同乡中篋书潜递、露揭显攻者，至不避友戚。年谊衰薄，终身切齿，往往见告。今上自御极以来，放进士已十六榜，其不开馆选者，仅甲戌、庚辰、庚戌、丙辰四科耳，此本朝翰苑稀有之盛。然前戌、前辰俱江陵当国，自以词林壅滞暂停，至丙戌议定，每科不辍，永为例矣。庚戌以隔房取中，指摘纷纷，上意大疑，以故屡请不报。至丙辰而群龙无首，文坛丧气，不至骈诛者，幸耳，何暇议及庶常哉。乃知宋世制科屡举屡废，当亦有繇矣。庚戌科请考吉士，久未得旨，过夏且历秋矣，诸进士中有声有援者，各怀奢望，亦各挟妒心。时山东仅当取一人，有三甲守部者，本巍科巨族，雅负才誉，自谓无敢抗衡。惟即墨人周士皋父为词林大僚，身亦广交时贵，意其相厄，乃作谤书遍投，谓周辇数万赂戚畹，京师藉藉，疑信相半。周时病困，虑其或强起就试。至排阁秽詈之，周不胜恚而死，同乡俱恨怒。周夫人至欲出疏鸣冤，为姻党劝而止。究之上终不允考，圣矣神矣。

御史方伯相殴

顾侍御骧宇龙桢以行人入西台，出按广东，不甚谙吏治，而性刚戾自尊大。广州知府方遂者，以部郎出守，为其所詈，自罢去。其下郡僚令长，为所辱者接踵，以渐及于藩臬。时王积斋泮为左辖，素以清直著声，至是已先为备。时庚子秋试，王以提调偕侍御入闱，正点名散卷毕，偶以一公事相争，遂诟詈，至以老奴才目王，王亦以恶声答之，因两摔于至公堂上。王奋拳击之，顾不能胜，堕冠弛带，以吉服而盘旋于地。有邑令倪姓者名失记司外帘，力为解劝，顾即揽其裾痛殴之。令，故美须髯，顷刻颐颔俱空，不知王出外久矣。王返藩司，即具疏言状且请罢，得旨，顾革任听勘。顾疏寻至，王亦去如顾勘例。事下抚按，又转委之两司，俱碍直指体貌，久不能结，其后按臣李时华者，黔人，乙科，竟欲坐王而直顾，以藩臬不从，遂两平之。时人皆知曲在侍御，后京考以浮黔处之，王虽不起，今优游林下，颇为舆论所惜。

孙蕡陈遇

洪武初元，征求隐佚惟恐不及。同时南海之孙蕡、建康之陈遇皆称儒臣，然而晚节则天渊矣。虽开国圣人诛赏不测，然实皆自取之。蕡自洪武三年庚戌开科，三试俱高第，赐进士出身，授工部织染局使，出为虹县主簿，选入为翰林典籍，又出为平原主簿，以事逮问，输左校，寻被释。拜苏州府经历，二十二年谪戍辽东，又以蓝玉党见法。盖仕宦二十年，一禁系，一从戎，四为下僚，仅一入史局，而不免伏锧。其著述甚多而失传，今存者《祭灶》一文耳。当时亦何苦应举入仕，以致非命耶。陈遇，当太祖渡江即以书聘之，称为老先生，比之伊、吕、孔明，书在御集，文多不载。遇赴召，上大悦，遂见亲信，授供奉司丞，不受。上即帝位，三授翰林学士，俱不受。乃赐肩舆，从以卫士，以使两浙。归，除中书左丞，力辞。召入禁中，赐坐，命草平西诏，加授礼部侍郎兼弘文馆大学士。复辞。再除太常少卿，又除礼部尚书，皆固辞。命其子入直，又辞。甲子秋病卒。上遣中官谕祭，赐葬。子恭由乡贡仕至工部尚书。遇自癸巳受上知，入侍帷幄前后二十二年，无日不在太祖左右，命以禁近不受，命以卿贰不受，欲贵其子又不受，宠眷则师臣，而不改布衣以没，饰终之典，视文臣有加。比之李邺侯差似之，尚嫌泌在德宗时多一番宰相也。蒉起东粤万里，应制科得微官而以凶终；遇生辇毂下，出入禁闼而无恙者，则求禄与遗荣异也。当时词臣如青田以鸩死，金华以忧殁，而遇独免于谗贼，且造膝之语无一传于世。其品之高、见之卓，有刘宋诸公所不及者，未可与孙蒉并论也。或云：陈遇者，自以生在元时，虽不仕，不忍背之，故力辞显位，不特虑高帝威严难事也。其意似与杨廉夫同。遇即世所称静诚先生也。

洪武开科

洪武四年辛亥，始开科取士，得吴伯宗等，此世所知也。不知先一年庚戌，以明经荐至京师者，上俱亲策问之。赐徐大全者出身有差；广东番禺人李德者，以明《尚书》荐，与焉，授洛阳典史，历济南、西安二府经历，告改湖广、汉阳教谕，又改任广西义宁县，致仕归。见黄泰泉佐所为德传中。则庚戌实开天第一科。又苏州《钱氏世谱》云："洪武庚戌状元安大全。"则又徐字之误也。杨升庵又纪洪武五年壬子科，会元陈忠，福建莆田人，而状元则为朱善。盖连三年三赐廷对，得大魁三人，而世知之者鲜矣。至六年癸丑科，命罢会试，选河南举人张惟等四名、山东举人王琏等五名俱拜翰林院编修，命赞善大夫宋濂等教习，而正史及诸家记载俱不书。直至十八年乙丑，始复会试、廷试，以至于今。张惟者，江西永丰人，寓南阳，遂应六年癸丑科河南乡试，以通《尚书》为第一人。是年不开南宫，止选惟等十七人，即授编修、光禄，日给酒馔，太子诸王分日为主。宋濂等以上所亲教，不敢以师自居，因侍上宴，始敢请惟等为弟子，上笑而许之。寻命惟等归省墓，俱摄监察御史以行，其恩礼非后来教习诸士可及也。时河南同选者祥符王辉、河南李端、洛阳张翀，其云十七人，盖又在山东五人之外也。

开国第一科

洪武四年辛亥始开科取士。时自畿辅外，加行中书省凡十有一，列中式者一百二十名，自吾浙得三十一人，盖居四分之一，而会元俞友仁复为浙西之仁和人，首藩首科，盛事如此。是时刘基、宋濂、章溢、王祎辈俱浙人，一时同为开创名臣，宜其声气之相感也。累朝教育，遂以科第甲海内，信非偶然。是科独湖广一省无一人中式，而高丽国中一人。

乡会试并举

洪武三年庚戌开科乡试，次年辛亥会试，状元吴伯宗在纪载中久矣。乃四年京畿乡试，以前元贡士鲍恂与学士宋濂为考试官。而解大绅学士文又云："家君以洪武辛亥主考江西。"则是岁乡闱与南宫同开矣。况解为江西人，即主江西试，而鲍以青衿与学士同列，且居其前，俱奇事也。又《临江先哲录》云："洪武五年八月，礼部侍郎曾鲁奉旨为京畿考官。"则是庚戌、辛亥、壬子连三年俱举乡试，尤奇之奇也。虽国初典制未定，而后学则未之知，若连三年廷试，则已纪之矣。

二张忠义

洪武二十四年辛未科，一甲第二名张显宗，福建宁化人，拜编修，历官工部右侍郎，以事遣戍兴州，起至交阯左布政使，卒官。此史所纪也，而叶文庄《水东日记》云："显宗举洪武辛未状元，官至祭酒，闻燕邸靖难师兴，遂从陕西起义兵，后不知所终。"二说不同。叶云显宗状元，或承俗刻之误，而起义兵一事则韪矣。显宗初从工部侍郎谪戍也，正代张昺之任，昺为浙江慈溪人，从工部侍郎出为北平左布政使，知燕邸有异谋，欲偕其寮发之，为库吏李友直所告，文皇帝捕昺，斩之。即以其时举兵，立授友直为北平布政司参议，寻升刑部侍郎、尚书，以至工部尚书，至正统间始没于位。二张死节，同官同时，今惟昺之名见于史，而显宗忠义后人无能名之者，革除义士，其湮没者多矣。又他书纪显宗为状元，不止叶文庄一人。又《练子宁别传》云："登张显宗榜进士第三人。"

吴康斋父

吴康斋以布衣荐起，英宗召见，特授左春坊、左谕德，不赴而归。今上用言官议，将同陈白沙、王新建崇祀两庑，偶议者不同，中止。然天下犹以为缺典，而不知康斋之有父溥也。溥，字德润，洪武时为太学生，即奉诏使云南宣谕，再使福建阅士伍，其馈遗一无所受。登建文二年庚辰科会试第一名，廷议第二甲第一名，授翰林编修，与修高皇实录。书成，升修撰。又修《永乐大典》，充副总裁，寻用祭酒胡俨荐，升司业。在词林国学二十余年，其科名既复，遭际亦奇，而人无称之者，并不知本朝有此会元也。康斋以徒步位宫寮，而生被宠遇，没享俎豆，荣名万世，信乎人贵自立哉。康斋名梦祥，字与弼，以字行。洪武间吾邑嘉兴有王嘉会者，字原礼，元末累举不第，入我明，以明经应聘至京，授翰林检讨。洪武十五年升国子监右司业，与祭酒宋讷、左司业龚敩，严立楷范，三人俱春秋高，须眉嚣然。太学数千人，肃而畏之。以老疾乞归，特赐致仕，未行而卒于官舍，时年八十余。上命礼部应天府给舟车还葬，发引之日，又诏沿途有司祭之。而吾乡人已无能名之者。且国初国子司业有左右二员，则虽博洽耆夙亦不及知矣。

前甲申会元

钱文肃习礼作刘子钦墓志云："刘以《书经》中永乐癸未江西乡试

第一，明年甲申，礼部会试仍第一，登曾棨榜进士，选庶吉士，授刑部主事。坐累戍广西南丹卫。仁宗登极，以曾棨荐，起为江西新淦县训导，岁满请致仕归，以大耋终。余与公生同邑，学同志，少而往还相好，壮而相继登朝，老而先后谢事。"所述刘生平甚详。盖钱以洪武壬子生，刘以洪武戊申生，长于钱四岁。刘先举解元，钱以永乐戊子继登江西乡试第一，相去仅隔一科，皆吉水人，又同在词林。子钦年八十八卒于家，又六年而钱亦没，年八十九。其生平交情最昵，出处又同时，断无误谬之理。而历代纪述相传俱云是科会元为杨相，江西泰和县人，又何也？子钦名敬，以字行，本朝南宫榜首，官途不振，未有其比。钱乡会亦联捷己丑会试第十，辛卯廷试，亦起家庶常，官至少宗伯，谥文肃。弇州所纪"六典文衡"者，即此公也，与刘荣枯迥异如此。《天顺日录》云："子钦甲申会元。"时去永乐未远，且李文达亦不应妄言也。陆文裕《玉堂漫笔》亦云然，而弇州直驳其误，盖未考李公《日录》及钱文肃所作志耳。

现任大臣子弟登第

弇州云："大臣在事而子弟登第者，成化以前俱无之。"此又大谬不然。永乐二年甲申会元又馆元杨相，为辅臣士奇侄；宣德二年丁未进士金昭伯，为次揆金幼孜之侄；正统元年丙辰二甲进士章瑾，为礼部左侍郎章敞之子，试时竟不引例回避，瑾后亦至礼部右侍郎；正统十年乙丑进士刘珔，为户部左侍郎刘中敷之子；正统十三年戊辰二甲第二名曹鼎，为首揆文忠公鼐之嫡弟，文忠读卷不回避，又选为庶吉士；景泰二年辛未二甲进士陈僎，为都察院左都御史鉴之嫡侄；三甲进士曹景为南京吏部尚书义之嫡侄；景泰五年甲戌三甲进士孟淮，为户部左侍郎鉴之子；耿裕为刑部右侍郎九畴之子；罗淮为太子少保右都御史通之嫡侄；二甲进士何乔新，父文渊为太子太保礼书，甫去任半年；天顺元年丁丑二甲进士许起，为次揆许彬之子；二甲进士石俊，为忠国公石亨嫡侄；进士沈瑶，为南京户部尚书翼之子；天顺四年庚辰三甲进士周经，为刑部左侍郎瑄之子，俱现任大臣，此皆成化以前事也。乃成化以后弇州所纪亦未详，如成化二年第一甲第二名程敏政，为首揆少师李文达贤之婿；而庶吉士商良臣，则故相商文毅辂之子，文毅即以是年冬出山再相矣；庶吉士李瑢，为礼部侍郎绍之子；成化五年己丑庶吉士尹龙，为吏部左侍郎旻之子；成化十一年乙未二甲进士王沂，为南祭酒玙之子；三甲进士章玄应，为南礼部左侍郎纶之子；成化十四年戊戌三甲进士、庶吉士杨时畅，为户部尚书鼎之子；三甲进士周纮，为南刑部尚书瑄次子；成化二十年甲辰二甲进士黎民表，为吏部右侍郎淳之子；成化二十三年丁未庶吉士万弘璧，为首揆少师安之孙，兵部右侍郎翼（一作翚）之子；二甲进士倪阜，为礼部右侍郎岳之嫡弟，岳会试不回避，且为廷试提调；弘治六年癸丑二甲进士王承裕，为太子太保、吏部尚书王端毅恕之子，端毅不读卷；弘治九年丙辰二甲进士刘东，为次辅健之子，健不辞读卷。又南左都御史翟瑄子铨、南礼部侍郎董越子天锡，俱举进士，时越考绩在京。又进士许缵，为右副都御史进之次子；弘治十二年己未二甲进士谢迪，为次揆谢文正迁之嫡弟；三甲进士许诰，礼部左侍郎进之长子；弘治十八年乙丑第一甲三名谢丕，又为迁之子，以出后其叔选，不书本生父文正公名，文正虽亦引嫌，竟充读卷官；进士金达，为南兵部侍郎宪之子；正德三年戊辰传升检讨、又升侍讲焦黄中，为次揆芳之子；传升编修刘仁，为兵部尚书宇之子；庶吉士韩守愚，为户部右侍郎鼎之子；进士刘鹤年，礼部尚书春之侄，春辞提调；正德六年辛未状元杨慎，为次揆杨文忠廷和之子；庶吉士费寀，为礼部尚书费文宪宏弟；正德九年甲戌科庶吉士余承勋，为首揆杨廷和之婿；十二年丁丑科三甲进士李惠，为佥都御史钺之子；庶吉士叶桂章，首揆杨廷和之婿；正德十六年辛丑第一甲三名费懋中，又为文宪之侄；嘉靖二年癸未状元姚涞，为新任工部左侍郎姚镆子；二甲进士杨惇，为首揆少师杨文忠廷和次子，仍充读卷官；二甲进士崔允，为驸马都尉京山侯元嫡弟；嘉靖五年丙戌庶吉士费懋贤，又为首揆费文宪之子；庶吉士毛渠，为次辅毛文简纪之子；又先一年乙酉解元、二甲进士王汝孝，为兵部尚书宪之子；嘉靖八年己丑三甲进士吴子孝，为南京吏部尚书一鹏之子，此后数科未之见。至嘉靖二十三年甲辰，而翟诸城当国，长子汝伦以试中书舍人，次子汝孝以国子生登第，为科臣王交等所劾，致父子削夺。然是科二甲进士亦试中书舍人,为故锦衣帅陆松次子,现任锦衣帅陆炳嫡弟,独无一人指及,盖是时陆焰已炽,非翟石门比,故言官求多于宰辅而缄口于权幸也。二十六年丁未二甲进士陈以鹤,为兵部尚书陈经之子;二十九年庚戌三甲进士王正国,为吏部左侍郎邦瑞之子;嘉靖三十二年癸丑二甲进士孙铤,为礼部左侍郎陞之子,南宫试亦不回避,仍充廷试提调;三十五年丙辰二甲进士孙鋮,又吏部右侍郎陞之子;三十八年己未吏部尚书吴鹏子绍,登二甲进士,则倩人入试,途人皆知,而言路无敢言者,乃父太宰亦不辞读卷也;至四十一年壬戌,少保、兵部尚书杨襄毅博子俊民,左都御史潘恭定恩子允端,登第,两公辞读卷,不许,二子俱二甲进士。南京兵部尚书李遂子材,亦以是科得隽。至四十四年乙丑遂次子试,又举进士,时乃父尚在位云。隆庆以后,耳目所及,不必记矣。李文达,河南之南阳人;程篁墩,南直之休宁人,何以数千里外结姻,且程举鼎甲年已二十有二,乃父信现任兵部右侍郎,何以聘而未娶,且妇翁为读卷首臣,竟置前列,当时亦无异议,均不可解。

壬辰会元

本朝开科以来,南宫壬辰凡四见矣。初为永乐十年,则林志居首;再为成化八年,则吴宽居首。林以解元会元登榜眼,吴以经魁会元登状元,俱掇巍科、居翰苑。至嘉靖十一年,则会元林春;万历二十年则会元吴默,俱二甲进士,俱不得入词林,且两科又考庶常,而两公竟失之。是四公者,二林皆福建之福州人,二吴皆直隶之苏州人,同姓同郡同单名,前则同入鳌甲,后则同拜郎署,并馆选见遗,造物播弄,奇巧极矣。

马铎李骐同母

马铎者,举永乐壬辰状元;李骐者,举永乐戊戌状元,俱福建之长乐人。世传其母先嫁马氏,生铎;再嫁李氏,生子即带马姓以为名,至文皇临轩唱胪,御笔改为马骐。二人固同母异父兄弟也。此说自幼闻之,弇州记奇事亦以为诚然。及考二人志铭,则殊不尔。铎之母为卓氏，骐之嫡母为叶氏（先亡），继母黄氏，俱封安人，未几黄氏亦卒，骐寻下世。然则二人本不同母，何以世有此说，或因一时并贵，因讳而易其姓耶？是不可考矣。

征叛王废乡试

宣德元年丙午科，顺天当乡试，以上亲征汉王高煦，不及开闱，此亦创见事也。又九十四年为正德十四年己卯科，江西当乡试，会宁王宸濠反，亦废试事不举，时武宗亦自北率兵亲征。然江西省至嘉靖元年壬午科，上命并取一百九十人，以补前度之缺，而宣德己酉顺天之补否，不可考矣。

典史再举乡试

曹文忠鼐以典史中殿元，以辅臣死土木，人皆知之，又但知其以乡举弃校官改县尉耳。初，鼐已中乡试，为山西代州教职，负才不屑卑冗，欲弃官再就试，为吏部驳奏，遂改授江西泰和典史。宣德七年部匠至京，值京师大比，乞入试，大学士杨士奇怜而许之，遂再中顺天第二人，因连捷，遂魁天下，事见国史甚明。今世徒以典史会试巍科为奇，而再登贤书，抑奇之奇矣，其他坐去斥而再入縠者另记。

举人充吏会试

先朝中式举人，会试不到者降充吏，如四川马湖府王有学等，后以展辨得免吏役，复入会场，已曾纪其事矣，乃更有可异。正统三年行在锦衣卫司吏莫焕等奏："臣等俱中宣德七年乡举，以疾病会试逾期，礼部援例责充吏役，不敢辞避，第求仍许会试以图进取。"上从其请。夫摈贤书为功曹，固为苛政，然祖制不可违，若已列胥史，复入南宫，不几辱宾兴盛礼欤？何不引王有学等例，还其故物而就试欤？因思后日弘治间，唐寅、徐经等亦以挂误充吏，亦可如莫焕等，望格外之恩矣，此等事真是异典。进士以杂流起家者，如驿丞、吏员、承差、书算之属，皆同诸生乡试也，既登解籍，则为乡贡士，非复杂流矣。今既降充吏役，此后仅可列仕版耳，仍歌鹿鸣而来，则稀有之事也。

驿丞进士

宣德八年癸丑,曹鼐以太和典史登状元,以为异事,而不知正统四年己未第五十九名李郁,江西丰城人,下书"承差习《礼记》";成化十四年戊戌科第一百五十三名谭溥,其下直书"山东东阿县田县驿驿丞习书",此仅见之《会录》中耳。弇州《奇事》述及科试考皆不之载,若正统七年壬戌科一百二十一名郑温,为直隶松陵驿丞,则弇州已记之矣。

乡试遇水火灾

正统三年戊午顺天乡试,首场毕之夕,遇火,士子试卷颇有毁废者。有司惧得罪,但请修葺场屋以毕两试。时曾鹤龄以侍读学士为正考官,独不可曰:"非再试无以涤百弊、昭至公,何惜一日之费,不成此盛举哉。"有司以二说奏,上命如鹤龄言,改用十五日为首场,是科更称得士。至弘治五年壬子浙江乡试,首场遇大雨,漂浮号舍,不能坐立,士子哗扰,竟散而出,约束之不能止。监临御史、监察宪臣俱欲罢试,独左布政刘大夏曰:"暴雨必有息时,可令自揣能文者听其愿留,勿随众去,当以留者为准,阅其文登榜。"于是存者尚有八百余人,悉命还号舍,雨果止,于是仍如额取足数,比榜出,人谓得人胜他科。按此两番变故,实出意外,曾欲再举以清弊孔,刘欲毕试以完大典,俱审时度势切中事理,宾兴俱赖以告成,事若相反,其得体则一也。按天顺七年癸未会试,首场亦遇火,焚死举人九十余人,则试卷尚未成文,以故改本年八月再试,至次年二月唱胪,虽称天顺八年,而英宗已先一月升遐,不及临轩矣。英庙在御,乡、会二试,盖两罹郁攸云。

内官子弟登第

景泰五年甲戌科,二甲进士牛轮,顺天涿州人,《登科录》书其叔玉为司礼监左监丞。按玉横于天顺之末、成化之初,李文达曾面辱之,至今有《学士醉归图》传世,其在景帝时,何以遂登之录?且书叔亦非故事。时高文义、于忠愍俱称正人,为读卷官,何以置不问也。

若正统十三年戊辰科二甲进士李泰，顺天香河县人，《登科录》书：父永昌，见任司礼太监。此必生泰后始自宫入掖庭，然不书母吴氏，而书其祖母王氏，则又非典制矣。又如景泰二年辛未科二甲进士成凯，陕西西安府耀州人，书父敬前翰林院庶吉士。时敬久从馆中出为晋府王官，坐法腐刑，寻从景帝潜藩入绍，已升御马监太监而不书，仅书其前衔，最为得体，且并书母孙氏，称具庆下，则二太监俱见其子成进士，亦幸事矣。李泰第后选庶吉士，授编修，官至詹事；牛轮亦选庶常，授编修，官至太常少卿；惟成凯因病不得赴馆选，而父敬为景帝所眷宠，特授凯吏科都给事中，寻卒，又二年而敬始殁。弘治三年庚戌科二甲进士张定，为太监张敏嫡侄，敏即在宪宗朝保护英宗者。英宗北狩不返，徐珵辈议南迁，于谦等争之不能得，赖永昌力诤于太后而止，则永昌亦贤珰也。李泰后乞封，云伯父永昌立以为嗣，法不得封本生父母，请封其祖父母。诏允之。或疑其托辞，非实也。

进士给假

近来新科进士选期未及者，多以给假省亲省墓为辞，得暂归里。其有力者则乞觧银及借各曹署闲谩之差，以省雇募之费，否则观政衙门堂官代以为请，相沿不改。偶阅《景帝实录》，景泰五年甲戌科取进士三百五十人，时大理卿薛瑄奏请除一甲三人外，其未授职者，乞放回依亲读书。帝曰："科举正要用人，既取中又放回，不如不取矣。一切俱留候选。"景帝励精为治，不容臣下偷安自便如此。至嘉靖五年丙戌科，办事进士应穦等百人，以选期尚远乞依例放归，疏连上未允。最后上切责："尔等发轫科甲，不思练习政体，乃乞回以便己私。"终不许。至首辅费宏等代为请，亦不从。世宗圣龄甫二十，正如太阿出匣，谕旨森严正大，默符先朝，今之新贵图自佚者，可憬然矣。

进士百户

英宗亲征时，有宣府龙门卫充军进士张鉴者，诣行在所，疏乞上驻跸宣府，但选将统兵征剿，则兵权归一，号令不二，人有效死之心。上不能用。及景帝登极，镇守山西都督孙安以为言，谓当时若从鉴言，岂有今日之祸，乞量加擢用。下兵部议。帝命鉴为试百户，送大同总兵昌平伯杨洪处听调。弘治六年，故兵部尚书余子俊男举人寘，乞录其父军功。上命寘为锦衣正千户，子孙世百户。今上辛丑，锦衣管卫事指挥余茂发，以考察军政降百户，奉旨仍旧莅事，以从六品得掌司隶雄剧，亦本朝所无。茂发即余寘曾孙也。

异　　姓

天顺甲申年，有进士亘茂登第，时宪宗新即位，怪其姓罕见，问之，首揆李贤对云："此字音陕。"然而韵书未之见也。正德间，嬖幸钱宁冒国姓，而其婶也氏死，朝士有作奠文者，以也姓无出，改称乜，宁怒不纳，俾改正始受之。按："也"字，必"她"姓之误，或后人以为不雅去"虫"耳。古来奇姓虽多，未有若此二氏者。又成化间有山东布政使胡得盛，上以北房方炽，且盛字者音与胜相似，改为胡靖，于时宪宗何不并亘姓改之。云南阿雄关土巡检姓者，罗雄州土知州亦者姓，又四川雄镇府女土官者氏，即近年招赘贵州土舍安尧臣为婿，改姓陇氏，冒袭世爵以致黔抚郭子章被攻者是也。此正堪与钱宁婶也氏作确对，且钱宁本云南人，盖亦夷姓，类是者甚多。

早　　达

宪宗朝早达者，无如长沙李文正、丹阳杨文襄，俱以数岁神童荐为翰林院秀才，而不知其后又有寿光刘钺也。钺为刘文和珝第四子，文和虽次相，受知宪庙甚深。钺以八岁召入，即授中书舍人，因年幼不能佩牙牌，特制银牌以代之，出入殿廷，栏槛未能趋越。时丹徒杨文襄已举进士，与钺同官，乃提携之出入。杨负重名，师友造请者无虚日，又好酒弈，因是不得如愿。每叹曰："此童累我。"后为刘瑾所恶，勒罢，用李文正荐起，历尚宝丞卿，以至太常卿兼翰林院五经博士，晋阶资善大夫，赐二品服，食一品俸，立朝五十余年，至嘉靖十四年始致仕归。其进也，不以科目，且文艺去李、杨二公远甚，即爵位功名亦相悬复绝，然文正暮年无子，贫窘憔悴以终；文襄被谤归，即疽发而殁；钺以纨绔起家，被遇三朝，富贵安乐，优游林下，则二公所未逮也。铳颇好学，喜藏书，尝刻同姓前代人文集数十种，亦非膏粱侪辈也，观其对西樵留印记一事，则固博通典故者。

纳粟民生高第

景泰以后，胄监始有纳马之例，既改为输粟，初不过青衿援例耳。既而白身亦许加倍输纳，名曰俊秀子弟。于是辟雍遂被铜臭之目，且其人所冀不过一命为荣，无有留意帖括者，于是士子叱为异类，居家则官长凌忽之，与齐民不甚别矣。惟成化丙午，罗文肃圭峰累试有司不录，遂以俊秀入赀，举顺天解元，次年登进士为庶常，显重于词林，其年且逾不惑久矣。于是士人始有刮目此辈者。以余所知，近年则同邑项玄池名德桢，亦厄于里试，入北畿，试乙酉第三名，丙戌进士高第，经艺为时所式，今参议。己丑科吴彻如名正志，以乃翁赴任不及试，命入南监，即联捷为郎，建言今年以光禄丞召入矣。是年又有徽州人汪以时者，年五十余，尚为儒童而酷贫，其亲友哀之，为纳银，游北监，亦连举乡会，为御史，今已升囧卿。其他不及知者，必尚多也。

外戚科目

锦衣周贤者，驸马景之子，母曰重庆大长公主，英宗女也，以儒生登成化二十二年举人。时孝肃后在宫中，闻外孙得隽，喜甚，侈以为盛事。贤南宫久不利，乃以戚畹例授锦衣卫指挥佥事，至弘治十六年，以久不迁职，乞升，兵部执奏以为无例却之，上命升一级为指挥同知，时孝肃方称圣慈仁寿，太皇太后犹在养也。至正德间，又以例降千户，又升历都指挥佥事以卒。当时外戚恩泽尚有节如此。又梅纯者，曾祖曰驸马都尉梅殷，曾祖母曰宁国大长公主，为高帝第二女，殷以嫌殁于永乐中，纯以世职为中都留副守，上疏请改孝陵卫以便奉曾祖父母之祀，诏许之。纯起家三甲进士，授知县，改袭祖职，历指挥使以至今官。纯忠贞嫡裔，且起甲科，即改金吾亦不为过，而靳惜至此，今之滥恩有十倍正德中叶者，可慨也。

魁元再甲子

弘治九年丙辰科状元朱希周，苏之昆山人，仕至南京吏部尚书，及见嘉靖丙辰状元诸大绶，次年卒。赠太子太保，谥恭靖。嘉靖二年癸未科探花徐阶，松江之华亭人，任至少师、吏部尚书、大学士，及见万历癸未科会元李廷机，去胪唱数日卒。赠太师，谥文贞。嘉靖二十年辛丑科会元陆树声，松江华亭人，仕至太子少保、礼部尚书，及见万历辛丑科同邑人状元张以诚，又五年始卒。赠太子太保，谥文定。三公者，以南宫首荐或高第鼎甲，俱词林钜公，荣哀始终，名德无玷，登第同一甲子而始下世，皆在吴中数十里之内，盛哉。

卷十六

科　场　三

三试分占三名

弘治庚戌科，直隶丹徒人靳文康贵，以解元举会试第二，廷试第三，分次第占三名，最为奇事。又二科丙辰，京师人陈澜，以顺天乡试第二为会元，廷试第三人，虽占三名，然稍错综矣。至正德三年辛未科，四川新都人杨慎，以乡试第三、会试第二，廷试为状元，较靳又以次顺占为尤奇。而弇州纪盛事，云靳为榜眼，则误矣。吾浙科名虽盛，然而无如此奇者。直至嘉靖戊戌科，而慈溪人袁元峰炜，以乡举第二人登嘉靖戊戌会元，廷试探花，刻一印记曰"天下一二三人"，向来无与为对者。至万历己丑浙之会稽人陶石篑望龄继之，其乡会大对名次与袁毫不爽，相去五十年，又同二百里内人也。袁不及下寿，陶不满五旬，又俱无后，此其所同；袁入政府官至少傅，一品，得下谥文荣，陶官至祭酒，四品，得上谥文简，此其所异。然品行则不啻薰莸矣。后又十五年，而慈溪人杨昆阜守勤亦以乡试第三登甲辰会元、状元，科名又胜袁，且同一邑，其志趣亦颇相似云。浙中又有杨守陛，为鄞县人，以乡试第三登成化戊戌会试第四，廷试第二，亦分占三名而少第一，其嫡兄守陈，已先浙江解元，恰好补之。后守陈、守陛同官词林，又同时为翰林学士，对掌南北词林印，尤为极盛。此又在靳文康之前，恰与袁文荣同郡，亦浙中佳话也。《实录》云"守陛乡试第一"，见《实录》正德七年八月，又云"同为解元学士"，似不谬矣。

三试三名内

弇州所记解元、状元凡九人，而宣德庚戌科状元林震，则本省解元，其会试又第二，而《盛事述》遗之，仅见于《科试考》。震授修撰，其后事不可考矣。按是科会试止取一百人，首场《论语》出二题，《中庸》出一题，《孟子》竟不出；《论语》止刻一程，五经各刻一程；末场五策问中少第三、第五对策，此时文字已大备，何以缺略乃尔耶？又解元、会元弇州所纪者十一人，而永乐二年甲申科，有吉水刘子钦者，以先一年癸未江西第一，会试复冠多士，弇州亦不之载。子钦改庶吉士，丁忧再入翰林修撰《永乐大典》，授刑部主事，谪戍广西南丹卫。仁宗登极，用廷臣荐，起江西新淦训导，历聘湖广、福建、应天乡试，岁满请致仕归，年八十八卒于家，其遭际亦奇矣。又甲申科取进士四百七十三人，而弇州《科试考》亦不载，并无刘子钦会元姓名。余向已纪子钦科第，兹因弇州再记之，弇州云是科杨相会元。

五魁俱词林

弘治十八年乙丑，会试第一名董玘，廷试一甲为榜眼；二名湛若水、三名崔铣俱改庶吉士；四名谢丕，一甲探花；五名安磐亦入馆。至正德十二年丁丑，会试第一名伦以训，廷试一甲为榜眼；二名江应轸、三名叶式、四名江晖、五名王廷陈俱改庶吉士，盖五魁无不入词林者，真制科中盛事。至隆庆二年戊辰会试，第一名田一儁，以至张位、陈于陛、沈一贯，共四经魁，俱得词林，且三人俱大拜而会元失之，其盛亦可相配，俱南宫佳话也。万历丁丑庶常，吾乡凡四人，冯具区以会元、先人以馆元，其留为史官固宜，而杨楚亭德政、陆葵日可教俱得拜编修，亦浙中一时之盛。

会场遇火

礼闱之遇灾，人知天顺癸未科，而不知正德三年戊辰科亦然。先是荧惑守文昌不移，司天者屡以为言，传入闱中为之备，甫毕末场，火发于内，力救而止，遂促出榜期。以二月廿七揭晓，才毕事而至公堂被烬，延及试录板亦焚，星占之应如此。

覆　　试

科场覆试一法，在唐宋已有之。要之，非盛世待士体也。本朝士子被言者必再试，至成、弘而后则愈甚矣。然景泰末年，顺天解元徐泰亦覆而得留，后终不第，盖会场主者已作意摈之。会场入彀者，例不许覆，以故翟诸城二子求试而不允。惟嘉靖己未科吏部尚书吴默泉子绍，为言官纠其曳白，倩人入场，正危疑间，有文书房一内臣绐之曰："上将面行覆试。"绍窘甚，出其资行赂，夜分搬运达旦，然实无此事，而囊已空矣。近年壬午之南，戊子之北，俱有此举，然以王辰玉何等才，而亦列其中，所以乃翁有"死不受辱"之疏也。至丙辰会元乃以覆试斥，则古来制科一大变矣。近科事后有议，如壬午应天举人贺学礼，以覆试不通而斥；丁酉顺天举人丘梦周，以解题差误而斥；其以再覆而丁艰竟归不到者，则戊子顺天举人屠大壮；以考馆被议覆试而以病辞者，则辛丑进士项鼎铉；两人之不赴俱有故，然终得谴。近壬午岁监生刘襄之，已考选中书舍人兼侍书，侍福邸供事矣，吏部郎中赵邦清因劾堂官及同寮，谓襄之所试瑞雪诗，先有关节。襄之不服，自请覆试，既而九卿科道称其再试诗合格，旨下命供职如故。此非科目也，反不失故物，亦异矣。

癸未二首相长子

嘉靖癸未科，华亭徐相长子璠以南京应试作奸，问革。万历癸未科德清方相长子世鸿，以北京狎妓坠马死，问革。二相俱在事当局，俱系胄君，俱不致仰累其父，前后恰好六十年。璠后得恩宥，授官，仕至太常卿。又自以考满得一荫，且长子元春举进士，官亦至太常卿。但不知方氏后当何如也。

土舍科目

贵州镇远府推官杨载清，本应袭土舍也，曾中贵州乡试，既袭职后，巡抚杨一溪为请于朝，乞如武举例加升一级，以为远人向学之劝。旨下吏部议，以土司额设定员，且在任，难以加升，宜于本府量加俸级,且著为例。此嘉靖三年事也。以远夷而知读书应试,自是清朝佳事,何吝一阶半级,不以奖借之。当时庙堂诸公,亦议礼暴贵,无一留意人才者。至隆庆五年,贵州麻哈州应袭土舍宋儒,遂举进士改庶常,不闻吏部厄之也,载清亦不幸不生右文之世耳。嘉靖初,广西思恩府那马司巡检黄理故,其子黄旸以府学廪膳生员袭职,寻以征南赣功,升指挥佥事。先是,正统三年四川马湖府举人王有学,以生员得荐,因病不能会试,过期始到,例罚充吏,于是有学原籍长官司遣通事贡马,乞宥其罪。上以夷人能读书登科目,固已可嘉,特免充吏,许会试。是时三杨同在内阁,知国家大体,故有此处分,贤于嘉靖间诸公远矣。马湖今已改流官统长官司,但举人误试事,何至遂降为掾吏,此例不知始于何时,革于何时。今云贵二省新第者俱以路远难到,必至次科方入京会试,若以有学律之,不充吏者鲜矣。宣德七年三月,大通关提举司吏文中,自陈儋州昌化县学生,中永乐二十一年乡试,以病未试,继丁母忧,宣德六年至部,以违限充吏,海外之人,伏望轸念。上命试其文可取,命复举人候会试,其事与正统同。

嘉靖三丑状元

嘉靖二十年辛丑状元沈坤,直隶太和卫人也,历官南祭酒,忧居,以倭事起,将吏奔溃,坤率壮勇保其乡里,遂以军法榜笞不用命者,其里中虽全而人多怨之。有儒生辈为谣言构之,南道御史林润弹治之。时坤起为北祭酒,上命捕至诏狱拷治,瘐死狱中。润所劾枭败卒之首,并剁住房人两手,皆无其事也。至三十一年癸丑科状元为陈谨,福建闽县人,以中允丁忧归,忤其乡戍海之卒,被众聚殴而死。四十四年乙丑科状元范应期,浙江乌程人,以祭酒罢官归,乃子不肖,牟利殖货,敛怨乡曲,巡按御史彭应参憎之,募民讦其过,里中奸豪因百端窘辱之,应期不能堪,遂自缢死。凡连三丑三元俱陨非命,且其事俱诬,俱不得白,亦异矣。

一榜词林之盛

弇州纪盛事,但述一榜中大僚,而未及词林。今按嘉靖辛丑馆中,则宰相五人:潘宫保晟、高宫保仪、严宫保讷、高少师拱、陈少傅以勤;尚书五人:董宗伯份、陆宗伯树声、徐司空养正、万宗伯士和、裴宗伯宇;赠尚书一人:陈宗伯陛;其三品大九卿又七人,不暇尽记。然内惟潘为一甲第二人,余皆庶常也。弇州纪一榜四相,于辛丑但纪潘新昌、严常熟、高新郑、陈南充,而遗高仁和仪,亦千虑之一失也。后戊辰词林七相、五尚书、十侍郎中丞,可以继之。

两中乡试

嘉靖间两举乡试者,为会稽陶中丞大顺,先以冒籍举顺天经魁,事发斥归;后仍中浙江第四名,登乙丑进士,官至右副都御史,而不知先朝已有之矣。福建莆田人黄寿生者,先举建文元年己卯乡试,后文皇登极,以革除缴还公据,仍为诸生,寻以贡入京,中永乐六年戊子应天第一名,九年辛卯成进士,选庶常,拜翰林检讨。又直隶束鹿人王伦者,故大学士王文子,景泰七年丙子顺天乡试不第,王文奏请钦赐举人,寻英宗复辟,王文伏法,伦革斥不得会试,且谪戍;后改名宗彝,再中顺天乡试,登成化二年丙戌进士,仕至南京礼部尚书,谥安简,则尤为异矣。若近日王国昌,亦两登两畿贤书,然先名胡正道,又老于公车以没,未为异也。唐舟,广东琼山人,中革除己卯乡试,永乐癸未复试,俱中第二名,次年甲申举进士,授新建知县,升江西佥事,降衢州府通判,旋以微罪谪戍隆庆卫。仁庙登极,荐授监察御史,巡按浙江,终其官。有子亮,从父官衢州,入常山邑庠,因中永乐丁酉浙江乡试,次年戊戌成进士,除泗州判官,改詹事主簿,又改王府奉祠。仁宗即位,以潜邸恩,升宁国府同知,赐钞币以归,其父子履历亦大异恒格矣。又罗崇岳,江西庐陵人,中景泰四年顺天乡试第一名,以冒籍斥归,仍中江西乡试二十九名,天顺元年会试第一百十二名,廷试二甲四名。又汪谐,浙江仁和人,少冒顺天香河籍,中景泰四年顺天乡试,寻被革,复举浙江乡试,登天顺四年进士,此谐本传所载者。谐第后,改庶吉士,授编修,历史官至礼部右侍郎兼学士,以弘治十二年卒,赠礼部尚书。其父澄,举进士为御史,以事见法,遗诫诸子勿读书应举。谐与弟籛俱登甲榜,子举赐又相继成进士,以上俱载志传,余再三翻阅始得之，其他纰漏必尚多也。汪谐《登科录》书父仲渊，想以极刑讳其名而书字，亦异矣。成化四年，浙江乐清人章玄应以父任南吏部侍郎，冒籍应天中式，为言官所发革回，又中浙江二十名，登十一年进士，其父即章纶，英宪间名臣也，谥恭敏，其后玄应亦致通显。

会场搜检

科场之禁，在唐宋甚宽，如挟册者亦止扶出，不锢其再试也。本朝此禁甚严，至三木囊头斥为编氓，然仅行之乡试耳，会试则不然。盖太祖尝云："此已歌《鹿鸣》而来者，奈何以盗贼待之？"历朝以搜检之法有行者、有不行，而《试录》中则仍无搜检官，犹遵祖制也。至嘉靖末年，时文冗滥，千篇一律，记诵稍多即掇第如寄，而无赖孝廉久弃帖括者，尽抄录小本，挟以入试。时世宗忌讳既繁，主司出题多所瞻顾，士子易以揣摹，其射覆未有不合者，至壬戌而澜倒极矣。先是，己未之春，御史亦有建言宜搜检者，上不允；至乙丑南宫，上微闻挟书之弊，始命添设御史二员专司搜检，其犯者先荷校于礼部前一月，仍送法司定罪，遂以属禁以至于今。然《试录》之不载搜检如故也。四十年来会试虽有严有宽，而解衣脱帽，且一搜再搜，无复国初待士体矣。近科丁未，浙人邵喻义者，故才士，第三场将所纂邸报中时事俪语抄录批点，携入以供策料。偶与监军争语，谓其怀挟文字，邵不能平，至拳殴之，监军扭结登堂。时内监试御史为叶永盛、李时华二人，李素以酷名，意右监军，微訾邵之横；叶曰："仆巡盐两浙，曾试此生，拔为案首，其人奇才，今番必登进士高第，且所携亦奏疏中语，实非怀挟，宜命之卒试为便。"李以乙科起家，叶偶不记忆，遂触其盛怒，立命去衣痛笞二十，枷之场前，虽屡次疏辨良苦，终无人敢为昭雪。又闻邵之父，时以赀郎为兵马指挥正司巡徼，曾谳一贞妇被讦，兵马受其敌之赂，枉法坐之，此妇自经死。不数月，邵临场，时时梦中见神人教之曰："子此番必中会元，但五策要留心，不然且第二矣。"故有挟而入。说者谓此妇实为祟，以致其败，如隆庆庚午浙场诸葛一鸣事，然则鬼之黠，胜人多矣。

子先父举进士

近代曾阳白少参，后其子省吾三科登嘉靖壬戌进士；董龙山给谏，后其子嗣成二科登万历癸未科进士，人所知也。前此四川新都杨春号留耕者，以成化乙酉举乡试，又十七年辛丑始举南宫，时已年四十有六。其长君廷和，已先登戊戌进士，为翰林检讨矣。初仕行人司正，官至湖广提学佥事，告归，在林下二十年，受乃子少师之封，以正德乙亥终于家，时年八十。较之曾少参老而见其子削夺籍没、董给谏不及送乃父之终，其全福真为罕睹。留耕翁之登第后十年，同乡万文康卒，其爱妾拥赀数万为其所得，遂成富人，是时留耕亦将耳顺矣。其他如吾乡包柽芳，亦先其父汴登甲榜一科。

年伯

弇州谓同年之父，与父之同年，执礼不同，此固然矣，乃其中又多有可商者。以余所见闻，如曾阳白璠举嘉靖壬戌进士，其子大司空确庵省吾先以丙辰登第，历显官，其拜少司马时，壬戌诸公多为其子部郎者，而司空修父执之礼不少假，至于彼此相避，反觉不安。又董龙山道醇举癸未进士，其子仪部青芝嗣成，先举庚辰进士，不欲于癸未榜称年侄，为乃翁呵责，勉强书刺用"晚"字，而礼数则殊，不然，此等皆窒碍难行者。又如嘉靖辛丑榜王大司马思质忬，督蓟辽，以忤分宜致重辟，说者谓鄢剑泉侍郎懋卿有力焉。鄢，丰城人，亦辛丑榜中人也，后王仲子麟洲世懋分藩江右，与鄢绝不往还，鄢时坐戍归里，讼言于人，责王薄于世谊。王大怒，遍贻书江省诸仕绅，历数其罪恶，且以父仇未报为恨。使鄢当日果有是事，麟洲之宣告似不为过，而鄢之责王，亦不智之甚矣。

戊辰公卿之盛

弇州以一榜四相为盛事，此未足异。惟戊辰一榜，则赵少师志皋、张少师位、沈少师一贯、朱少保赓、陈宫保于陛、王宗伯东阁家屏、于宗伯东阁慎行，先后宰相七人，真是极盛。若尚书则十八人，亚卿、中丞、三品京堂则五十二人，而七相中，五人一品，二人赠一品；尚书中四人一品，二人赠一品，凡系玉者十三人，此制科以来未有此盛也。弇州又以弘治乙丑一榜七玉为最盛，盖未见戊辰之十三也。若嘉靖壬戌，则亦七玉，为少师申时行、李汶，少傅余有丁、王锡爵、萧大亨，少保杨俊民，太子太保骞达，亦可媲美。今名硕辈出，劳烈孔彰，圣主酬功，将来更不胜纪美矣。

同科同时宗伯

万历戊子至丁酉，十年间凡五易宗伯。初为朱山阴赓，忧去，于东阿慎行代之；于致仕，李富顺长春代之；李致仕，罗会稽万化代之；罗卒，范丰城谦代之，俱戊辰科也。同时掌詹者，陈南充于陛亦带礼书，而南宗伯又有黄晋江凤翔、沈鄞县一贯，凡八人，亦云盛矣。是时张新建位，以及陈南充、沈鄞县，相次以礼书带阁衔；首揆则赵兰溪志皋，合之又得宗伯二人，而先任礼书东阁又有王山阴家屏。自来宗伯之多，无如此一榜者。罗，甲子戊辰探花。

刘进士晚达

楚荆州公安县人刘珠，故与张江陵相公封翁文明同为诸生，相厚善，比辛未江陵主会试，刘始登第，则年已及稀龄，张太翁受一品封久矣。又三年甲戌，江陵满五旬，刘在郎署，为诗以寿，中一联云："欲知座主山齐寿，但看门生雪满头。"江陵为之一启齿。

进士房稿

南宫放榜后，从无所谓房稿。丁丑冯祭酒为榜首，与先人俱《尚书》首卷，且同邑同社，两人为政，集籍中名士文汇刻二百许篇，名《艺海玄珠》，一时谓盛事，亦创事。至癸未，冯为房考，始刻书《一房得士录》，于是房有专刻，嗣是渐盛。然壬辰尚少三房，乙未少一房，俱京刻无选本。至戊戌则十八房俱全，而娄江王房仲有《阅艺随录》之选，至辛丑遂有数家。今则甲乙可否，入主出奴，纷纷聚讼，且半系捉刀，谩不足重轻矣。

癸未丙戌会元

李晋江取元时,各房俱无异议,惟书一房为吾邑冯具区太史,独以邹安福卷为当第一。即两领房亦不能决,时大主考以询先人,先人为书二房,谓李卷为胜,众始和之,榜遂定。其后李闻之,甚不乐冯。至甲午应天乡试,李晋江为主考,出管仲之器首题,冯为南掌院,作《拟程》一首,为一时脍炙。及录出,则晋江程大逊之,心衔遂深。适李来谒,冯迎谓之曰:"公所取士,不但文嘉,即擎榜徐生,亦名实俱称,果擎得榜起。"李惊愕,别去,细询于人。盖末名为徐学易,滁州人,素以力闻,能于监中手挟堂柱离地数寸,真贲育之流亚,而时艺不甚佳,冯先为司业时所试士也,故有是言。李益愤愤。后冯为祭酒,被言听勘,则郭江夏代之,赖其力得昭雪,使晋江在事,冯其殆矣。至次科丙戌,王太仓主试,立意以简劲风世,故首袁公安。榜初出,人望不甚归。太仓公岸然不屑,急以试录魁卷寄辰玉。是年录文大半出王手笔,其父子最相知信,自谓此录冠绝前后,乃子必惊赏无疑。及报书至,更无他言,但云:"此录此卷行世之后,吾父勿复谈文可也。"太仓得书大怒,次科戊子,辰玉举京兆第一,其卷乃翁亦不甚惬意。及辛丑举第二,太仓公批卷云:"此子久困场屋,作此以逢世眼,即此一念,便不可与入尧舜之道矣。"文字一道,家庭间意见迥别若此,况朋友乎?宜晋江之终不忘情也。辰玉辛丑授官,即奉差归里,日惟课子,每命一题,辄自作一首,乃孙晚谒大父必问云:"今日何题?乃父文云何?"其孙出以呈览,辄云不佳,即呼纸走笔,不构一思,顷刻而成,今所刻《课孙草》是也。友人沈湛源应奎时为彼中广文亲见,每为予言,叹服以为天人。然辰玉高才,正如大令之于右军,所谓外人那得知者。是父是子,断不可再得也。

指摘科场

自壬午应天夷陵王少宰子之鼎、之衡败后,并追论江、张二子冒滥鼎甲,弹事者俱得志且超迁,于是乙酉顺天冒籍事起,指出宫掖,钟给事以风闻劾之。主试张宫谕调南去,中式者至荷校,蔡侍御请从宽被重贬,而北京兆主试一差,皆目为苦海。戊子指谪尤苦,至覆试而犹未定,饶比部疏更苛峻。直至辛丑王缑山会试、廷试俱第二,而后中外帖然,然主北试者,亦先一年没矣。辛卯之役,南主试为陆太史可教,北为冯太史琦,榜出后,礼科都给事中胡汝宁出疏纠之,陆、冯辨闻中事甚晰,二太史俱无恙,而胡反受挟私抵饰之议矣。盖先一科饶比部疏侵阁臣,不无过激,而胡特疏参之,饶又胡同郡人,一时多不直胡者。至辛卯而事势已变,冯、陆又词林所推许,胡不识物情,不惟白简见诎,御史冯从吾等复弹治之,次年癸巳,竟坐不谨斥,向来所奇居为奇货者,一旦丧气失志,无所措手矣。又阅一科为丁酉,议者复起,则专主副考焦太史竑;庚子又起,则专主副考顾太史天埈,自此以后,或默或哗,又非予所得而言矣。酉、子二科副考初系陪推,俱越前资数人,久不奉旨,比入闱之夕始下,则已不及辞矣。岂命当罹毁,因而误受眷知耶? 或云:政府素憎二人,故投网以阱之,未知然否。

乙酉京试冒籍

乙酉秋榜后,有顺天诸生张元吉者,投揭长安,谓浙人冒籍得隽,致妨畿士进取,科臣钟羽正露章言之。浙士冯诗等八人斥为民,诗与章维宁罪至荷校,史鹤亭太史钶以纵子冒籍革职闲住,主考张玉扬一桂调南京,董督学调别衙门,御史蔡时鼎以救正外谪。说者谓张元吉以赀冠京师,与郑贵妃家至戚;又贵妃弟入闱不得荐,故以此修郤,一时当事者未免迎合内旨,处分遂尔过酷。是冬凛冽倍常,冯、章二生被三木于京兆门前,僵冻几死,府尹沈继山思孝,浙人也,以乡曲怜之,倍予衣食,得不毙。事闻于宫掖,亦调南京太仆卿。初,得旨止降俸二级,沈请于政府,尚得乘轿腰钑花否? 政府云:降俸不降级,何为不可。沈遂仍服不疑,给事中唐尧钦遂劾以抗违明旨,沈因得调。时皆憎唐之承望风旨,盖沈曾左祖吴、赵、江、李诸人,久忤揆地也。夫外省冒籍诚宜禁,若辇毂之下则四海一家,且祖制,土著百名之外,中三十五名,其三十名胄监,而五名则流寓及各衙门书算杂流,旧录历历可考,何冒之足云。况前一科会试鼎甲一人、庶常二人,皆浙产也,何以置不问,而独严于乡试,株连波累至此耶? 亡命巨奸,借通州籍纳吏拜官者，充塞海内，孰从而正之耶？此后亦屡有以冒籍受攻者，皆不能胜，而顺天讦告诸生，或有反坐被褫者矣。独张元吉者，后改名，以岁贡得县令，晋知州。

上榜士子三木

乡会场士人已登名籍、仍斥革且问罪荷校者，以余所见，则京师凡三度矣。乙酉科之冬，京闱冒籍事起，浙人冯诗、章维宁俱枷顺天府门，其指出宫闱，备极惨毒，识者冤之。丙午科之秋，顺天第四名邹汝鑛，以割卷败露，枷于礼部门，其文本出马显忠，求补缺额，不允，未几郁死，事已奇矣。至丙辰科，而沈同和以怀挟、倩笔两弊得列榜首，亦枷于礼部门，其覆试时不能成篇，并题旨亦不记忆，自有制科以来会元无此大辱，使在世宗朝，处分必不仅如此。两榜郑、沈两元魁，俱出吴崇仁主试，两录中俱存其经与名次，而刊去其人，真千佛名经中大怪异灾变也。崇仁怨言官讥讽，自咎命薄致然，恐难尽诿之命。若乙酉顺天之役，无端累及史太史钶削籍，张宫谕一桂、沈京兆思孝、董御史裕俱外谪，则真命之不犹矣。史，余姚人，嘉靖甲子第三，辛未会魁。

登科录父祖官

登科有录呈御览，其三世父祖爵秩，但直书某官，如尚书、侍郎以至郎官及外寮，并不书所官何部，分地何方，此例相沿已久。近日始有分析写某地者，最为失体。若曾削籍则空白如庶民；曾降级则书现任或所终之官，非若私行序齿录可以前衔混入者。近见今上丙辰科《登科录》，湖州人潘大复，父名季驯，以太子少保、刑部尚书为民，时尚在家未复官，其名下竟空不书爵位，最为得之，然亦故事相传如此。至于二甲第四名查允元者，杭州人，其父查志立名下书参政。余按志立虽曾为大参，以计典左官后补参议，坐事褫职归田已久，从未牵复，安得仍称故官。君父之前似不宜诡饰，而在事亦无纠正之者，其后纷纷不可胜纪矣。

宰相子应举

自江陵诸子鼎甲以来，政府象贤，例为建言者所议，至娄江公子之才，亦指摘及之，盖以触权之名甚美，不问其无忝科第否也。娄江当国后，兰溪继之，其郎君无可应选举者；已而四明继兰溪，其长子沈泰鸿，有声诸生间，人皆以高掇期之，偶至京省父，四明绐之曰："汝盍授荫籍为试中书舍人，就北雍试，不胜浙闱逐队耶？"泰鸿信之。四明竟题为尚玺丞，得旨供职。盖绝其登进，可超然免于评论也。泰鸿大恨，请急归家，视其父若深仇。四明有所爱庶子，百端虐侮之，家庭之间无聊生矣。四明在位被恶声以去，归里，至与玺丞不相见，初不难借其子以市公，终于攒锋聚镝，受前人未有之弹射，所谓拙事无好事也。

王国昌

嘉靖间，巡视光禄给事中杨允绳，纠劾光禄寺丞胡膏之贪，反为所讦，谓其讪上事玄，故减醮坛供给。上大怒，逮杨论死，竟毙狱中。胡改重庆府通判，又升徽州府同知。至隆庆初元，胡坐前事及他不法论重典，与杨复官襃赠，录一孙名忠裕者为胄子。至万历戊子应天乡试，忠裕得荐，而胡膏之养子王国昌者亦同榜中一百三名，于是科道纠之，谓膏本余姚人，而国昌为徽州人，先是乙酉科，以余姚县生员冒顺天通州籍，名胡正道中式，已经参论问革；今安得复冒徽州。奉旨，王国昌查明问斥如前。此后国昌屡至京师奏辨，无有肯为昭雪者，国昌乃具疏举登闻，谓既斥于顺天之浙籍，再斥于应天之徽籍，姓胡既不可，姓王又不容，则天壤之间，当置臣何所？疏下覆勘，时有怜之者，谓其词直，且非胡膏真血胤，亦可末减。其人能顷刻成文数十篇，皆铺叙可观，因许覆试入会场，今且得为广文矣。王自云：随其养父戍河南时，先已中式一次，问其何科，则笑不对，未知确否。余识其人，年将稀龄，尚慨慷谈文谈兵如少年，然其为浙产、为中州、为徽州，终莫能明也。

己丑词林

己丑词林，如焦弱侯、董玄宰，俱文学冠时，一以察谪去，一以察例转，至今未牵复。比年以来，则陶石篑、刘云峤二公俱负相望，陶居家最久，丁未年以房师李晋江故，忽被暗纠，云座主复推座主，门生复及门生，人皆疑骇。既而知其由来，盖一御史受指词林，为扫除前辈地也。陶寻转祭酒，终不出，至己酉而卒于里第。又三年庚戌，刘以少宰起家，一时拥戴诸君奉为赤帜，且谓盟主入相，吾辈横飞直拜在即矣，刘未几亦逝。陶不及知命，刘不登下寿，议者惜之。余谓此天所以完二公令名耳。往事姑无论，即如戊辰词林赵兰溪、张新建，以谏止夺情，忤江陵起谪籍。沈四明以甲戌入场，江陵公子卷在其房，不得中，为江陵恨詈，皆负一时重名，联翩大拜，其设施俱不满人望。又如辛未之邓定宇、张阳和，丁丑之冯琢庵，海内俱望为霖雨，使其秉政，或犹之乎戊辰诸公也，即谓造物爱而全之亦可。又如浙人沈司马继山、孙司马樾峰，俱不及为太宰，人皆惋恨，然二公亦幸而不秉铨耳，观孙富平末路可鉴矣。御史暗纠疏，后复明指其人，云座主复推座主者，谓甲辰之杨守勤，将推座主顾起元，而顾复推座主方从哲，并再起沈一贯也；云门生复及门生者，谓新阁臣李廷机将及门生陶望龄，而陶复及门生汤宾尹，汤又及门生邵景尧辈也。如此株连波累，无论其言信否，然而心术可知矣。

国师阅文偶误

犹忆戊子春，娄上王辰玉、松江董玄宰入都，名噪一时，士人亦甘以前茅让之，无一异词者。至辛卯则湖州二沈（演、淮）在成均，其名亦甚振，而祭酒萧汉冲每试辄抑之，不令居一二名。独酷爱一松江人，谓必冠京兆、冠南宫，至录科又以为监元，六馆先生力争之不得。未几，演第一，淮第三，而松江生则至今未第，其人余亦熟识，不欲著其名耳。丁酉年则刘兑阳为祭酒，时徐玄扈光启入监，其博洽无双，且精工时艺，比录科独见遗，凡续案四度，终不肯收。有一胥吴人名沈文选哀之，为叩头乞怜，云其嫡表弟，亦屡祈而后续出，则八月初七日矣。徐登解元，往谒，怒不许通，恚恨文选，重笞逐出，并革其顶首。盖文字至此时已无凭据，即萧、刘两法眼亦迷目五色矣。因思成化间，吴文定宽以岁贡入都，年已五十余，长沙李文正即以会、状两元许之，其时文有定价如此。

陈祖皋

浙之海宁太学生陈祖皋治《春秋》最有声，其应辛卯顺天试已举榜首，时乃父吏垣都谏，方以聚劾去位，比拆榜，知为都谏子，遂置之，而别以他卷登贤书，后频摈场屋。至乙巳岁以妻母殁，其仆治奠于途，有误杀满指挥事，陈时实在家不与知也。当事者憎之，拷掠楚毒，罗织致大辟。都谏有己丑《春秋》房门生二人，时同在词林，显重并有相望，都谏哀恳其道地勿能得，因恚恨甚，作杂剧名《诊痴符》者，中有狄灵庆一段，以比二词林而身拟袁粲。都谏没后，祖皋事得白，且还其诸生，出狱未几病卒，其得白又二门生力云。都谏以麟经抡魁，有文坛盛名，丙戌先以吏科散给事分考，至己丑以吏科再入，亦前后省中所无。京兆分考属之中行及守部进士，以得入为荣，然亦难取必。近年丙午吴江沈宏所珣侍御，先以中书入阅尚书，至己酉再入，亦稀有之事。

举人再覆试

今上二十年壬辰三月廿八日，时会试已竣事久矣，试御史慕才、工部候缺主事周如纶，各上疏，请覆试顺天戊子举人郑国望、李鸿、屠大壮、张毓塘四人。此四人者，已于己丑春为礼部主事高桂所论覆试，仍许会试，至是入闱两度矣。又请覆试山西举人王兆河、江西举人陈以德、山东举人杨尔陶三人。王为故太宰国光子，陈为故左都御史炌子，杨为故太宰巍子，俱壬午及己酉中式，向无议者，独以大臣子弟，故亦指摘之。如纶疏中又盛称王衡、王宗潘二解元为俊才，今年衡不投卷而去，宗潘投卷而不赴试，时论高其品且原其心，以谓二人羞与国望等为伍也。时衡父锡爵给假在家，上虚首揆召之而未至；潘父家屏，以次揆代摄，故如纶誉之。然衡亦戊子顺天中式，与郑国望等同覆试者,而家屏子发解者自名濬,初不名宗濬也,署名尚讹,何取昌言。识者笑其受嗾之愚,献媚之巧。后二人俱中蹶,官终不振。此诸举人奉旨再覆试,皆存留如故,惟屠大壮因报母亡奔丧,遂以规避论黜。议者谓大壮若入试,亦不免,盖时情必欲处一二以实主试之罪,而大壮其首也。

宗室应试之始

近例宗室许应科举入仕途,人但知圣恩旷荡,首被天潢,而宗室已先有请奉,旨允行久矣。郑世子载堉,于万历二十二年条奏七事,俱为宗藩应试胪列,一令奉国中尉以下尽同民生赴考入学。一宗生旧有考校换授之议,第四品以上难改他官,但许宗学作养,不得混子衿就试。他如宗子游泮,亦同生员衣冠,无得仍衣命服,既愿充诸生,即以赐名入试,他无名禄者,始从便命名,若中式者皆书国姓及名爵以自别。其他若镇国、辅国之署官仕版,铨除之内外,与夫宗学中序列,自世子、郡王以下,俱视行辈尊卑,以比齿胄之义。上俱命定为永制。自此来邸诸侯,始以清流自奋矣。次年乙未,载堉又上历法岁差之疏,以驳天官之谬,其说甚辨,而礼官不能从,但请明诏赐褒而已,若宗室应试,竟无颂其功者。

举人勒停会试

今年署礼部事侍郎李廷机上疏,谓举人在籍恣肆作奸犯科,无法惩创,请将最不肖者勒停会试,以示裁抑。上允之。谈者尤其太苛,然亦有激而成。先是御史孔贞一巡视东城,有一南方举人,投牒诉其妹为乐户掠买为娼,今偶遇于京师,乞追断完聚。孔大怒,尽法惩乐户,立以娼女给还。未一年而此妇复为娼于京城之外,细诇之,则举人爱弛,已高价别售青楼,其妇亦北人,初非妹也。孔闻未信,密侦之果然,以此痛恨其事,告之晋江公,遂有此举。其人浙之杭人,以甲午中式,不欲言其姓名,恐污齿颊。临场礼部出示不许入试者,普天凡数名,而此人压卷云。

录旧文

科场帖括，蹈袭成风，即前辈名家垂世者，亦间有蓝本，然未闻全场剿刻文登高第者。惟近科乙未会试第二名，以《尚书》出邹泗山太史之门，其卷为房司所赏，荐为榜首，终为易房陶石篑太史所压，取会元去，邹大以为恨。比出闱，则知众哗然有言，前场七艺尽录坊刻，自破承至结题不易一字。坊间寻刻魁卷，亦不复改窜，其声华亦顿减，房师大觉无色。然犹为二甲传胪，授礼部主事，在官四年，方将出为督学使者，一疾不起。其后辛丑会试，有一闽士，老于公车，翘捷善走，好谈理学，其社友草为破题谑之云："脚轿夫之脚，心圣人之心。"一时戏语耳。是年首题为《畏圣人之言》，此君遂用以作破，然荒谬潦倒，仅完闱事，初无奢望，迨榜出则已高标名字。乃知填榜时一榜已甲者，当拟乙，会天渐明，不得细搜，随意抽得此卷，临朐冯少宰为正主考，见"心圣人之心"五字，大喜，以为奇绝，立命本房加批点评语，即以入彀。此其同里同年徐十洲侍御为余言。

王李晚成

王辰玉发解时，名噪海内，后以口语两度不入试，或不竟试而出。至辛丑登第，则逾不惑矣。房师温太史语之曰："余读兄戊子乡卷，时甫能文耳，不谓今日结衣钵之缘。"王为悯然掩袂。汉阳李若愚公，时艺亦为后进传诵，直至今年己未始第，出李续溪太史之门，初谒座师，曰："向初入塾，蒙师以兄文见课，苦其不能习诵受答，今得称师友，甚幸。"李亦哭失声。盖久抑得伸且有升沉之感，古云喜极而恸，真有之。前此嘉靖间，则昆山归熙甫有声公车，鄞余文敏有丁欲师之，不许，余及第后，乙丑分校礼闱，得归卷而奇之，置之上第，事亦相类。

畿元取乡人

顺天乡试，大抵取南士为礼解元，盖以胄监多才，北人不敌，间取一二北士，多不惬众论，其推服者，仅今上丙子魏允中一人耳。顷乙卯科，给事中刘文炳，真定人也，为其乡人不平，请取北人为解者，谓燕赵乃至尊丰镐,不当使他方人得之。上允其议,且定为永制。时首揆方中涵,京师人,亦欲私其桑梓也。窃以故元用蒙古人为状元,而中华人次之,此陋俗何足效?善乎世宗之言曰:"天下皆是我秀才,何云冒籍?"圣哉。

乙卯应天闱中之异

乙卯年应天修葺试院,有鱼见于闱中,识者已怪之;至第二场,忽于供给所搜得透印无名试卷数通,监试、提调大惊,拷掠左右甚苦,终不得其故,遂将私贮试卷之人毙之杖下,而不敢闻之朝,惧株连者众也。次年元旦大朝会,时觐吏与试士俱集大廷,忽众中有人持大铁锥狙击御史凌汉翀于班行,碎其首,仆地僵绝。举朝大惊,急擒下,则故巡捕提督都督同知凌应登也。御史为从者舁至寓,复苏,用良药敷治,仅得不死,是日相顾错愕,谓今年必有异变。至二月会试,遂有假元一事,假元则去秋应天所举也。鱼有龙门飞跃之兆,而屈居溷秽,已属奇妖;至于獬豸触邪,反遭朱亥之厄,其事又发于辰年元会,兼有群龙无首之象,变不虚生,信然哉。凌应登者,不知何许人,久居京师,贫甚,专与中贵游,亦粗通文艺,后渐成富人。凌御史以计偕至,认为同宗,称兄弟,通缓急。御史第后为福清令,以叶相力入台班,时应登亦登武进士,官环卫已久,时时指称台臣雁行,居间挟诈,外议籍籍,御史恚惧,遂绝之,不与往还。应登寻以一品司游徼,为西台发其奸状,革任回卫。说者谓出凌御史指授,应登愤恨,具疏自白,且评御史诸不法,直欲手杀之,然后自刎,不意垂克受缚。旨下勘问,应登远戍,御史亦夺职闲住。

丙辰两大老

比年大僚不补,在位者寥寥。丙辰之春,六卿及总宪仅得四人,时太宰为楚之郑鸣岘继之,大司寇为浙之李旭山志,又兼掌都察院,二公俱乙未,各年八十二岁,出入朝省,精力如少壮人,固一时人瑞也。

观政进士体不同

新第进士分观政衙门，本同时共事，而其体则大不同。其在吏部都察院者，见司官及道长，用堂属礼；在礼部用师生礼；在兵部用前后辈礼；在户、刑、工用同寅礼，直于厅内并揖，分宾主；而刑曹与大理寺，又以西署闲寂，郎官及新进诸君，轮日会饮，吉凶庆吊，恩同寮旧。盖筮仕伊始，而九卿衙门权势之浓淡，人情之冷热，一一盘踞于胸中，欲他日之恬退自安得乎？吏部四司郎官，例不接本，以新第进士居三甲末者代之，凡历三年即选京官，有行取科道之望。且次年顺天乡试分考，亦必属之。人得意为揣摩，每致浮谤，前车之覆者多矣，变而通之亦无不可。国初五军都督府俱有进士观政，不知相处体例何似。

旗竿

弇州《觚不觚录》云士子乡、会得隽，郡县始揭竿于门，上悬捷旗。至申吴门拜相，地方官创状元宰辅以揭其门，谓为异事。其所云吴中一大司马子授金吾者，则指凌洋山云翼子玄德也；一大宗伯子荫胄子，则指徐太室学谟子兆曦也，讶其壮丽倍于报捷。殊不知近日此风处处皆然，沿以为例，而富室入赀为中书舍人者，及近日诸生冒廪纳准贡生者，皆高竿大旗，飘飖云汉，每入城市，弥望不绝，更可骇叹。又南宫报后，得鼎甲者及选为庶常者，复另植黄竿，另张黄旗，比乡、会加数倍，其僭侈无谓更极矣。余往年游新安，过程守训之门，其人以市棍从两淮税监陈增作参随，纳中书，门左右两大牌坊，中层署程姓名，而抚按以下俱列名于下一层，为之吐舌泚颜；门前又竖六旗竿，颇怪之，因下舆窥其室，则前堂榜曰"王恩三锡"，后堂曰"咸有一德"，令人愤懑，目不欲开。未几，守训败，俱拆毁矣。

卷十七

兵　部

铁　册　军

洪武二十三年，韩公李善长以嫌自杀，上始诏部制公侯伯屯戍百户，部并给铁册。先是，以功臣有大勋，各赐卒百十二人为从，曰"奴军"，至是，以公侯年老赐还乡，各设百户一人，统其众以护之，给屯戍之印，赐以铁册，末云"俟其寿考，子孙得袭，则兵皆入卫"。盖防其二心，且稽察之也。于是魏、开、曹、宋、信、颍、凉诸公，西平、江夏、长兴、江阴、东平、宣宁、安庆、安陆、凤翔、静宁、会宁、怀远、景川、崇山、普定、鹤庆、东川、武定、沈阳、航海、全宁、西凉、定远、永平诸侯，皆给兵。未几，宋公冯胜、颍公傅友德以嫌死，凉公蓝玉以反诛，而长兴、会宁、怀远、景川、普定、鹤庆、航海、西凉、定远、永平诸侯，或坐蓝党，或坐旧嫌，皆得罪死。盖铁券山河之誓，曾不比铁册警卫之苛也，悲哉。

恩　军

洪武二十七年，诏兵部以罪谪充军者名为"恩军"，意以免死得成当怀上恩也。然是时方以重典刑乱国，良民多坐微眚隶斥籍，其戴恩者必无多。因思完颜季年，中原丧败，令刺民为兵以报蒙古之怨，名之曰"怨军"，正堪与此作确对。

陆钎《漫记》云，辽东养马皆恩军。

文　臣　改　武

张信字彦实，英国公张辅从兄也，中洪武三十二年乡试第一，文皇初，拜礼科给事中，寻迁刑科都，永乐九年，晋工部右侍郎。仁宗登极，转兵部左侍郎。其弟辅为信求改武阶，乃调锦衣卫指挥同知，寻升挥使。交阯叛，率兵往剿，以功进四川都指挥佥事，又进都使。在蜀十五年，以正统十年卒官。盖信从铅椠起家，居省闼者几十年，为卿贰者十三年，徙右列，握兵柄者又二十年。夫以省垣近臣，中枢政地，忽伍兜鍪，似出谪辱。乃以英国雁行，为乞恩泽始得之，且专征仗钺，恩遇始终，抑又何耶？弇州虽纪其姓名，未详事实，因为稍述其概。

按宋韩、范经略西夏，亦曾以杂学士换观察使，时用兵方谋帅，事理亦宜，乃二公尚以官高禄厚为辞，终不屑受，盖意薄之也。张信官少司马，在宋则为枢密副使，居执政之列，而降为三卫仗士，竟恬然安之，何颜之厚。

边　　材

文臣以勋劳开五等者，自正统王靖远后，在天顺则吴县之徐封武功，成化则渚县之王封威宁，一以天文兼技击，一以骑射兼结纳，然皆倾危捭阖，爵不及竟其身；而韩襄毅继起，并世锦衣不得袭。弘治以文治天下，缙绅无以武事见知者，正德则有太原之王晋溪，行边制阃，俱著劳绩，得封威宁，而以附丽权贵，乘时邀宠，君子所羞称。惟王文成以理学建安攘，遂开国封，固书生之希遘矣。嘉靖初，杨邃庵以先朝勋旧故相起，行边而无战功可录，其后杨虞坡出镇入枢，功名亦如之。至末年惟沧州刘带川，以文士奋迹，而历践戎行。初为吾浙之嘉湖道臣，出城游徼，而倭艇率大众猝至，适台州解箭到，满一船，因立桥上与健儿十余曹取射之，发辄洞甲，尽舟中之矢，倭始退，而肩髀不能举，则体已脱矣。隆庆初，以少司马征广寇曾一本，先外祖王大参以职方郎赞其军，见其悬一金钱于百步外，射必贯其窍，无一失者，其技真不减陈尧咨，他部曲则十得七八耳。后以御史大夫总督蓟辽，虏畏之不敢犯塞。然奢淫汰恣，帐下纪纲率数百人，后堂曳罗绮者不下百人，每出游猎，骏骑连翩，妖童执丝簧，少妇控弓矢，服饰诡丽，照耀数里。同时有宜黄谭二华者，其将略亦相亚，今上初年，亦以督蓟辽入正中枢，数年而罢。为督府时，与蓟帅戚继光者比周如一人，然两人俱以比材武为江陵公所器爱，日致名姝瑰异以自固。谭又善御女术，进之江陵而验，故得久居津要。其挥霍机变，自奉骄侈，与沧州大略仿佛，且俱享上寿，以功名终。二公之捐馆，不过十余年外耳。刘名焘，谭名纶。

边材一路，大抵自有赋授及专门名家，非书生读纸上语便可抵掌登坛者，即如唐荆川之学问，亦可称通天地人三才矣，海内仰之如麟凤，晚年一出，大不副人望，其抚淮阳正值倭难，积劳中暍，尽瘁军中，终无尺寸之效，天下有殷浩、房琯之疑焉，至以幸臣赵少保所荐议之，则过矣。近日如李见罗，其生平品望出人数等，自负亦在留、邺二侯之间，金腾用兵，以奏功超迁中丞，抚郧为麾下健儿所窘，遂不及展一筹，旋以滇南杀降冒功，被白简逮治，几伏法而仅免。乃知王文成真天植异禀，其用兵几同韩、白，而见罗欲以良知余唾妄希茅土，且兼十哲三良而有之，亦不知量矣。

南京贡船

南都入贡船，大抵俱属龙江广洋等卫水军撑驾，掌之者为车驾司副郎，专给关防行事，入贡抵潞河，则前运俱归，周而复始，每年必往还南北不绝，岁以为常。闻系文皇帝初迁北平所设定制，有深虑存焉。其贡名目不一，每纲必以宦官一人主之。其中不经者甚多，稍可纪者，在司礼监则曰神帛笔料，守备府则曰橄榄茶桔等物，在司苑局则曰荸荠芋藕等物，在供用库则曰香稻苗姜等物，御用监则铜丝纸张等物，御马监则苜蓿一物，印绶监则诰敕轴，内官监则竹器，尚膳监则天鹅、鹧鸪、樱莱等物。其最急水鲜，则尚膳监之鲜梅枇杷、鲜笋鲥鱼等物，然诸味尚可稍迟，惟鲜鲥则以五月十五日进鲜于孝陵始开船，限定六月末旬到京，以七月初一日荐太庙，然后供膳。其船昼夜前征，所至求冰易换，急如星火，然实不用冰，惟折干而行，其鱼皆臭秽不可向迩。余于夏月北上，曾附其舟，几欲呕死，偶邻舟友邀会文，则舫斋芳洁，不减吴下沙棠，怪问之，乃知纳贿主者，尽徙贡物于他舫耳。其鱼到京，始洗刷进充玉食，上班赐阁部大臣及经筵日讲词臣。

先人时叨恩赉,次日早朝谢恩,贵珰辈杂调鸡豕笋菹以乱其气,用以银沙锣饷遗,近臣侈为珍味,然实不堪下箸,亦何止海上之癖也。有一守备大珰,新赴南任,夏月忽呼庖人责以馔无鲜鲥,庖人以每顿必进为言,珰怒不信,索至谛视之,始疑讶曰:"其状颇似,但何以不臭腐耶?"闻者捧腹。

金陵城外临江,旧设鲥鱼厂,每打鱼时,内官出视科索百端,大为渔户及地方之害。十年前矿税盛行,阉人流毒,辄于宝坻县创为银鱼厂,与南对峙,乃至冬月椎冰令渔者跣立打捕,又课富室折干润橐,民不聊生。近年闻上知其弊,已革去矣。

冰鲜船在途驿骚日久,弘治初,上欲革之,以中贵人进言祖宗时荐为重,遂得不罢。旧京土产上供寝园,即劳民亦不为过,而孝宗圣德,轸念邮传,自节口腹至此,以视大业之责食车、天宝之贡荔子,不亦霄壤哉。今上顷年以湖广鱼鲊不洁斥左布政使武尚耕为编氓,盖祖宗时食,在圣主孝思,又须虔恪,守土大吏不举其职,自当议罪,此又用汉世酎金失侯例,所谓先圣、后圣,其揆一也。

近年龙袍船,尤为恣横,远出冰鲜之上,即凶恶如漕卒、粮船,亦敛避不敢较;至仕绅乘传者,为其所凌,噤不敢出声,何况行旅。按,龙衣之进,正在南京,其后增入苏杭,初犹以镇守内臣兼领;及世宗革镇守,始特设内臣管织造;至隆庆登极革回,止留南京旧设者,至三年,复遣太监李佑往莅其事,至六年二月再遣以迄于今,遂成故事。中贵以此差为登仙,其名下小阉,踞以为外府,春秋二运,往来如织矣。

河　套

成化间,虏入河套,督抚都御史白圭、余子俊等,前后请大举搜套,驱虏出河外,沿河筑堡,抵东胜,徙民耕守其中。时叶盛为史部侍郎,上敕盛往议,且上方略。盛上言搜河套、复东胜,未可轻议,惟增兵守险,可为远图,而王越亦以为不可。上从之。弘治初,又议复套,时倪岳为礼部尚书,亦疏论边事,略曰:"建白纷纷,率谓复受降之故险,守东胜之旧城,则声援可接,非不善也;但城废弃已久,今欲城河外以为守，出孤远之军，涉荒残之地，彼或佯为遁逃，潜肆邀伏；或抄掠其前，蹑袭其后，进不得归城，一败涂地，声威大损矣。"时大虏入套未久，尽可驱逐，而当时叶文庄、倪文毅、王襄敏俱一时名臣，其议论也已畏缩如此。嘉靖二十六年，则距成化时将八十年，去弘治亦五十年矣，虏之盘踞日深，我之士马日耗，陡议大举，人心已摇，主上亦虑万一差跌，噬脐无及。以故严、仇之谮必得售，夏、曾之功必不成，不待智者而知也。

火　药

古来御兵，惟用兵仗，故晁错之言曰："劲弩长戟，匈奴之弓弗能格也。"即有用火者，大都乘风纵势，如即墨、赤壁是也。其大炮等物，不过曹操霹雳车之属而已。本朝以火器御虏为古今第一战具，然其器之轻妙，实始于文皇帝平交阯始得之，即用其伪相国、越国大王黎澄为工部官，专司督造，尽得其传。今禁军内所称神机营者，其兵卒皆造火药之人也。当时以为古今神技，无可复加，然亦相传所称大将军蒺藜炮之类耳。弘治以后，始有佛郎机炮，其国即古三佛齐，为诸番博易都会，粤中因获通番海艘，没入其货，始并炮收之，则转运神捷，又超旧制数倍，各边遵用已久。至今上初年，戚继光帅蓟门，又用火鸦、火鼠、地雷等物，虏胡畏之，不敢近塞，盖火器之能事毕矣。数年来，因红毛夷入寇，又得其所施放者，更为神奇，视佛郎机为笨物。盖药至人毙，而敌犹不觉也，以此横行天下，何虏敢当之，但恐守炮者畏怯，虏未来而先放，比对阵则药尽，反速战士之奔，此向来通病也。

正德十五年满剌加国为佛郎机所并，遣使请救，御史何鳌言佛郎机炮精利，恐为南方之祸，则其器入中国本不久。至嘉靖十二年，广东巡检何儒招降佛郎机国人，得其蜈蚣船铳法，论功升上元县主簿，令于操江衙门督造，以固江防，三年告成，再升宛平县丞。中国之佛郎机盛传自此始，而儒老于选调，不闻破格用之，可叹也。

武弁杀邑令父子

广西总兵都督过兴召还京师，途经湖广祁阳县，兴命其子得隆索贿于知县李翰，不得，杖翰并其子钊，俱死。事闻，法司拟得隆恃势故杀二命，拟斩而已。邑令为健儿所笞，已是怪事，乃父子俱死棰楚，宁非衣冠奇祸？何以置兴不问？兴寻病，得伏枕死，天网严而国法废矣。此成化元年事，与正统末年都司李晷杖知州李玉事相似。

项襄毅占寇

弘治元年，吾郡城中百户陈辅者，素以兴贩私盐为业，事发，革任，所聚徒党渐众，遂思为乱。同其父陈端、其子陈文、陈武鸠集所部，白昼入郭，知府徐霖逾垣遁去，遂虏郡印，劫库藏，释囚徒，又劫夺嘉兴守御千户印，执千户白鉴，杀掠吏民，尽剽城中金帛妇女，全家入太湖为寇。其势猖獗，阖郡惊惶，意其或成大事。时正初夏，故兵部尚书项襄毅忠，以削籍在家，为辅卜其成败，既而曰："无能为也，今日旺神在西，而此贼乃扬兵东出，是为休囚，旦夕见俘耳。"俄上闻变，亟遣侍郎彭韶领专敕巡视浙江，督责地方文武，用军兴法，事权甚重，比至无几时，而百户父子皆就戮矣。项公虽名臣，不闻善风角，而奇中乃尔，信乎前辈多能，不肯炫鬻见长，如魏阳元善射，非临用何由知之。

彭惠安公敕中云："一应军民词讼，轻则量情发落，重则发巡按、御史、按察司问理。"是时御史之体未甚贵倨，彭以刑侍奉使，初未兼宪职，尚以属吏待巡按如此，迨嘉兴事宁后报命，乃以原官改佥都御史，清理两浙盐法，始得带宪衔，再莅吾乡，盖中丞雄峻，当时尤靳惜之云。

武臣好文

本朝武弁能文者，如郭定襄、汤胤绩之属皆以诗名，然不过聊以自娱耳，非敢艺坛建旌钺也。自嘉靖间，东南倭难孔炽，倖臣胡宗宪、赵文华辈开府江浙，时世宗方嘉祥瑞，争以表疏称贺博宠，收取词客充翘材馆。胡得浙人徐渭、沈明臣，赵得松江人朱察卿，俱荷异礼，获厚赀，浸淫及于介胄，皆倚客以为重，渐如唐季藩镇。至隆、万间，戚少保继光为蓟帅，时汪太函、王弇州并称其文采，遂俨然以风雅自命，幕客郭造卿辈尊之为元敬词宗先生，几与缙绅分道扬镳。而世所呼为山人，充塞塞垣，所入不足以供此辈溪壑，久亦厌之而不能止矣。近年萧都督如薰以偏裨立功，拜宁夏制帅，频更大镇，亦以翰墨自命，山人辈作队趋之，随军转徙，无不称季馨词宗先生，蚁附蝇集，去而复来。时诸边事力已绌，非戚帅时比。萧之内人前为杨司空女，继为南太史妹，俱盛有嫁赀，至脱簪珥佐之而犹不给，武臣好文，自祸至此。

自隆庆来，款市事成，西北弛备，辇下皆以诸边为外府，山人之外，一切医卜星相奉荐函出者，各满所望而归。幼年曾见故相家僮业按摩者，游宣府亦得二百金，已为怪事；今年至都，在黄贞甫礼部坐中，见二三小唱，窄袖急装若远游者，来叩首，云谢别，问之，则乞得内召候考选名公书，往塞上也。余笑谓贞甫曰："他日必有坊曲女伴，祈公等书牍作陇头儿者，将奈何？"贞甫曰："不然。诸边营妓如云，大胜京师，我却愁诸弁以此相荐，报我辈龙阳子都耳。"因相与拊掌不已。边事如此，欲武人不掊克，得乎？

文士知兵

嘉靖以来名公如唐荆川中丞、赵大洲阁老、赵浚谷中丞，皆巍科大儒，士林宗仰，然俱究心武事，又皆出词林，足为文人生色。今上初年，如冯仰芹子履、于完朴达真二大参，俱真正边材，惜乎不及大用；其次则沈少林状元、董伯念礼部，并有声艺苑，亦好谈兵，但陋于年，赍志以没。惟二十年来，如顾冲庵养谦、叶龙潭梦熊、万丘泽世德、李霖寰化龙、梅衡湘国桢，皆因四方多事，各从簪笔吮毫，时伸其弯弓击剑之技，俱正位司马，延世金吾，顿令措大吐气。若穆宗庙杨虞坡、谭二华、王鉴川、刘带川辈，又未易指数。又如今上丁亥，有一郧抚，其人素讲学兼文武才，至以王文成自命，忽为部卒哗乱，备极窘辱，既而逃入襄阳，寻冒功事发，诏征入狱，则真尿汁诸葛亮也。

兵部郎叙功

先外祖王讳俸，登壬戌进士，拜兵部主事，寻晋副郎职方正郎，又以才选赞画，从刘大司马焘征海寇曾一本。成大功还，历俸将满九年,会议开马市,忤高、张二相,高方掌铨,出之为永州知府,寻乞身归。后高、张先后败,起庐州知府,循资升宪副大参,以病乞身没于家。兵部九年无出守者,边功未有不叙者,又忤权高卧十余年。时吴门、太仓俱同年在政府,太仓尤莫逆交,竟不论叙往事。先外祖既不自鸣,言路亦无为称荐者,似皆有古人风。

石　司　马

大司马石东泉星以封贡关白下狱,时曹心洛先已久系,正坐论石得罪者。石见之,惭欲入地,曹顾慰劳有加,云各为国事致祸,何敢相尤。两人遂缔深交,且有婚媾之议。未几,石以忧死,曹为经纪其身后甚周悉,且津送其孥累。时石妻子编管粤西,正曹之桑梓也,闻曹归里,欲绪成前议,未知果否。此一举也,曹不失为过厚,而司马地下则赧色矣。曹名学程。

日　　本

日本贡道,本从浙、福二省。自朝鲜之役,我往彼来,俱从朝鲜之釜山径渡,海面既无多,亦无湍险。至封贡事起,则直自山海关入京,日本几成陆路通衢矣。所幸彼国安富远过中国,初无意内犯,向来许多张皇,真是杞人之忧。而朝鲜、日本,向为与国,且世通婚姻,特关白一人黩武,近已宁帖,绝不闻交兵事矣。丁职方元甫应泰习知其事,且目睹其奉倭正朔,遂欲乘大兵全力一举灭之,如唐故事,且自为封五等地。不知主上仁圣,非唐文皇好大喜功者比,一时将帅,亦无有与李勣、薛仁贵伯仲者,此举亦岂易言。且兵以义起,名为恤患救灾,所以异于宣和伐辽之举,一旦利其土地,即力能郡县之,而使声罪致讨之日本,反得有辞于我,何以风示四夷也。丁疏丑诋东征诸文武,自邢昆田玠以下,无一得免。邢即出师时,举丁赞画者,丁为此谋,与勘事科臣徐涵碧观澜者协意;既而朝鲜君臣愠恐,扬言将甘心焉,丁遂宵遁,徐亦不复阅事还京,两人俱以听勘归。又六年为乙巳大计,徐以不及谪,丁竟坐墨斥。丁有才气,能任事,亦楚人之铮铮者。东事奏功,十年之局已结,饮至告成,即主上亦幸息肩以享太平,丁必欲尽没战功，严核伍籍，至为剃眉查核之法，军心已大离，朝鲜复加饰其罪状，丁遂无解于朝论矣。丁之初疏，岂无数端实中师中情弊者，攻击四起，渐增飞语，应之十余疏而不止，益支离失实，谓之妒功生事则可，其恨之者，至云党倭奴以坏战局，又云丁欲自据高岩作夜郎王，冤矣。

日本自古凶狡，非诸国比，以元世祖威力，十万之众，仅三人得还，复屡招之不至。本朝入贡甚虔，虽以胡惟庸事暂绝，后仍通贡，每天朝主上新立，颁用日字，勘合可考。其嘉靖间入寇闽浙者，乃岛中贼倭，如中国洋船，其国主不及知也。大抵来贡，不过利中国贸易，初非肃慎越裳可拟，故或逾期不至，中国亦不诘责之，正合来不拒去不招之义。石司马乃欲以封贡縻之，保其为忠臣孝子，愚矣。李宗城以临淮勋卫衔命渡海，欲借此以复先世曹国公故封，石司马亦面许之，甫至朝鲜，即令沈惟敬执囊鞬庭趋，旋为沈部下计恢，尽弃节印，单骑遁入关，贻笑远人，赖上恩慈不诛。又三年而丁徐之事继之，狼狈脱走，迹同亡虏，岂止委君命于草茅，其辱国甚矣。石之负乘不待言，其初兰溪在首揆，亦不得辞责。

日 本 和 亲

李如松家塾师诸龙光，故浙江余姚人也，受李氏恩豢已久，后复多所需求，李氏父子渐疏外之，龙光积忿未发。会如松奉征倭之命，先胜于平壤道，后败于碧蹄馆，久戍朝鲜，而封贡议起，如松颇附会，文帅宋应昌及本兵石星速成其事以结东征之局，此实情也。一时抑和主战者，议不得伸，渐谓军中行贿媚倭，至甲午四月，且有和亲结好之说。龙光遂借以倾李氏，上急变告如松私许日本与天朝和亲，御史唐一鹏等信之，遂露章劾如松并东征在事诸臣，科臣乔胤因而和之。上命讯之，实无此事，下龙光究问主使之人，不得，法司拟以杖谴。上大怒，先命立枷，后遣戍，不数日遂死三木之下。按古来北虏与中国和亲，惟汉唐有之，未闻岛夷敢萌此念。若云日本愿献，则高丽进其国女子，在祖宗朝自有事例，似亦未许；至于公主下降，则纳币赐敕宴使定期，古来一有故事，军中安能伪饰以欺外夷？况倭奴狡猾，为诸夷第一，非沈惟敬辈所能笼络。造为此说者，皆出东征失志游棍，流谤都中，而言路一二无识者，遽登之白简，至纷纷为诸龙光讼冤，辱朝廷而羞士大夫，真可痛恨。于文定与石司马私恨，遂纪之笔麈以为信然，失国体矣。

封事初坏，李宗城逃归，上命急遣一科臣往，而皆惮行，群起谏止，上意已怫；会曹学程有和亲割地之说，圣怒遂不可解，锢狱十年而始释。盖鲜、倭本与国，其婚姻乃恒事，但讹云天朝，则可恨矣。

程鹏起

关白侵朝鲜事起，建白者章满公车，石司马以集众思为名，多所采纳。其可哂者，如张念华、冏卿文熙，议集浙、直、福、粤濒海四省之兵，入海捣日本之巢，已为悠缪不经之甚，旋为言路所驳，谓其骚动江南，罢不行矣。有一妄男子程鹏起者，求往海外暹罗国借兵以攻关白，可令回师自救，以解朝鲜之困，石司马大喜，以为奇策，即请于上，加参将职衔，给饷召募。其寮撩二十人皆无赖椎埋辈也，并授指挥，充中军旗鼓等官，先入朝鲜约会师之期，索其赂数万；至闽、广造船募兵，费饷数十万俱匿入橐中，盘桓海上不发，始为言者论罢辍行。后石得罪，田东洲乐秉中枢，捕程笞数十。论戍逃归，至今往来南北，携数十女优及恶少数辈，遇豪家即令演剧以博缠头，间有挑之者，旋使荐枕连宵阅日，恬不知耻；又遍拜荐绅名公称弟子。余尝遇之广坐中，历指其扮戏诸妇曰"此为邹尔瞻老师所爱"，"此为顾叔时老师所赏"。以一漏网健儿，污蔑贤者至此，而荐绅先生无一呵叱之者，异哉。

暹罗

倭事起时，有无赖程鹏起者，诡欲招致暹罗举兵，捣其巢以纾朝鲜之急。其说甚诞，一时过计者，又恐暹罗入境，窥我虚实，且蹂践中华。于毂峰宗伯时在春曹，极讪笑之，以为茫茫大海，人知暹罗在何方，所云调征者已可笑，乃又忧其入内地，此待取来时再议之可也。其言似是，然暹罗实与云南徼外蛮莫及缅甸相邻，陈中丞用宾抚滇，尝欲与协力图缅,夷为郡县,可得地数千里。事虽无成,然其国滨海,而可以陆路通无疑矣。程鹏起泛海求援,固属说梦,即于公讥诋,亦未得肯綮。于久为礼官,暹罗为入贡恭顺之国,其道里图经,何以尚未深究。

金丹说客

金丹者,吾邑诸生也,素以舌辨见称,微有拳勇。时蒋洲等入海游说未归,当事俱忧之,募能再往者拜官。丹出应募,成约而归,胡司马嘉其功,即以都阃题请。丹时本业已荒,遂就右列,历官闽参将,中白简归,用降汪、徐诸酋劳,叙功得世本卫副千户。丹为先大父客,余幼时尚识之,其子病废不能袭,其孙贫而无赖,非承勇爵者,黄虽尚存,已付高阁,然较之蒋洲辈不蒙寸赏,已为优矣。

沈惟敬

沈惟敬,浙之平湖人,本名家支属,少年曾从军,及见甲寅倭事。后贫落入京师,好烧炼,与方士及无赖辈游。石司马妾父袁姓者,亦嗜炉火,因与沈善。会有温州人沈嘉旺,从倭逃归,自鬻于沈;或云漳州人,实降日本,入寇被擒,脱狱,沈得之为更姓名,然莫能名也。嘉旺既习倭事,且云关白无他意,止求贡中国,为朝鲜所遏,以故举兵,不过折柬可致。袁信其说,以闻之司马。惟敬时年已望七,长髯伟干,顾盼烨然。司马大喜,立题授神机三营游击将军,沈嘉旺亦拜指挥,与其类十余人充麾下入日本。司马既以封贡事委之,言无不合,言路交攻不为动。沈留釜山年余,廷遣制使二人往封,以惟敬为宣谕使,偕渡海。临淮李小侯既逃,朝命副使杨方亨充正,即以惟敬为副,使代之。过海至山城州,草草毕封事,而倭留朝鲜者终不去,贡事亦不成。石司马以违旨媚倭下狱;沈为督府邢司马捕至京,论斩,妻子给功臣为奴。惟敬无子,妻为南妓陈淡如,少亦知名,时已老矣,沈诛后部曲星散,淡如与嘉旺俱不知所终。

惟敬渡海时,余家有一旧仆随之,及还,云日本国多风,四时皆然,四面皆至,所谓飓风也。俗好楼居,至十余层,而又不善陶埴,即王居亦以茅覆，故易败亦易成。土俗与旧传略似，惟所谭用箸最奇。其俗侈于味，强半海错，中国所未名者。每宴会，虽黄白杂陈，不设匕箸，临食，则侍奴取小材长尺许者，对客削成札，人置一双，既馂，便对客折之，不复再用。每堂庑间，必设箸材半楹，以备朝夕供具。日必再浴，不设浴锅，但置密室，高设木格，人坐上，其下炽火沸汤蒸之，肌热垢浮，令童子擦去，然后以水从顶灌之，大抵其好洁如此。

斩蛟记

关白之犯朝鲜，朝议倾国救之，时宋桐冈应昌以少司马督师专征。宋无阃望，能大言。次年将内计，有物色之者，因力任东事，大司马石东泉主之，内阁则兰溪暂代首揆，惟石是听，特遣二主事赞画，皆妙选才望，赐四品服以往，宋亦加服一品，得僇副帅以下，事权特重。后碧蹄馆败归，师遂不振。次年癸巳一赞画者以拾遗论罢，其人故耆夙名士，为太仓相公门人，号相知，意其能援手。时竞传关白已死，遂作一书名《斩蛟记》，首云关白平秀吉者，非人亦非妖，盖蛟也，漏刃于旌阳，化成此酋。素嗜鹅，在朝鲜时，曾谋放万鹅于海中，关白恣啖，因得剚刃，而主之者昙阳太师也。记出，远近骇怪，其同邑先达遂作《辟蛟记》诋之，以快宿隙。究之关白实未死，此君亦未得出山，而太仓相公曾见此记与否，皆未可知也。

斩蛟之记亦有所本。潘玺卿雪松士藻，冯司成癸未所录士，滞符台十年，在京偕诸名士立讲会，每云吴猛镇铁柱宫，实多遁去者，许真君约后千年，当生八百散仙藏此孽魔，今正其时矣。我为一人，与某某等皆同列，余师司城公亦其一也。京师信之，竞求附仙籍。潘一同年素不预讲，亦遥隶群真，起大宅垮王公，云拔宅上升时，勿令赀产有所遗，司城见而姗笑之。又袁中郎为吴令时，与彼中一名公交厚，名公素以圣人自命者，每论事，辄云"如来如此说"、"大士与我商略亦如此说"，其他称引果位不胜纪。袁谈及必抚掌不已。又屠纬真在湖上，一日忽对余曰："昨日吾解一大纷，关壮缪、苏文忠各来枉顾，二人素未识面，偶苏举曹、刘并称，壮缪震怒，谓小子何敢辱吾兄，至与阿瞒伍。苏争之甚不服，两相构斗不休，若非余力解则东坡饱老拳矣。"

屠为余父执，第俯首匿笑不敢对。大抵才士失职，往往故为夸诞以发舒胸中磊块，不足信，亦不足哂也。

征 安 南

嘉靖初年，安南久逾贡期，又侵夺广东钦州四峒，朝议欲问其罪。时王文成新起征田州，威名甚重；桂文襄暴贵用事，风王乘兵力取安南为己功，王不应，恚甚，嗾人论之，夺其世爵。

又数年安南尚不宾，时闽人林希元者，为钦州知州，林故名士，从卿寺外谪，负才不得志，乃上言安南可取状，凡六疏，犹不止。时夏文愍新登首揆，林同年也，以保境息民为言，林说遂不行，仅劝莫登庸归四峒，献代身金人，遂罢兵。林乡人李默移书戏之曰："钦州非用武之地，君面亦非封拜之相。"盖讥林貌寝也。夏贵溪不欲用兵，亦谋国远虑，迨其后议复河套，又力主其事，致陷重辟，盖贵宠已极，复思以书生开茅土，此与桂安仁同一肺肠。即张永嘉当局，曾议恢复大宁三卫故地，使其说果行，亦必至偾辕取祸矣。

安南议起，时太师武定侯郭勋，欲因以希上赏，奏请勒禁兵及各路师待发，已得旨，独户部左侍郎唐胄力谏有七不可之说，且云太宗以黎季犛弑篡、杀使臣诸大罪讨之，兵已压境，犹遣行人朱劝，许其赎罪，及不悛而后灭之，求陈氏后不可得，乃郡县之，仁宗每以为恨；至宣德再叛，杨士奇等举先帝遗意以闻，宣宗亦曰："皇考追憾此事，时形慨叹，朕屡闻之。"遂决意弃焉。世宗闻其说亦为心动。时咸宁侯仇鸾、尚书毛伯温等奉命，兵饷已集，乃遣礼部尚书黄绾往谕，其后莫登庸服罪罢兵而还，卒用胄策。其全国中生灵多矣。今上癸巳、甲午间日本侵朝鲜，至调天下精兵，夷汉俱扰，率不得要领，而海内物力已竭矣，使有唐胄其人，当不至此。袁中郎论朝鲜事云，譬如邻人自相评讼，我乃鬻田宅、卖儿女为之佐斗，不亦惑乎？斯语可念。

安 南 纳 款

安南在本朝，凡三征而三定之，人知之矣；不知元世祖时亦征之，凡三次而后输服，特未及郡县之耳。初征时，故宋陈尚书子丁孙及其婿梁奉御、苏少保子苏宝章及赵孟信、叶郎将等，俱降附，盖宋遗臣逃异国，不特陈宜中入占城也。陈日烜在元世祖朝，僭国号大越主宪天体大明光孝皇帝，更名陈威晃，年号绍宝，元兵陷其国都而归。本朝自宣德弃地后，尚修朝贡，嘉靖初，莫登庸篡黎氏自立，亦建国曰大越，改元明德。禅位于子方瀛，改元大正，分所部为十三承政司，以拟天朝之布政，各立宪察司以拟按察，又各立总兵使司以拟都司。及上赦之，革其王号，降封方瀛子福海为安南都统使，赐以银印，秩从二品，其十三司改为宣抚，然而仍帝其国，不用所赐印，且名入贡曰交邻。其后不复守三年入贡之约，且侵粤西无虚日。盖自汉及六朝以后，专制一方，屡服屡叛，夷方之难制，未有及之者。

元时献代身金人，以精金为全躯，以大珠为两目，但不知莫登庸嘉靖间所献其制何若。又安南人自称其国为阿南国，至今尚然。福海死，子宏瀷嗣，嘉靖末年瀷没，子莫茂洽嗣，后溺死，其国渐乱。莫氏相传凡五十余年，至今上初年，而黎氏又兴。先是，黎谭为莫登庸所篡，其子宁犹奉黎祀，又三世为黎惟邦，与其故臣郑松协谋起兵，诛灭莫氏，尽复故土；惟邦死，黎惟潭立，始以情事上闻，且进代身金人以求封号，时万历二十五年也。上嘉其意，封都统使如嘉靖故事，别铸印以赐之；又七年而惟潭死，子惟新袭位，不告哀，不入贡，亦不请封，诏命诘责，始以年幼初立、国内逆贼构乱为辞，上命姑贷之，仍许通贡，封爵如其父，再请给印。时屡勘无他，乃又赐以新银印，上表谢恩，贡奉如期，较先朝更恭顺云。

仇鸾谈兵之舛

仇鸾自庚戌秋虏入，得上宠，比壬子追僇，恰二年耳。其间意气之骄盈，议论之舛谬，概难枚举。即如辛亥六月虏报渐急，鸾奏请欲自领京兵民兵迎贼，而以边兵分遣附近，追剿零贼，且许军马食民田禾。大学士嵩乃言，今岁调遣到边兵，以其惯经战阵，全赖入卫京师；今却遣兵出外以待零贼，而用京兵民兵以迎大贼，臣等莫喻其意云何。又行军纪律，有擅取一物者即斩，宁使虏过，田苗食尽，必不可下此一令。会礼卿阶亦言之，得旨允行。七月，鸾又请借民田车以备战守，上曰："去岁造完战车，专备御敌，如何又取民车，益增骚扰。"不允行。盖建白乖谬而君相俱疑厌之矣。是年鸾出行边，惟督臣与雁行，即巡抚亦佥坐，不敢具宾主，若兵备则竟隅侍，鸾晏然受之，人谓其器满将覆矣。

初，仇与严共事，夏曾得志，情若父子，既已同诸大臣入直撰玄文，遂拟郭勋故事，欲挤严而独擅大柄，嵩始恨之。而鸾亦密以嵩父子贪横事上闻，其说几行矣，严乃益结徐共排鸾，因其死，遂合谋使陆炳发其阴事，以至夷灭。是时严、徐尚未有隙，弇州独归诛鸾之功于徐，未必尽实。然《实录》中亦云徐阶密疏鸾通虏误国状，上始惊，收其兵权，鸾因悸死，未知何据。

杀降

嘉靖丙辰，倭酋请降，时督帅为胡襄懋宗宪，许以不死，已上疏于朝。既而有流言谓贼首汪直、汪五峰者，与胡少保俱徽人，潜通重赂，贷其族诛。胡悸惧无策，赵文华正以少保视师，劝胡追还前疏，尽改其辞，汪酋辈遂俱授首。近年壬辰宁夏之事亦然。初哱承恩受围既久，乃请降于监军御史梅衡湘国祯，亦许贷其命，且授以官，承恩欣然，斩刘东阳诸叛贼以献。既而督臣叶龙潭梦熊愧功非己出，决策诛之，遂俘之朝，寸磔于市。梅恨甚，有诗曰："弃甲抛戈满路旁，家家门外跪焚香。军门忽下坑降令，关市翻为劫夺场。计就平吴王濬老，谋成返晋介推藏。山中黄石休相问，已乞仙人辟谷方。"其怨悱可知矣。自古杀降必非阴福，然汪、哱之流毒南北，即戮之非过也。

奇兵不可再

戚少保继光初以征倭至江南，命士卒于山中习放鸟铳火鼠之属，适林莽中有群猴，见而窃效之，久之猴之技胜于人矣。一日倭大至，而戚兵少，度与战必不利，乃匿勇壮于隐处，而以轻铳挑之，佯北，先掷诸火器于山峦内。倭之追者寻至，猴见髡跣横行，不类所习睹，疑为异兽，将噬之，争燃火发炮，倭大骇狂奔，死者枕籍；伏兵四起，遂获全捷。往丙戌丁亥间，顾冲庵养谦抚辽左，俘得海上零倭数十，皆贷命以实行伍，私念大虏目未识岛夷，可以奇胜之。一日报虏骑入犯，命诸倭仍故装匿中军，候战酣时，忽执刀跳跃齐出，虏惊未定，则霜刃及马足，皆踣仆就戮，余骑迸散，顾因以奏功。他日虏再入，复命如前法赴斗，遂无一人还者。盖虏奴知其技止此，已先为备矣。乃知田单之牛，刘寻之驴，俱已陈刍狗，再用未有不败者，如戚少保出奇，真堪大噱。

武弁报恩

钱宁微时，受知于右都督毛伦，后伦坐刘瑾党论永戍，揭黄停袭。迨宁用事，为之夤缘赦罪为编氓。比伦死，其子毛锦请袭世职，兵科给事潘勋驳之，谓伦因婿杨玉入刘瑾党，朋奸乱政，即十世不可宥，其祖职万无可继之理。盖玉与张文冕等，俱瑾第一用事羽翼，已骈斩于市久矣。至是宁势熏灼，擅回天之力请于上，命锦仍袭指挥使，以报伦知遇焉。嘉靖间曾司马铣以复套事见法，其爱将李珍者，榆林人也，先为游击将军，坐法贬行伍，曾爱其能，从徒中超复故官。曾得罪后，分宜相憾之不已，又欲罗织杀其子淳，令人劾珍克侵军饷数万馈淳，浼其入京赂要津。比逮至拷掠穷治，备极五毒，终不承铣子受贿事，法司乃止坐珍减饷论死，而淳得免。若珍者不知何如人，然以死存孤，使曾氏不至夷灭，庶几有国士之风。钱宁罪恶，死不足赎，亦能不负恩地，曲报知己，俾延世爵，其善亦岂可没。今之士大夫读书知礼义者，有愧武人多矣。

李珍寻以庚戌虏警，赦出复用至大将。

款议有所本

隆庆四年，北虏俺答失其孙把汉那吉，时高中玄在阁，王鉴川在边，议还之以易叛人，初甚哗而后卒得成功。其论虽创，实有所本。宣德十年北虏脱大赤等三人归附，言其酋朵儿只怕率骑三千，近在凉川，失其甥卜曾罕虎里，乞还之，时皆不之信。先是，朵儿只怕从和宁王阿鲁台归附，已拜为都督，阿鲁台为也先所败，朵儿无依，常寇凉州，其甥为边将所获，故遣使求款。上与兵部尚书王骥议，谓宜遣人招抚,乃敕边将同脱火赤等往谕,但归凉州所掠人口,亦还尔甥;若萌异,妻子不保矣。后果如所策。高中玄岂先具此稿于胸中耶？抑暗合也？若嘉靖末,宣大总督杨顺之纳淫妇桃松于寨,致房大入,相嵩居内,遂欲弃大同右卫,真无策矣。

蔡见庵宪使

隆庆间,北虏效顺,各镇议马市讲款,虏酋俺答贡马至宣府,其妻三娘子者,专房中事。时蔡见庵可贤宪使,备兵阳和,正同督府宴犒于城上。蔡少年登第,丰姿白皙如神仙,三娘子心慕之,在城下请于督府曰："愿得兵道蔡太师至吾营中,一申盟誓以结永好。"蔡出城至其营,正奉湩酪为寿,忽以精骑数十,拥蔡北去。塞上大骇,欲追,然诸砦俱安堵,未敢遽议剿。数日后仍送蔡入城,则虏妇已荐寝于氊帐数夕矣。自此边尘不惊,西陲寝烽者数岁。蔡坐此被议罢归,三娘子每至边辄以蔡为问,一时推毂者亦众,因再起再废。至壬辰夏刘哱之乱,言者复以边才荐,又用为宁镇河西道,既奏功进大参,又以言归;甲午再起辽东,未久,仍被议去,而蔡亦暮年矣。阃氏自献,边臣不能守慎独之戒,于廉隅或稍妨,而威重亦未失,遽遭吏议而屡蹶不振,惜哉。

京营操军

京师禁兵号称数十万,然皆尫弱,又大半顶名,无一能操戈者。嘉靖庚戌虏薄都城,戒严固守,至不任登陴,后赵大洲贞吉相公有分营操练之议,竟无寸效。顷年庚寅,曾健斋乾亨为光禄少卿,故以御史外谪,有伉直声,议欲选三大营,并罢诸弁不任事者。此疏初传,京城汹汹,曾不知也。时光禄兄见台同亨为工部尚书,一日入朝,为无赖武弁数百人,拥其舆诉且诘至于诟詈,几碎其衣冠,急避得免,盖误传草疏者为司空也。使其得请允行,必有领军张彝之变。俯仰古今,可为浩叹。

兵事骤迁

嘉靖间不次用人,如议礼张、桂诸公不必言,后倭虏事起,西台中则有王思质忬以御史庚戌守御通州功，升佥都御史；既而倭事起，胡梅林宗宪以浙江巡按御史升佥都抚浙，此皆兵事骤兴，难拘典制。若通政赵甬江文华出视倭警，归而报曰旦夕且平，未几倭大炽，惧上谴责，乃告讦吏部尚书李古冲默出题谤讪，上大悦，从工部侍郎直升尚书、太子太保，仍出视师，则人人切齿，抑不可比于军兴矣。此后登进，遂少有超异者，惟隆庆间张学颜以山东副使升佥都抚辽东，刘应箕以山西副使升佥都抚大同，吴光以河南副使升佥都抚宣府，虽以才望，亦出高新郑掌铨报宿知也。至今上乙酉，升蓟州兵备副使顾冲庵养谦为佥都抚辽左，则以边才素著。庚寅升苏松兵备副使李养愚涞为佥都抚应天，则以先朝直臣，此后不多见。至壬辰宁夏功成，监军御史梅衡湘国桢当不次大用，然犹先转太仆少卿，寻以佥都抚大同。盖当事者犹斤斤惜名器，稍迁其途以酬功，而御史径超佥堂，遂绝响矣。

克复松山

陕西边防，以弘正之失河套为第一要害，次则嘉隆间之失大小松山，皆关右虏族内犯最紧巢穴也。河套在宁夏镇，自夏文愍、曾襄愍被祸以来，无人敢再议，今则以为必不可复，且必不宜复矣。惟松山在甘肃镇，自为虏寇宾兔所据之后，内地仅有一线之通。先朝西方名将如马芳，频死犹以不及恢复松山为恨。近日万历戊戌，三边督臣李次溪汶、甘肃抚臣田东州乐、甘肃总兵达云、道臣刘敏宽等，厚集夷汉将士，尽锐剿杀，虏众举族遁去，大小松山尽入版图。建筑城堡，以芦塘等城属固原镇，江水河等属临洮镇，河坝颜等处属甘肃镇，其地东阻黄河，北控宁夏之贺兰山，西南连接庄、羌、兰、靖诸边，延袤千余里，号为沃土，于是甘肃千四百里之冲俱安枕矣。功状条上于朝，再核得实，李、田俱晋宫衔，荫世袭锦衣，达云外卫世千户，其赏似未足酬劳。今上武功虽盛，此役尤为俊伟云。

西南诸捷

今上用兵西南大抵多捷，如万历乙亥四川之平九丝，拓地几千里,时大将为刘显。癸未之缅甸大酋莽瑞体反,纠陇川酋岳凤同逆,凤为游击将军刘綎所擒,俘献阙下,綎即显之子,后屡为大将,又越三十七年岁乙未,为杨镐所绐,战没于辽左。当俘凤时,申、许二相公俱峻加三孤。又如万历癸巳缅酋多俺又反,陈用宾擒斩之;万历丁酉顺宁府土酋猛廷瑞、大候州土酋奉李叛,讨灭之,各改流官;万历丁未陇川酋多安民又叛归缅,滇兵举平之,此皆云南一方事。至川黔之灭播川、平苗仲,亦无不如意。惟近日东北用兵,竭天下之力,聚三大帅数十万众尽没辽水,坐成厝火燎原之势,差不为竟耳。昔唐文皇芟刈群雄,手定率土,独困于东方莫离支一小丑,近事亦略似之。

梅客生司马

麻城梅客生国桢大司马,少登公车,高才任侠,其中表刘思云守有亦大司马天和孙,时领缇骑,与江陵、吴门二相相昵,而好文下士。梅每游京师,辄以羽林卫士给之,因得纵游狎邪如杜牧之为淮南书记时,尝题诗倡馆,有"门乘夜月梨花冷,帘卷东风燕子寒"之句,为时所脍炙。后至癸未始登第,齿已长矣,出为邑令,入西台,会刘哱倡乱,朝廷大震,乃上疏力荐辽帅李如松往讨,而请身监其军。至则亲擐甲胄,当矢石,屡挫贼锋,镇城窘急,亦自相鱼肉,献贼自赎。因奏功还,峻迁中丞,开府云中,以至右都御史,赠今官。如松在环卫,故与梅为方外之游,握手衔杯,誓以功名各自奋,果不负所期云。如松后以辽帅战没,梅亦终保身名而卒。

如松为宁远伯成梁长子,有弟如柏、如桢、如樟、如梅,皆至大帅,俱善以酒色苞苴笼致缙绅。有徽州谢存仁号太涵者,为辽阳道参政,如梅为镇帅,出其爱妾一幅画者,与角饮射,酒酣相娱谑,立遣舆赠之,其人固燕市娼,以美冠都下者。兄弟才术大都不出此。今杨中丞沧屿镐抚辽时,亦与如柏结义兄弟,曲宴私觌,大抵如前所云。建虏匪茹,杨从田间起督师,以大兵四路出关,如柏时以故辽帅起废于家,杨请于朝,使将中军,以为功在漏刻,为李氏茅土地。既知事不就,阴檄如柏率部下全师归,刘、杜二帅不知其指,第奉令克期深入,救援路绝,只轮不返。李成梁始起辽东,不为无功,至是一败不复,亦皆如柏之力。杨、李俱论斩，如柏死狱中。士大夫素以豪杰自命，不幸为此辈所豢诱，入其彀中，究至误身以误天下，悲夫。

先是，援朝鲜时，蔚山之战，城已垂克，因杨镐欲李如松居首功，不许南将入，下令退还。倭众乘之，天朝全师俱溃，识者恨之。

福　　将

古云薄福之人不可与功名，此语信然。李少师于田，身长八尺，腰腹十围，望之知为巨公。播事正亟，用为制帅，一鼓灭之。会以忧归，而运道告梗，旋从苦次起治河，因开泇河为百世利。其举动安详，语言敏赡，又粹然文士也。己酉辽东渐露叛谋，时李已秉中枢，余妄献一议，谓当亟将辽地改为郡县，使文吏得展其才专其责，且使武弁亦严纪律，不敢恣横如旧时。而叆阳、宽奠、清河外诸要地，为抚臣赵楫、镇臣李成梁擅割与虏者，亦可从此清出。李大喜，是其说，而事体重大，众议未谐，议因中格。此举果成，亦不足为辽重轻，而此公虚心听采，亦见一斑。使其今日在事，辽事未必败坏至此，如天之不愁遗何！播奏凯后，上欲践初约，封以世伯爵，首揆沈四明力沮之而止。

少师乙巳年从济上忧归，而安氏争地事久不决，李从苦次抗疏，谓播地寸尺不可授安，且悔当时不尽一时兵力并安氏灭之。盖才大气锐，自不以县辽为非也。

进银立兵营

丁酉戊戌间，矿税盛兴，奸人辈竞为欺罔。己亥三月，有福建福清县举人林章者，同百户王官把总徐希昌等上疏，乞于淮南一带买盐行引，又求于大江天宁州、黄天荡二处养兵以防寇盗，且进银一万三千两以尝上。时阁臣忧之，上疏直云："大江之中，浩渺贼薮，此辈欲得之为巢穴以聚众起事，其志不小。"上允其奏，逮诸人下诏狱治之，则此万余金乃扬州监生代出，而林章主其议以上疏。法官恨之，相继死狴犴。全盛之世，主上偶计刀锥，群小遂借以售奸，名在贤书者亦思盗兵逞志，言利之害至此。

名器之滥

宋时杂技异途，亦有虚衔，如某州医学助教之属，以优假闾里中杂流耳。惟本朝则凡医人出入贵家者，辄求得告身，称太医院吏目，门下奴目客则称礼部铸印局大使，遂俨然铨曹选人矣。又如武途虽云杂冗，乃两都元枢以札付饷亲友，初犹名色把总耳，今乃不书都司，则书守备矣，初犹一二人，近来普天皆是矣。夫都阃系正二品大帅，国初列方伯之上，守备专制一路，领敕行事，此岂兵曹得给札除授乎？昔至德间，大将军告身才易一醉，宣和间朱勔家奴皆拜横行刺史，衣金紫，行酒炙，无乃似之，但其时何时也。

武臣自称

往时浙弁牛姓者，官副总兵，上揭张永嘉相公，自称"走狗爬见"，其甥屠谕德应峻耻之，至不与交。然此右列常事耳。江陵当国，文武皆以异礼礼之，边将如戚继光之位三孤，李成梁之封五等，皆自称"门下沐恩小的某万叩头跪禀"，又何怪于副将之"走狗"耶。

都督将军

古人都督之名甚轻，如贾充伐吴，其帐下都督周勤见录充入一径，盖不过牙门列校之属耳，然其时即充已有都督秦、凉诸军事之拜，出为方镇太帅，自是六朝皆然。至隋唐因有某州都督，遂为郡牧正任矣。宋世以宣抚使为兵官第一，得斩节度使以下，其后又以宣抚不足重，如宰相吕颐浩为都督，而张浚因之，乃至中书三省亦奉行其文书，而尊宠古今无匹矣。本朝以此衔为右列流官之冠，其秩正一品，而同知从一，佥事正二，超六卿之上，其贵几埒晋唐。此后因以为正总兵官带衔，未几而副将亦得之，遂橐鞬而趋走于抚院之庭，又何论制府？至嘉靖之末，马芳以游击奏功，世宗特加右都督，则偏裨亦领此秩，愈不足重矣。若将军，则秦汉以来为制将军号，其后名称渐繁，不可缕指。本朝以镇国将军为正一品，以待宗室郡王之支子；次则辅国、奉国，而大帅之挂印为将军者，如镇西、征西、征虏、平虏之属，尚是雄任，若龙虎骠骑以下，则为二品至五品散官，姑为美称而已；其最猥下者，则殿廷侍卫之大汉，摆列之红盔，亦以市井丐乞得称将军，而贱极矣。

叉 手 横 杖

今胥吏之承官长，舆台之侍主人，与夫偏裨卒伍之事帅守，每见必觯袖撒手以示敬畏，此中外南北通例，而古人不然。如宋岳鄂王初入狱，垂手于庭，立亦敧斜，为隶人呵之曰："岳飞叉手正立！"岳悚然听命。是知古以叉手为敬，至今画家绘仆从皆然，则今之垂手者，倨也。古伍伯在公庭，必横梃待命，其怠傲不遵命者，始直其杖，余观今禁门守卒与武弁辈，每遇大僚出入，俱直立其杖，大呼送迎，无一人敢横持者，盖古今不同制如此。又古大帅莅事，文武官为之属吏者，不过庭趋声喏，今皆蒲伏叩头，无敢言及喏矣。若抚按之待其下，惟由科目者尚得打躬讲揖让之礼，其他州邑佐贰，俯首阶下，与隶卒无异，想古人亦不然。

卷十八

刑　部

国初用法严

洪武九年丙辰，营谨身殿，误奏中等匠作为上等，上怒，命悉弃市，不许覆奏。时工部尚书薛祥极谏，上乃命用腐刑，祥又奏口："若是则千人皆成废人，莫若杖而复之。"始可其请。此犹工匠也。至十五年，上罪通政使曾秉政卖四岁幼女回乡，不能为人之父，命阉之，则极刑及于大臣矣，然犹赐赦而遣之。太祖晚年垂训，又云子孙做皇帝，不许用劓、刵、阉割等刑，敢有请用者，将本人凌迟，全家处死。其为禁更厉，所谓刑罚世轻世重也。然至宣帝时尚用腐刑，即士人往往罹之。正统初年，靖远伯王骥征麓川，擅阉幼童，见之弹章，上贷不问；至天顺二年七月，命宫盐徒四十四名，则似乎淫刑，然自此后不闻此刑及士大夫矣。

籍没奸党

永乐初，逮至嘉兴知县李鉴。鉴言臣诚有罪，幸陛下矜恕。上问何罪，左都御史陈瑛言鉴受命籍奸党姚瑄，瑄弟亨当连坐而鉴不籍亨。鉴言初奉都察院文止瑄，未有亨姓名。上曰：罪至于籍，不轻矣，虽当连坐而不籍，亦慎重之意，知县无罪，其释之。鉴为吾邑令，治状不知云何，姚氏被其厚恩，几以身殉之，赖上圣明得免。盖瑛之虐焰已布闻，上亦稍厌之矣。至永乐七年，新进士王彦自陈家与奸恶外亲有连，今闻朝廷已下本贯籍臣家，臣虽中进士，实罪人，应就系。上曰：学至中进士，亦成材矣，有罪能自陈，可矜。并其家宥之。至十年，浙江送至奸恶郑公智外亲宋濂之孙，请如法罪之。上曰：濂，儒者，事皇考于开创有劳，其孙子虽奸恶之亲，念濂当宥，可遣归。是时上心已悟奸党株连之滥，俱出陈瑛罗织。瑛旋以罪诛死，故解网之仁如此。李鉴旋召入为御史，其冒重辟救无辜，直当于古人求之，吾邑宜尸而祝之者。

永乐初，发教坊及浣衣局、配象奴、送军营奸宿者，多黄子澄、练子宁、方孝孺、齐泰、卓敬亲属，而其他奸恶则稍轻矣。其逢迎上意，俱陈瑛一人，即赤族不枉也。

热审之始

今制遇暑月，则刑部请上命审情罪之轻者释之，稍重减等，恐狱狭人众以致疫，此实本朝圣政，前代未有。文皇之初，其时止苏轻罪，或出狱听候而已；至宣德二年七月，上谕三法司，今盛暑，朕与卿处深居静处，犹觉可畏，罪囚郁蒸烦懑，安得无病，宜为检看，即具所犯来奏，勿得久淹。三法司、刑部尚书金纯等上奏疏决，上阅之，凡决遣二千四百六十五人。三年五月尚书金纯以疾在告，上令太医往视药，时上以天气炎热，敕法司疏决滞囚，纯不加意，屡从朝贵宴饮，上闻之怒，下纯锦衣狱治之，上乃亲阅狱囚，决遣五百七人，然犹间岁一行。至孝宗登极，始令遇夏月凡监犯可矜疑者，俱上闻减等，或竟释放，岁岁行之，自是热审为故事。圣人如天之泽远矣。

按，《会典》载永乐以来热审，但用三法司官，至正统末年，始以大珰一人会审，又至成化间，定五年一大恤，命司礼掌印内臣主之，出则张盖列骑正坐于棘寺堂，秋卿以下俱列侍，遂循行不改，以至于今。又据王弇州所纪，以为始于英宗朝遣司礼太监金英，是矣，但英之遣热审在正统十四年，此见之《实录》者，与《会典》所记正合，其说似无可疑，惟《王毅愍传》云：正统六年，命大珰兴安同王文审重囚。则不始于十四年，并不始于金英矣。先朝典制，俱付之传疑，非史官之责欤？

罪臣家口异法

叛臣妻女赐勋臣，此国初例，至今行之。若永乐初，将奸党方、黄诸臣妻子配象奴、发教坊司、发浣衣局，此文皇特典，非律令所有也。至正统十一年，大理寺丞罗绮，以事忤王振及振所宠任锦衣马顺，至籍没其家，绮充辽东广宁军，将家口付浣衣局，后虽赦还，亦惨辱极矣。天顺初元，于谦爱将都督范广，为曹石罗织死，至以其家小赐降虏，然皆为权臣所陷也。成化间，福建指挥杨华，故相杨文敏荣孙也，以杀人逮至京伏法矣，其妾因逃捕，发浣衣局，则亦以奸党法处之，然华之罪止一身，荣之功可宥十世，何至罹此惨祸哉！弘治以来此等事不复闻矣。

正统十四年五月，御史柳华以福建捕贼时编夫民为甲，制兵器自卫，致反贼邓发七因以为乱。上命籍其家，华因服毒死，其妻子俱送浣衣局，男子尽充岭军。是时王振肆恶，诸淫刑类此者多。

国学儒臣荷校

正统中，李忠文公时勉以祭酒被三木，天下恨王振之凶暴横人，士至今切齿，然而忠文亦微有可议处。先是，正统七年，国子监丞汪宾以贪暴被枷于监门之首，宾求诸僚申救，忠文怒其人，疏发宾在任同前祭酒贝泰不法，有玷师儒，且自请向来失纠之罪。上下其章，宾竟坐戍威远卫。按，宾官虽卑，亦儒臣也，贝泰又其前任同寅，岂可于两人得罪之后，复加下石。当宾荷校，正振窃柄已久，则此举必当谏止，乃以白简助其焰，未一年而身亦撄此罚矣，岂真出尔反尔哉。

法外用刑

列圣以来，恪守太祖定制，无用刑于律所不载者。惟天顺元年正月，英宗复辟，刑官奏于谦等罪恶情由，越二日得旨云：于谦、王文、舒良、王诚、张永、王勤本当凌迟处死，从轻决了，去其手足罢，家下人口充军，妻小免为奴，家财入官；陈循、江渊、俞士悦、项曜免死，发口外永远充军，家小随住；萧镃、商辂、王伟、古镛、丁澄俱发为民。盖廷议于、王等六人谋反凌迟，循等九人知反故纵，皆斩，故皆下一等。今史抹却谦等去手足不书，意者虑为先帝新政累，故削之耶？但极刑寸磔则有之，无断绝手足者，或覆奏时，上又除手足之条，此说近之。

武宗剥流贼皮以饰马镫，出入必乘踏之，谏者以太祖有厉禁为言，而上不顾也。太祖开国时亦有赃官剥皮囊草之令，遭此刑者，即于所治之地留贮其皮以示继至之官，闻今郡县库中尚有之，而内官娶妇者亦用此刑。末年悉除此等严法，且训戒后圣，其词危切，况臣下乎？嘉靖间新城知县吴琼误听一后妻诉子不孝，命支解之，为都御史金清所劾，且言此子非不孝者。上怒，杖一百，戍边邑。令寸磔无罪人，竟不偿死，此是何法。

朝审主笔

讞狱专属刑部，惟朝审则上请例以吏部尚书主笔，所谓冢宰无所不统，最为近古。至五年大审，乃遣大珰一人莅之，则巍然正坐而刑官夹侍左右，殊令人短气。今人皆谓起于成化十七年四月遣太监怀恩，及阅故相王毅愍文传，则正统六年辛酉命中贵兴安审录两法司罪囚，文时为大理卿，于招情矜疑者，悉能背诵，兴安叹服。则似不始于成化。

又景泰六年乙亥二月，帝命太监王成会三法司及刑科审录在京刑狱，及南京各省皆然。按，是年既非丙辛大恤之年，且二月又非热审之候，而以内官率刑官从事，盖又属创举，而中涓预闻狱，诏已非一日矣。

三杨子孙

杨文贞士奇之子稷，淫恶杀人，坐斩，瘐死锦衣狱，人知之矣。杨文敏荣之子恭以尚宝司丞居家，与人争产，法司论杖为民，遇赦求复职，而英宗不许。其孙泰为建宁卫指挥，与子华杀人，为西厂汪直所发，坐斩籍没。杨文定溥之孙尚宝丞寿殴死家奴，其奴乃宗室赐其祖溥者，事觉，刑部尚书俞士悦言寿罪虽律当徙，然奴由恩赐，又祖所爱，今寿杀之，有亏忠孝，请勿以常律论，赖大理卿萧维桢争之，得免。然则三杨后人俱不能成堂构矣，宁特杜荷房遗爱为千古所慨耶？

胡广之子种，亦坐杀人抵罪。

遣使审恤之始

刑部大理寺及都察院遣其属分谳天下狱囚，其事起于正统年间，然而时举时辍。至成化元年十一月，南京户部左侍郎陈翼因灾异陈言，请如英庙时遣刑部审录省直重犯，宽恤以召和气。时廖恭敏庄为刑部左侍郎，以岁俭民贫，差官不无扰民，但令抚按及按察司自清刑狱，其遣官俟丰年再议。时大司寇为陆瑜，以恭敏为先朝重望直臣，不能夺也。至四年又奏行之，然但及两直隶耳。又至成化八年壬辰，始命刑部差郎中、大理寺差寺正，各奉敕往两直各布政司，遇重辟可矜者，奏请宽贷，于是五年一恤刑之差遂定，时陆瑜尚长秋官也。其用丙辛午，不知始于何时，说者谓取金火明烈之象，亦不知何据。今恤刑年分，则三法司重囚，俱奉旨命大珰一人捧敕莅事，一如热审之例，真敝规也。按，陈翼此疏，造福狴犴不浅，何以当年寝阁不行？然其说格于一时，终为后世永制，仁人之言，其利溥哉！恭敏自是铁汉，此举似太刻礉，次年亦没于位矣。

凡内臣曾奉命审录者，其墓舍辄画壁写像于南面，法司堂官隅侍，御史与曹郎引囚听命于下，以为荣观。

恤刑

五年一恤刑，此成化以后成例，事体最重，往年多选刑部年深正郎有声者应其选，盖出使时，得与各省抚台讲敌礼，其所开释者，谳时即剖长枷以俟上命释放，爰书一出，抚按不得挠其权。嘉隆间尚然，近年始有以副郎奉使者，如吾乡孙云衢成泰宪副其一也。初至江西，多所减贷，时按台憎其太纵，遇一二稍未当者，于谳牍上峻语驳之，且云仍一面知会恤刑官备照。孙怒，上疏以故事争之，时论多不直按臣。次年毕事，升江西饶州知府，时直指尚在事，孙又疏引嫌控辞，得改福建之邵武。今此差一听司官以情请乞，其资俸应得与否，堂官不复问，至有主事入部二三月，即衔命称恤使而出矣。旧例，境内各知府俱称属，手板素服，庭参惟免跪礼，府同知以下，一切庭趋折腰；至是亦不肯尽执旧礼，遂至彼此争诟，其所矜宥者亦不尽如所拟，仅得稍及宽政而已。盖新进书生，既未谙城旦家言，不无任意高下，老吏辈反得以深文讥切之也。此差一出二三年，凡嗜进图改他曹者，往往不愿就，以故堂官反谓恬退无竞，乞此冷差欣然允之，至覆盆之平反几何，不置诘久矣。

吏役参东厂法司

孝宗时号为极治，尽厘成化积蠹，厂卫不复敢恣，然其时亦有弊政不减今日者。先是，彭城卫千户吴能有女名满仓儿，托张媪鬻之，媪私售之乐户，亦张姓，而诡云周宦后。张携至临清，转售乐户焦氏，再售袁璘，亦乐工也。时吴能已死，能妻聂氏踪迹得之娼楼，其女怼母，不肯认，乃与其子吴政强夺归。袁璘以金赎，不许，且讼之官。刑部郎中丁哲恨其事，笞袁璘稍过，不数日死，璘妻遂诉于东厂太监杨鹏，鹏逮治，乃尽反其辞，谓吴氏自鬻皇亲周氏，此女故张媪妹也，哲故杀无辜，当死。具奏以上，上下之锦衣卫镇抚司鞫问，又如厂所拟；上以事关人伦，命三法司会锦衣必究其实，乃索女于长宁伯周彧家，彧言初未曾买聂氏女，上始疑之；复命抚部科道多官廷鞫之，张媪及聂女始吐实。诸臣会议哲罪当徒，而满仓儿者与其母聂氏俱拟杖。时举朝不平其事而莫敢言，刑部典吏徐珪独上疏直之，谓丁哲谳狱允当，而杨鹏之侄淫于聂女，遂图报复，欲陷哲于死，而镇抚司官互相蒙蔽，证成其狱。皇上令法司会勘，又畏惧东厂，莫敢辨明，必待廷鞫朝堂，始不能隐。聂女自诬其母，罪不容诛，而仅与杖，丁哲无罪见诬而坐徒，刑官据厂卫之辞，不敢擅更一字。臣愿陛下革去东厂，戮杨鹏叔侄，将镇抚司官永戍革袭，丁哲等进一阶，则太平可致矣。上以徐珪辞语妄诞，赎徒革役，丁哲为民，满仓儿者杖毕送浣衣局，此狱始得结。其时以一乐妇下贱，上烦宸断，三四讯而始定，孝宗圣明，不厌烦琐如此，虽不能尽快人意，以较之嘉靖初李福达一案，则天渊矣。但徐珪以一胥吏参东厂，参锦衣，参法司，讥贬满朝公卿，而罪仅止此，不逾年清宁宫灾，刑部主事陈凤梧应诏陈言，雪徐珪之冤，请还其旧职，量与一官以示劝。上感其言，命授正八品职衔，吏部覆奏授珪为浙江桐乡县丞。珪何等贱役，士大夫昌言救之，圣主特旨允之，亦得起废入仕,使在今日,死东厂之手久矣。

矐仇人目

弘治间,故御史何舜宾,浙之萧山人也,坐事戍广西之庆远,遇赦归里,所为多不法。适邑令邹鲁者,亦以前御史谪至,其人贪暴,以迁客自命,诞傲无礼,与舜宾交恶,积久遂成深仇。鲁与黠胥辈谋,选健隶数辈,诈称西粤所遣讨捕逃伍者,絷执舜宾,银铛发解,且悉收何氏子弟下之狱。何既行,又命心腹胡纪等十二人追及衢州,以沙袋塞其口压杀之。舜宾临命,与子竞书言其故,时已七十二矣。何竞寻脱走苏州,日为报复,计久之,鲁得擢山西佥事,就道,竞伺其出,率亲故遮击之,从车中曳下,以石灰矐其双目,反接渡江,连绁赴浙江臬司就狱。浙省上其事,上遣给事中李举、刑部郎李时往勘,坐鲁屏去人服食,因而致死,坐绞,但系笃疾,宜别论;何竞坐殴本管五品以上官,发口外为民。竞母朱氏击登闻诉冤,乃再命大理寺正曹廉覆勘,至是解人任观等始吐往日实情,改鲁造谋杀人,斩,为从者绞,竞为亲报仇,当徒。惟上裁时,法司谓竞所拟尚轻,改戍。后以赦归,时论共快,称何竞孝子云。

邹鲁为御史,监岁贡试内殿坐南面,坐外谪至萧山,改县厅为寄豸堂,其可笑如此。

梁文康子杀人

梁文康储之子次摅,居乡以夺田杀三百余人,屠灭三十余家,事在正德八年,法当极典;乃父方为宰相,法官仅拟发边卫立功,五年仍还职而已。次摅先以银纳锦衣冠带舍人,寻冒湖广军功升百户,归而作乱,文康曲法庇之,举朝无敢言者。至命撰威武大将军敕,实文康视草,而高岱《鸿猷录》极口赞誉,谓梁以死净,而委其罪于杨新都,则以同乡故曲笔也,薛方山《宪章录》亦因之,今后生传述及乡会传策中,每娓娓颂其坚正,如出一口,传讹至此,则二书为祟耳。正德九年,复与宁藩护卫,此实新都当国,依违不能力持,不为无罪,而杨氏子孙乃移之文康,此又当为梁昭雪。至十年春,新都以忧去,梁为首揆，且三年而杨再起，梁仍让居其下，时以梁为长者。及兴邸龙飞，梁又奉迎于安陆，比世宗登极，甫匝月即去位，或云新都挤之。然而不预大礼之罚，亦幸事也。

文康子次揭，以任子未拜官夭死，其孙承荫，乞封乃父，上命赠州判官，今胄子无追赉之例，亦无止赠州倅冗散者，时文康尚在位也。嘉靖以来，阁臣任子非玺丞即中翰，即他京秩不屑就矣。

叛臣妻女没官

正德初年，广西田州土官岑濬妾，以叛逆家属当没官，时焦泌阳芳为相，侦知其美，赂主者得之，嬖之专房。此妾厌其老，窃与焦之子编修黄中通好，其父知之，争斗于室，时传以为笑。但故事第给功臣为奴婢，泌阳文臣，何以给与？岂正阉瑾盗柄，紊乱典制耶？近年平播州杨应龙，田氏当没官，田亦有艳称，诸勋戚争先求恳，时申元渚用懋为职方郎主其事，乃置阄令拈取，惠安伯张氏得之。寻亦乔梓并宠，乃翁病髓竭而没。叛家尤物陷人聚麀，前后一辙如此。

赵麟阳司寇

赵麟阳锦司寇，初以云南清军御史劾严分宜父子，世宗怒，逮至京，拷掠定罪，分宜恨之甚，条旨杖一百棍为民，上抹去杖一百棍四字，止削籍归。隆庆初诏起故官，历中丞，抚贵州，道经袁州，时分宜卒已数年，藁葬道左，赵恻然伤心，为请于其地监司，创置守冢人以护之。万历初为南冢宰，与江陵稍忤，因嗾其私人劾去；江陵败，起为北总宪，正遣大臣往楚籍张氏，赵又上疏请宽之，因得小缓，其不徇私怨如此。时丘月林橓为刑部侍郎，为籍江陵使者。丘有清望而性褊戾，为给事时，楚中抚臣方廉以五金遗之，丘辄上疏发其事，方因罢去，江陵恶其不近人情，后以贰卿归里，屡荐不起，则江陵厄之也；及衔命入楚，东阿于宗伯穀峰虑其借此泄忿，贻书为宽解甚切。比籍产时，丘用刑过峻，致江陵长子敬修自缢而后少解。丘晋南太宰，未几卒，子云章举乙丑进士，早夭，无子，以侄云肇为后，举戊戌进士。赵、丘二公，俱一时重望，一解仇，一修怨，不同乃尔。赵，浙之余姚人；丘，山东诸城人。

又一赵锦,正德丁丑进士,北直良乡人,官兵部尚书,以嘉靖三十年论戍死。

告讦

嘉靖己亥,世宗南巡还后,有任丘罢闲进士王联以不法为御史胡缵宗所按,乃告胡作诗诅上,比舜狩苍梧事,至逮下狱拷问,后胡仅从编管,而联竟抵法。至丙辰,赵少保恨李太宰默不推为本兵,乃讦其试诸生策中有"汉武帝唐宪宗纷更祖制"语,谓为谤讪。上怒,逮李下狱,刑官谓无律可比,上竟批云:自古无臣骂君律。意谓必无之事,今有之,着处斩候决,此于、赵两人举动岂尚可列于士类。至万历甲申,御史丁此吕追论侍御高启愚南场舜禹题,谓为江陵逆谋张本,而冢卿杨梦山巍等又劾丁以暧昧陷人族诛,是先朝王联、赵文华故智。御史辈不受,反唇相攻,以故太仓相公"八不平疏"内曰:"此又误矣,奈何以禽兽律人。"诚然哉。时同丁御史论高启愚媚张江陵谋逆者,尚有北给事刘一相、南给事王亮。

嘉靖初年,又有锦衣革任千户王邦奇者,迎上意,追论故大学士杨廷和、兵部尚书彭泽等罪,上逮廷和诸子婿讯治,杨婿编修叶桂章自刭死。

嘉靖九年,故太监张永家奴朱继宗告阁臣杨一清,受其家主张永等赂遗,又云一清盗宁府库金。一清致仕去,次年夺职。十年,江西刁民王荣告其乡人、原任文选郎中夏良胜刊所上大礼疏,及为夏所厚江西参议知县等官,上逮鞫良胜极边充军,参议等官斥降。若告讦之风一兴,此后浸寻不可止矣。

刘东山

京师人刘东山,狡猾多智,善笔札,兼习城旦家言。初以射父论死,得出,素为昌国公张鹤龄、建昌侯张延龄门客,托以心腹,二张平日横恣,皆其发踪,因默籍其稔恶事状时日,毫发不爽。世宗入缵,张氏失势,东山屡挟之得赂不赀,最后挟夺延龄爱妾不得,即上变告二张反状。上震怒，议族张氏，赖永嘉为首揆，与方南海力抗之，得小挺。锦衣帅王佐者，素知东山奸宄，力为辨析，且发其平生诸罪状甚悉，上始悟，东山坐论如法枷示而死；鹤龄夺爵贬南京，寻又逮至，瘐死诏狱；延龄论斩，长系狱中。京师人无不快东山之伏辜，并服王佐之持正，至称为王青天。近日江陵败，言官亦有疏坐以谋反，时刑部尚书潘季驯、侍郎陆光祖等，力明其不然，上虽不从言官奏，然有本当斫棺戮尸之旨，而季驯亦削籍为编氓。无论缇帅不能出一语，即政府亦无永嘉其人矣。时掌锦衣麻城刘守有，故江陵所卵翼，驯致贵显，方惴惴虑株连波及，而言路以江陵、季驯辈骤膺殊擢，争居故相为奇货，得祸之惨毙，与真谋逆同矣。

《实录》中载刘东山始末甚误。

嘉靖大狱张本

世宗朝李福达之狱，张、桂诸人因结郭勋以陷多官，天下后世皆知其冤矣，而其端已先见于席书矣。先是，湖广长沙豪民李鉴与父李华，以行劫为业，至拒捕杀死巡检冯琳，其子春震讼之朝，逮华瘐死于狱。鉴又以为盗，烧良民房，坐斩逃去，诏急捕之。长沙知府宋卿者，四出追讨。时新贵席书尚抚湖广，因论宋卿而引李鉴事为故入，上遣大臣往勘，则鉴已就缚，输服请死，宋卿所谳非枉。上又命逮鉴至京再讯，席书时已入为礼部尚书久矣，乃疏曰："臣以议礼忤朝臣，故楚中问官，释宋卿之罪而归罪无辜之李鉴，乞敕法司会勘以辨是非。"上下刑部会御史苏恩、评事杜鸾讯之，合疏言"李鉴杀官兵，劫人财，烧人屋，昔众证已狱成，今亲审又无辞，而席书欲实其劾宋卿之奏，辄代为死囚辨，且以议礼为言。夫大礼本出圣意，书以一言偶合，援此要挟陛下，以压服满朝，惟上深察之"。于是刑部尚书颜颐寿等请行湖广再勘，上曰："鉴事既有席书伸理，必有冤抑，不必再勘。"命鉴免死戍辽东。是时席元山虽狠愎，亦未敢遽执其事，尚请覆核，而世宗独断，直谓议礼新贵所昭雪，即跂跻亦必曾史，遂将前后爰书一笔抹杀，此嘉靖五年六月事也。不数日而山西按臣马录劾张寅郭勋之疏见告矣。今人但知李福达一案而不知先有席书、李鉴同在一时，因纪其概。

先是，给事升佥事递解为民陈洸，妻郑以奸离异，其子桓杀人坐死，席书代为称冤云："洸以议礼为人嫉恶，文致其罪，乞恩稍宽之。"上命洸免递解，妻免离异，子免死，戍边，此狱亦不曾再讯，竟以中旨宽释，此先一年事也。盖以议礼为护身之符，以訾议礼者为反坐之案，情状甚易见，上亦心知其然，但虑昔日考孝宗者乘机再用，借此钳天下口耳。

嘉靖丁亥大狱

张永嘉暴贵，武定侯郭勋首附之，因得上异宠。妖人李福达一狱，世宗疑御史借端倾勋，故命璁以兵部侍郎署都察院，吏部侍郎桂萼署刑部，少詹事方献夫署大理寺，俱议礼新贵人也。三法司之长俱下狱讯治，时刑部尚书颜颐寿素轻璁、萼，至是乃命梏之，且笑谓之曰："汝今日服未？"颜不胜楚毒，叩头抢地曰："爷饶我！"时京师为《十可笑》之谣，其一曰："某可笑，侍郎梏得尚书叫。"在事大小诸臣俱抵罪，而张寅与李福达遂判为二人，上大喜，予二品服，璁即拜相，仍掌都察院，汇张寅事为书，名《钦明大狱录》，颁示天下。自是主上蔑视臣工，动出中旨定狱，罗织渐密，告讦繁兴，外戚张延龄则坐谋叛，都御史胡缵宗则坐诽谤，皆文武尊亲，拷掠濒死。以至谏臣杨允绳、沈炼、杨继盛等死于市，马从谦、杨最等几二十人死于杖，而至丁汝夔之狱，则署刑部郎彭黯、左都御史屠侨、大理卿沈良才，俱棰楚阙廷，仍降俸，管事待之如奴隶，无复优礼大臣之体，盖用颜颐寿等例也。至季年而夏相公之伏法，李太宰之毙狱，特其甚者耳。

先是，嘉靖丙戌，刑部尚书赵鉴乞骸，上以情词恳切，许之，赐驰驿以归，岁给夫廪；及鉴陛辞，上特亲赋五言古诗一首，手书龙笺以宠其行，盖举朝无此奇遇。而颐寿以左都御史代之，遂罹梏拷之酷，其去鉴致政时，仅一岁耳。知足知止，古语可味云。鉴初第，以年晚生投费宏，世称神童者。至李福达、张寅本系一人，已见穆宗朝蔡伯贯招词中。

再证李福达事

李福达之为张寅,直至隆庆间四川叛贼蔡伯贯一案而始明,都御史庞尚鹏奏闻得旨矣。今观伍少参袁萃漫录所记,则又得一确证。其言曰:丁丑计偕至京,同寓有一老上舍听选者,徐沟县人也,余问以李福达事,答曰:此生少时所目击者,县中大侠张钺子张宾,好结纳奸宄,而以交通权贵,故无敢讦者。福达亡命,携二子投钺,钺爱其才武,改名姓张寅,令与宾齿,名二子大仁、大礼,宾无子,以大礼为子。无何钺、宾俱故,寅专有其资,二子纳粟入国学。而大礼年少美姿容,嬖于武定侯郭勋。同邑韩良相亦尚侠,与寅相善,因争买美妾有隙,首之马直指录。檄下,而寅走匿武定家,干武定书求解,直指遂并劾武定,经内外多官勘问,其言情真无枉,词连武定。时武定以迎合议礼有宠于上,而与永嘉比周为党,永嘉以此力为辨雪,而公论遂诎。良相既抵死,则以所争美妾贻寅,寅为托武定得减死戍边。后寅死,家渐贫落。大仁选幕职移住河南,大礼仍以妖术惑人,一旦挈妻子去不返。及余令贵溪,尝质之江中丞潮子,云当时常给舍泰力证张寅为李福达,亦如上舍言。据此,则福达即寅不待言矣。江中丞在当时,亦以张寅事受重谴,其子言必不误。然首张寅者名薛良,而韩良相证之耳,伍记亦微有误耳。

按,福达事本不必究论真伪,当其时君相作主,昭雪郭勋,明旨既颁,且屈帝尊面鞫,以杨一清力谏讯狱非天子事,乃止,命三倖臣分掌三法司,正如于谦逆状,徐、石辈证之足矣,尚哓哓称冤,愚哉。

权臣述史

嘉靖六年妖贼李福达一案,议礼贵人张、桂等为政,尽反成狱,于时刑部尚书颜颐寿、左都御史聂贤、大理寺卿汤沐、御史马录等,或杖死,或戍,或斥,具载《钦明大狱录》中,不必更述。至嘉靖十四年,四川妖贼蔡伯贯反,陷合州等七州县,僭号大唐大宝元年,直至隆庆三年就擒,鞫得以山西李同为师。四川抚按移文山西,捕同下狱,自吐为李五嫡孙,大仁、大礼皆其祖师,世习白莲教,结众倡乱,与《大狱录》姓名无异。抚按论同坐斩，福达剖棺戮尸，时世宗已升遐久矣。总理屯盐都御史庞尚鹏上言：据李同之狱，福达之罪益彰，而当时流毒缙绅至四十余人，郭勋世受国恩，乃党逆寇，陷缙绅，而枢要之人悉颐指气使一至于是，万一阴蓄异谋，人人听命，为祸可忍言哉！乞将勋等追夺官爵以垂鉴戒，马录等特加优异以伸忠良之气。疏上，穆宗是之，下部议，时郭勋久已瘐死狱中，罪无可加，而马录及颜颐寿、聂贤等，俱先以穆宗登极恩，追复故官，且与恤典矣，其他在事被谴者，则俱为昭雪，而大狱之冤始大明。是时即不再加郭勋之罪，而璁、萼等欺君党恶，蔑法淫刑，其罪何可胜诛，而揆地诸公终以故相体面，不复议及，已为漏网。至隆庆四年九月，则其事久已昭揭天下，而高拱以次相兼掌吏部，复驳主事唐枢复官一事，欲倾陷旧辅徐阶，疏中复云：大逆狱得罪诸臣，岂无一人当其罪者，俱先帝所去，即褒显之。且以武王反商政为比，冀激上怒。赖上宽仁，仅停枢官，不复他及，高之计始沮，然其倾危狡险颠倒是非亦已极矣。至万历二年，穆庙《实录》进呈，时张居正柄国，《实录》皆其评定，竟将穆宗洗雪大狱及庞尚鹏疏削去不书，反将高拱疏全载，盖张永嘉、桂安仁、高新郑之专愎皆其所师法，每于世庙录中，褒誉张、桂甚至。若新郑虽其所逐，而在先朝时二人同心剪除前辈同列，又加协力，交如弟兄，以故去取若此。大狱一案，千古奇冤，乃欲削灭以泯其迹，恣横至此，他日身后惨祸不谓其自取不可。

福达为山西之五台人，一名午，一名五，以谋逆，得末减戍边，寻逃伍，居陕西之洛川县。正德七年又谋乱，都御史蓝章破之，五败走匿。至嘉靖五年更姓名张寅，买授太原右卫指挥使，其子名大仁、大义、大礼，俱纳赀入太学，投武定侯郭勋门下，以烧炼役鬼受知，被仇首告，时马录为山西巡按，讯明论死，此皆李同供出者。近王弇州《首辅传》中尚云：张寅之为福达与否，终莫能明也。是时弇州新起家在外僚，想邸报不甚经心，故偶误耳。

罪臣孥戮

国家故事，大臣伏法后，妻子俱流窜，在先朝有之，其后俱及宽政矣。惟世宗朝戊申年，辅臣夏言、督臣曾铣，以交结近侍官员、紊乱朝政律，本人处斩，妻子流一千里，则相嵩主其议也。庚戌年，枢臣丁汝夔、督臣杨守谦，以失误军机律，本人处斩，妻流三千里，子铁岭卫充军，则相嵩绐之，而圣怒不解也。癸亥年督臣杨选，以接引奸细律，非时处斩枭示，妻子流二千里，则上以蓟镇失事怒之，刑官黄光昇阿上旨重拟也。以上五臣不为无罪，至祸及骨肉，似稍过矣。若壬子年，咸宁侯仇鸾以通虏戮尸，传首九边，父母妻子俱斩，妾女及孙发功臣为奴。虽谋叛非实，然鸾稔恶穷凶，天下共恨，故不以为滥刑，而远近称快焉。

近日枢臣石星，以东事坏，上谓其媚倭误国，论极刑，妻子亦坐流徙，则数十年来仅见者。

嘉靖辛丑，翊国公郭勋得罪，法司拟本身坐斩，家财籍没，妻子发功臣之家为奴，盖用叛臣事例也，疏入而留中不下。盖上意法官承夏言旨，苛论之也。次年勋瘐死，而籍产、为奴俱免矣。

宫婢肆逆

嘉靖壬寅年，宫婢相结行弑，用绳系上喉，翻布塞上口，以数人踞上腹绞之，已垂绝矣。幸诸婢不谙绾结之法，绳股缓不收，户外闻咯咯声，孝烈皇后率众入解之，立缚诸行弑者赴法。时上乍苏，未省人事，一时处分，尽出孝烈，其中不无平日所憎乘机滥入者。又宁嫔王氏，首谋弑逆端妃曹氏，时虽不与，然始亦有谋，俱载《实录》中。故老相传曹妃为上所嬖，孝烈妒而窜入之，实不与逆谋，然而宫禁事秘，莫能明也。今《实录》所载姓名稍异一二，偶得当时底案，录其姓名，并刑部奉旨于后，曹端妃不列名于疏，想正法于禁中矣。曹氏本端嫔，因生皇第一女，以十四年进封端妃，是夜上寝于端妃所，宫婢张金莲报变于中宫，盖先同谋，事露始告。

刑部等衙门奏：奉圣旨：这群逆宫婢杨金英等并王氏，各朋谋害弑朕于卧所，凶恶悖乱，好生悖逆天道，死有余辜。你们既打问明白，不分首从，便都拿去依律凌迟处死，锉尸枭首，示众尽法，各族该属，不限籍之同异，逐一查出，着锦衣卫拿送法司，依律处决，财产抄没交官。艾芙蓉系姊拦阻，免究。钦此。钦遵。嘉靖二十一年十月二十日。该司礼监张佐等传示臣等恭赴迎和门，当奉发下前本，并谋害黄花绳一条，黄绫布二方，臣等随即会同锦衣卫掌卫事、左都督陈寅等，当将重犯杨金英等共一十六名，拿绑去市曹，遵明奉旨，俱各依律凌迟处死，锉尸枭首示众，题知讫。除将前项花绳、黄绫抹布封收官库，及备行锦衣卫捉拿各犯亲属，至日依律问决，别行提问请行。合将前项司礼监题奉钦依本一本，亲赍送缴，谨具题知。计开

宫婢犯人一十六名

杨金英　杨莲香　苏川药　姚淑翠　邢翠莲
刘妙莲　关梅香　黄秀莲　黄玉莲　尹翠香
王槐香　张金莲　徐秋花　张春景　邓金香　陈菊花

此法司决囚后回奏疏也。其后拿到亲属，殊死者十人，发功臣家为奴者二十人。然宫婢作逆，自在内廷，与外人何预？则亲属似可末减。是时政府则贵溪新去，诸城当国，而刑曹则郑端简亦初受事。弇州又谓宫婢构逆伏诛后，次辅分宜入阁，甫月余仍掌礼部，上疏特请以其事布告天下。上允之。以掖廷谋逆，幸而无成，本非圣朝佳事，乃以颁示四方，其伤国体甚矣。此言亦不谬。行刑之时，大雾弥漫，昼夜不解者凡三四日，时谓有冤，盖指曹妃诸人。

郑端简《今言》云：嘉靖壬寅西苑宫人之变，圣躬甚危，工部尚书掌太医院许绅用桃仁、红花、大黄诸下血药，辰时进之，未时，上忽作声起，去紫血数升，申时遂能言，又三四剂平气活血，圣躬遂安。绅以功进太子太保，改礼部尚书，封四世一品，荫子，次年绅以用药惊忧病死，上悼惜赐恤甚厚，谥曰恭僖。按，此时上遭变濒殆，微绅几不济，乃绅实冒死进药，且谓端简曰：吾此药自分不效，必先自尽。盖绅亦不能保其必瘥也。赖宗社之灵，假手医官，又延圣明二十五年太平之治，较之晋孝武之于张贵人，唐宪宗之于陈弘志，相去奚啻万万，不可谓非天幸也。

按，壬寅年方士邵元节甫死，陶仲文继之，二人俱挂大宗伯衔，所进则红铅并含真饼子，乃婴儿初生口中血，医家以为父母胎毒，痘殇多本于此，不知当时何以称上药。仲文死，盛端明、顾可学继之，二人

俱登甲科，亦拜礼部尚书，其所炼又秋石诸物矣。至末年而王金辈进燥热之药，致损圣躬，许绅而在，未必致此。

冯益枉死

浙慈溪人冯益，字损之者，或云本山阴人也，先任陇西教谕，坐法遣戍，逃伍游京师，得出入昭武伯曹钦之门，以军功拜锦衣千户，时时进密计，钦爱之。及钦反伏诛，为钦妾贺氏所引，初诉贺若不相识者，冀得脱死，贺反诟之曰："若与吾夫议大事，吾夫尚以宦寺苗裔为疑。若曰公家孟德，非中常侍孙乎？吾夫大悦，命妾侑若觞，岂不忆耶？"冯始伏罪无辞。时钦族党俱已屠灭，惟贺尚存，法司以律当给功臣为奴，上以贺促钦速反，情罪加重，特命磔于市，遂与益同时伏法。其时又有一冯益，字谦之，亦浙之鄞人，以医来京，兼能杂技，觅食诸大家。初捕者先得之，谓真逆徒，即执至市，方号呼辨非是，则首已在地矣；再捕始获慈溪人，以故穷诘之，初同名者真是浪死。乃知袁绍诛宦官，无须者滥及；冉闵杀胡羯，高鼻多须者俱不免，信哉。

慈溪冯益尝有诗云："老去精神须勉强，闲来文字莫思量。"为时所称。

剧贼遁免

建文初，广东贼首钟均道，称兵南雄州，横行岭表；太宗即位，贷其罪，且以官招之，竟不出。嘉靖末年，有徽人罗龙文者，素负侠名，能伏水中竟日夜，且家素封，善鉴古，胡梅林少保征倭，以乡曲厚礼之，使招徕汪、徐诸酋，实有劳勋，因叙功得为中书入内阁。与严东楼款密，且令品第所得江南诸宝玩，其入幕无间朝夕。后与严同败，同遣戍，同逃伍，闻林御史再参，遂先遁去，其后以叛臣法见殛者，实罗氏族子，非真龙文也。其子六一者，后为御史王汝正所劾，云且亡入日本，与汪直余党入犯，诏亟收之，亦亡命江湖，诡名王延年。虽言官屡劾，亦奉严旨屡行缉捕，幸无仇家首告，今往来江南自若也。均道固智矣，龙文父子能预营三窟，以免骈僇，乃知黄巢去为雪窦禅师，亦非浪语。

岭南论囚

沈司马又为余言：粤中用法严，凡遇劫盗，即时论斩于市，但承台檄至，虽县令亦出莅刑，如北方捕获响马贼例，初不必奏闻也。盖是时为穆庙末年，殷石汀正茂以司马督两广，专征伐，为首揆高新郑相知，以故得度外行事如此，若在今日，必坐以擅杀人之罪矣。沈又云，每决囚后，见市人多手挈肝肺持归啖之，初以为羊豕，既乃知即劫盗五脏也。地近夷方，残忍至此，想近年必无其事矣。初，岭外不靖，连年用兵，不得要领，时新郑相方兼领铨政，遂用殷为帅，或谓殷贪墨，恐败围事，新郑曰不然，措大眼孔小，畀以数十万即饱所欲，今粤西中岁饷岂止此耶？且其人挥霍，能以厚赏结士，吾第求办贼，何必曾史哉。后果奏功如所策。新郑去位，殷又为江陵所器爱，改长户曹，其黩货弥甚，而以岭南异宝时时赂江陵，遂得久于位，亦其才术过人，能于二相水火时，交欢无少异也。初，沈司马为吏部选人，每旅谒，新郑从稠人中揖入火房，与之谈，且曰君他日必为骨鲠臣，且登贵仕，愿努力自爱。其知人如此。

王大臣

王大臣本名章龙，浙之宁波人，幼为娈童，稍长为优人，素走大珰门下。向来小内使挈入诸珰直房窃宝货，非一日矣，其仓卒遇上也，事出不意，未免张皇，上顾而疑之，随即拿下，送东厂拷究主使之人。时冯保恨高新郑入骨，故立意坐以族灭，实非江陵意，今《病榻遗言》，乃谓出张相指授，非也。冯又恶故司礼掌印陈洪，欲并坐之，且洪与高素契厚也。大臣既下狱，保令办事人俗称伙长者，与之淫狎，教以新郑、陈洪，以千金为赏，使之直犯乘舆。外论籍籍，疑江陵与内臣同造此谋，江陵商于所厚，咸谓不可，而不能得之于冯保。时掌锦衣卫为太傅朱希孝，虽江陵幕客，故与新郑厚，心怜而力救之，且行数千金于诸大珰，而诸珰中亦有善新郑者，力解于慈圣之前。会再行鞫，而风雹大作，保与诸问官俱失色，遂送之法司。时江陵已决计雪高，恐谳时大臣尚执高主使，便难收拾，乃谋之刑部郎郑汝璧，郑曰："此不难,某自有计。"乃密引囚于隐处,钓其舌剪之,次日会审诘问,含糊不复能语,遂弃之市。中玄遗言中谓饮以喑药者,亦误也;又谓其人从总兵戚继光来,是又不然。郑数日后即调仪郎,又调吏部,今现为少司马,总制宣大。

忧危竑议

癸卯冬妖书,其名曰《续忧危竑议》,其说甚怪妄。事之起,适当楚勘初停,郭江夏甫去国之时,言路憸人,借以媚首揆,遂疑江夏为之,时人皆为不平,究终不能坐郭。后来公论大畅,暴其事者章满公车,然其根则始于戊戌之妖书也。书名《忧危竑议》,亦指斥储宫事,故癸卯借以续之。戊戌之书初发时,御史赵之翰直以坐礼部主事万建昆与给事中戴士衡等诸人,以万为次相张新建乡人,而士衡曾为新建知县,故欲牵合之以陷张相于不测。赖上圣明,戴仅遣戍,万削籍,张相亦以东事闲住,继又为民,而不深穷其事。时张方为西北正人所聚攻,故无敢昌言直之者。近来议者止知讼江夏之冤,而戊戌妖书几不复记忆矣,相去甫六年耳。赵御史之倾危,寂无人指摘,则时趋使之然。赵,陕西之邠州人,以壬辰庶常起家。

东朝之立,上意久定,自出阁讲学以来,廷臣亦安意拱听,无复强聒矣。庚子春,刑部主事谢廷瓒者,饮于戚畹郭氏,闻宫中密传上旨,旦夕且将册立,郭喜见颜色,漏其语,谢遂欲因以为功,草疏跪阙下三日,以得请为期。上震怒,罢谢官,而册命亦迟至次年忽传特旨行之,中外欢呼,益咎谢之钓奇妄发云。

《竑议全书》已载前编。

乙卯闯宫

乙卯四月张差闯宫事起,一说主风癫,轻结以安储宫;一说主根究,重处以绝祸本。其是非未敢定,而争构纷起,各以恶语相加遗,度其寻端,正未已也。有一刑部郎曾讯此案者,一日遇郑宫庶方水以伟,语及往事,且以议论相左为苦。郑曰:"今且未论此事当作何处分,但事体干涉亲王者,俱会同文武府部科道衙门公勘,以听上裁。

今日事何等重大，而诸公以西曹郎吏，擅自臆决，其远典制多矣，尚论意见之枘凿哉。"部郎为爽然自失。因忆往年癸卯妖书一事，贻害朝士不少，后来偶值一豪家少妇（以失行被出者）侍饮于客座，谈及妖书之作祟，此妇忽然曰："此皆比时大老及两衙门无学无识，以致张皇如此，不见国家律令乎，凡遇匿名文书，俱即时焚毁，其言一概不行，当年只须依此行之，顷刻消散矣，安用举朝纷纷为？"余闻其言，深叹息此辈中尚有见解及此者，况词馆儒臣乎？

廷杖

今上宽仁古今所无，然廷杖一事，则屡见之。如丁丑之杖五贤，则江陵相盛怒，冯珰主之，非上意也。此后不用者几十年。而丙戌年卢礼部洪春以修省疏忤旨得杖，至戊子给事李沂以论厂珰张鲸得杖，壬辰春则孟给事养浩请建储杖一百，又数年庚子而王给事德完请厚中宫亦杖一百，此皆关系朝家纲常，有功名教者，虽见辱殿廷，而朝绅视之有若登仙。因思此风为金元夷俗，而本朝沿之，赵宋时无有也。然自成化以前，诸臣被杖者皆带衣裹毡，不损肤膜，然犹内伤困卧，需数旬而后起；若去衣受笞，则始于逆瑾用事，名贤多死，迄今遂不改，此在圣朝明主，念可杀不可辱之旨，亟宜停止者也。

士人受杖，古不经见，惟后汉显宗撞郎药崧，不过手自杖之，然已非礼；六朝则南齐陆澄传有之，郎吏积杖至千数，意如尉簿受笞之类，未必廷杖也；北朝则元魏时有之，此索虏陋习，而宇文高氏遂因之；隋文帝亦挞人于殿廷；至唐犹然，如李邕之杖死朝堂而极矣，然姜皎、裴伷先辈，犹以曾为大臣得免此辱，盖当时已觉其亏国体矣。本朝如谏南巡及大礼大狱，被杖者多或数十人，至有再笞多死者，惟今上时，诸贤皆全活。又当时有被杖毕仍供职者，即大臣有之，如左都御史屠侨、刑部侍郎彭黯之属，今上则斥为编氓，使被笞者优游养创，无腼颜视事之耻，且赐环寻亦相继，其保完士节，更胜前朝云。

吾乡郑端简晓、子光禄少卿履淳父子俱以言事被杖，著直声，亦本朝仅见。

谏止江陵夺情被杖诸贤，闻吴、赵稍轻，然亦创甚；第二疏为沈、艾，则加重矣；最后邹疏入，杖最毒。余曾见沈继山先生云："杖之日，交右股于左足，以故止伤其半，出则剔去腐肉，以黑羊生割其臑，傅之尻上，用药缝裹，始得再生，及行戍东粤，徒步过岭，血犹涔涔下也。"邹南皋先生为余言，每遇天阴，骨间辄隐隐作痛，以故晚年不能作深揖。至卢东麓先生，则先人与陆葵日宗伯力为经纪，不至重伤。余又闻孟五岑给事被杖最毒，偶不死耳。闻王希泉给事以上震怒，操梃者不敢容情，亦濒殆云。

闻邹疏上时，江陵阅之亦感动，叹曰：此人不怕死，真奇男子。意欲竟贷之，冯珰独恨不许，以故不免，未知果否？又沈继山云：为郎署时，曾与曾确庵司空相识，是时为左司马，凡从戎定卫，俱出兵部手注，曾为广之神电卫，且致意云：我宦粤，知神电善地，且沈令番禺，有惠爱，多门生，与彼相近，可籍以自给。沈甚感其意，若艾、邹则俱贵州荒徼矣。

立枷

三木囊头，自古有之，盖如桎梏示辱耳，至唐酷吏始有凤凰晒翅、猿猴献果诸名，亦用以一时拷讯耳。本朝枷号始渐滥行，如正统间王振，正德间刘瑾，二阉盗柄，始以重枷示威，至及士大夫，然亦未闻有立枷之说也。近来东厂卫多重用枷以施御囚，其头号者至重三百斤，为期至三月，已百无一全。而最毒则为立枷，荷此者不旬日必绝，偶有稍延者，命殂低三数寸，则顷刻殒矣。以予所见闻，盖不胜数，大抵皆因罪轻情重，设为此法以毙之，或得罪禁廷，万无可活之理。惟壬辰年之药新炉以及诸龙光，则实出圣意，命东厂速以死上闻，盖深痛恨游棍之流谤也。然自古无此惨刑，虽五代之立钉坐钉，无以过之。曾闻京师人云，倘非厂卫注意及有仇家者，夜间窃雇乞丐，背承其尻，稍息足力，每日啖生猫，亦可偷生，未知果否？凡枷未满期而死，守者掊土掩之，俟期满以请，始奏闻领埋，若值埋炎暑，则所存仅空骸耳，故谈者谓酷于大辟云。

嘉靖初年，神棍刘东山告戚畹张延龄兄弟大逆，锦衣帅王佐力证其诬，反坐东山，用大枷三月发戍，未几死。东山受恩反噬，其罪盖浮于诸龙光，当时人心大快，佐以此得缙绅闻声，然亦不云立枷。

江南讹传

壬辰癸巳间，关白事起，娄江有士大夫为桑梓计，厚募拳勇，习骑射，备水师，慕义者因相从谈武事。此公家世九卿，席膏腴，负时名，初非有封狼居胥想也。一时子弟俱佻达少年，与同乡纨袴辈，骤见驰骋决拾诸事而悦之，益务招集健儿同居处，乃至沈命胥徒、场伶市棍，未免阑入，每出则弓刀侍卫，舆马鲜华，人固已目属之矣。适有一游士，素以侠气称者，亦预诸公子列，偶为闽游客某，向抚台许敬庵夸之云：此曹世家子，能报国恩，且有"小则保障一方，大则勤王千里志"之誉。许老成人也，心独疑，且私忧之，寓书于江南抚台朱中丞鉴塘名鸿谟者，俾廉其状。盖许湖州人，恐有不逞辈乘间窃起，为吴越忧，初不云诸公子蓄异谋也。朱素喜事，得书大悦，遂欲以为功，与幕下偏裨辈谋之。此曹积为诸公子所轻侮，务张大其说，且谓变在旦夕，不先发则江左必不保。朱遽露章言之朝，直云连结倭奴，反形已具，而先收捕诸公子。时余友王房仲士骐首罹其祸，王为弇州爱子，受桎梏如俘虏，意且非时见法。疏入，举朝莫晓其端，首次二揆又皆吴越人，错愕不知所出，第拟旨抚按会勘。时上意且不测，赖阁中力持之，得小挺。许见疏始大悔恨，而事已无及。朱寻擢南刑侍郎去，许次年入为大理卿，事亦渐解，王坐胥靡斥荫籍，其他坐死者尚数人，后皆瘐死狱中。房仲早世，事不得白，吴中有昭雪者，还其任子，今且拜官矣。事始于世家之比眤匪人，张于游士之好为捭阖，成于文帅之借端幸功，诸公子之不至夷灭者，幸耳。可为痛恨，可为深戒。

冤狱

锦衣带俸指挥周世臣者，故戚畹庆云侯寿之孙也。居东城小巷中，丧其偶，与婢荷花同卧起，有奴王奎司启闭。隆庆六年九月十一日昏暮，世臣率荷花执燎扃户，有数盗斧门入，世臣持杖战，仆一人，群盗合力攻之，败而见杀，荷花伏屏处私睨，不敢仰视。盗发笥得百五十金去，遗金少许，荷花携之以报王奎。时先帝梓宫就山陵，内外戒严，指挥张国维奉兵部令司游徼，而信地内盗贼戕国戚，惧且受谴，驰往求盗不得，则至王奎室中，见荷花持金絮泣。适邻居卢锦来索肉价，会逻卒至，避伏床下，国维曳出之，讯知屠儿，遂执为与荷花稔奸，构淫夫逆弑，卢锦不胜楚毒，诬伏。又周之宗老，闻盗来视，亦谓实然，詈荷花曰："主何负汝而反，当斩万段。"国维喜，益信其真语，下法司鞫。初称冤，且无验，乃请移他曹再谳。时署刑部侍郎翁大立是其言，第心恨大逆，且有先入语，遂欲速磔之，立嗾他署郎吏成狱，郎力持不许，翁益怒，亟命上奏，得旨如拟。至万历四年而王奎、卢锦、荷花俱伏法，人皆称快，乃群盗则观刑于市而窃笑之。群盗得志弥横，恣为椎埋，鲜衣怒马，以游侠见称。其魁名朱国臣者，初亦宰夫也，畜二薵妓，教以弹词博金钱，夜则侍酒，国臣时时醉詈且痛笞之。二妓不能堪，乃泄其杀周皇亲及他流劫事闻，兵部捕之，与其党刘汝成、刘五等七人俱收缚。都下皆痛荷花冤不已，语传内廷，会刑科亦追论其事，上恻然伤之，械国臣赴刑部，俱吐实，备列剽掠情状。乃知周世臣曾屡属目国臣，疑其辨貌讨捕，决意杀之，而刘汝成戳其胁，刘五斫其胸，汝成又自列举事未几，生女胁下有大创，如世臣死时，故已知其为厉矣。时去决冤狱时已二年，刑部尚书为严恭肃清虑，初问诸臣当得罪，谋之首揆江陵公，江陵公云："第以真情入，告主上，不得有所饰，且首事者尤不可逭。"盖谓张国维也。严如教上疏，上以所拟过轻，命再议，乃谪三刑郎于外任，翁司寇已正位南枢，遂夺宦归，而张国维终于论成。一时以为纵。或谓张弁有大力，结强援，得丽轻典云。

冤　亲

近癸巳年，吴之阊门宋姓者，以市川贵秘器为业，俗所云沙板者是也。其家累世积镪，号素封，有子五人，延一余姚塾师课之。其母年四十余矣，荡而悍，与塾师淫通，遂谋杀其夫，诸子颇有与闻者。一日以暴卒讣亲友，然其谋众皆稔知，遂闻于官，验视信然，乃论塾师大辟，妇寸磔，五子俱坐弑逆，然二少子实不知也。狱上于朝，非时伏诛，行刑之日，二子号呼称冤，监刑以定案难改，第悯默而已，佯若不闻，宋氏一门俱灭。时友人王房仲以蜚语系请室，市上讹传将僇及者，王惊悸几欲自裁，迨宋氏就法，惊魂始复。

大侠遁免

今上丁戊寅间，有妖人曾光者，不知所从来，能为大言惑众，惯游湖广贵州土司中，教以兵法图大事，撰造《大乾启运》等妖书，纠合倡乱。彼中大吏协谋图之，为宣慰使彭龟年所赚，并其党缚之。二省上其功于朝，黔抚何起鸣等、楚抚陈瑞等及龟年俱拜优诏厚赏，而曾光竟遁去。上命悉诛妖党，严缉曾光以靖乱本。时有江西永丰人梁汝元者，以讲学自名，鸠聚徒众，讥切时政。时江陵公夺情事起，彗出亘天，汝元因指切之，谓相蔑伦擅权，实召天变。与其邻邑吉水人罗巽者，同声倡和，云且入都持正议，逐江陵去位，一新时局。江陵恚怒，示意其地方官物色之。诸官方居为奇货，适曾光事起，遂窜入二人姓名，谓且从光反。汝元先逮至拷死，罗巽亦毙于狱。光既久弗获，业已张大其事，不能中罢，楚中抚臣乃诡云已得获曾光，并罗、梁二人串成谳词，上之朝，江陵亦佯若不觉，下刑部定罪，俱从轻配遣，姑取粗饰耳目耳。至于曾光者，亦在爰书配发数内，然终不知其踪迹何在，真游侠之雄也。若罗、梁二生，唇吻贾祸，不过何心隐流亚耳。近日李卓吾直以梁汝元即何心隐托名，此固妄谈，不足凭，然何亦吉安人也。

先是，捕曾光时，图其形悬四方通衢，出重赏购之，伟干长髯，眉目有异，果非寻常人也。光狱之成在庚辰之春，而楚之密索直至江陵云亡始罢。

逸囚正法

江陵当国时，持法不少假，如盗钱粮四百两以上，俱非时诛死。吴中有银工管方洲者，私用官帑千金，事发问斩，奏请旨下即法，暂系苏州卫之镇抚司狱。时押狱者王百户，即管儿女姻也，防范稍疏，听其出入，一夕忽叛逸。上台震怒，即以主者代其罪，收禁之。百户家故温，出重赏募人四出搜讨，当事亦愍其苦，督捕役甚急。微闻有浮海行者，踪迹可疑，乃南至闽广，近海诸地无不遍历，杳无消息。捕者意已阑,理归装矣,一日至香山嶴,忽传走洋败船飘至,姑往观之,则桅舵俱失,寂无人声,仅火舱留一二垂死者,则管在焉。诸役大喜,绐之曰:"吾辈亦将入南夷市贩,今如此危险,决计归矣,子可偕我行,子事已经大赦,勿虑也。"遂拉之还吴。时旨已下,迟三日百户者赴市矣,比管至立释之,吴人骇叹天网之巧如此。

手刃逆奴

王邑令仰者,举万历己丑进士,湖广之崇阳人也。释褐为广东新兴知县,以大计入京,留其仆王守真等三人于衙斋,时时向县佐有所关说,又盗在官纸赎底籍货之,易银瓜分。王令有妾父亦在署中,备悉其事,比仰归告之,心衔未发而诸奴已觉之。粤中故瘴乡,饶毒草,守真等潜采毒兰贮于囊,为同辈名继仔者所见,诘以需此何为,云不能受拷掠,将饵以自裁耳。仰俄调福建之闽县,途中见诸奴侍左右,裂眥恨骂,于是逆谋转急。仰抵闽未数日,方拮据应酬杂务,夜草竿牍告馁,守真等以所藏兰草置饭中进之,家人皆不觉也。比入卧外斋,惟诸奴在侧,毒发就毙。质明始入告其家人,群起呼药治疗,则医家皆云中毒殒且久,不可治矣。同官来视,七窍皆流血,鞫治诸奴,继仔先述往事,诸奴亦不胜严刑,俱吐实。时会审于城隍庙,仰子廷试者,持利刀就神前一手刃剖其心以祭乃父,多官哀之,亦不能禁,以其状上之朝。下理官共议,此律文所不载而情实可矜,上亦谓廷试迫于父仇,虽与律令不合,亦人子至痛,当从宽政,遂贷不问。

齐韶冤死

刑部侍郎齐韶之斩西市也,时为正统十三年之七月初旬,罪既不蔽其辜,节次亦非其候,天下至今冤之。盖事涉王振并其侄二人,故激上怒,有此异常处分,然中尚有隐情也。据锦衣指挥马顺谳词,谓百户史宣女,已被上选召受赐归,韶托兵部侍郎徐琦、驸马都尉赵辉,逼取为妻。已而琦、辉二臣自输为齐韶逼取选余女子,则齐韶又何辞以解。盖上大婚时选妃,自内廷退出者,本上所属意,时圣眷未忘,宜其掇祸之速也。近年一吏部郎亦重价赎今上所择宫中受赏退归者,殊嬖之，上闻而不发，后以守被白简，竟坐刑死多命，特出中旨论斩，至今系狱未释。臣子乃与君父争姝少，兴固豪矣，谓之知命则不可。

弟子酖师

扬州兴化人宗名世，以工部郎坐吏议归，长孙弱冠矣，漫游惰学，而大父以堂构期之，延丹徒名士陈肖者，课以举业。陈绳督过严，夏楚不少贷，宗孙积愤出怨言，陈闻之怒，榜掠愈苦。遂生恶心，市砒杂肴胾饲之，夜狂燥呼水，禁不得入，遂殒于塾。其子诸生观阳讼之官，广陵士庶久悉其状，而无人讼言。江都知县姚祚端，健吏也，呼仵伯如法检验，先以片银置尸口中，少顷如墨渖。时宗工部已行多金讲解，两家俱有成议矣，姚恨其事，力持不可，以谳牍上之抚按，皆如拟抵偿，此庚戌年事。今工部尚无恙，其孙絷狱中，百方求宽于上台，而公论持之，终不许也。

崔鉴孝烈

唐严武幼时以父挺之爱其妾玄英，不礼其母，夺槌击碎玄英之首，此古今所叹异。而嘉靖中叶，有山西保德人崔鉴年十四，以父私邻女魏氏，斥逐其母，鉴不胜愤，乃手刃魏氏。其事上闻，上以幼能激义，特贷其死，发附近徒工三年。孰谓古今人不相及也！武虽婴孺，然世家冑胤，熟闻节烈；鉴闾巷无知，发于至诚，较更难矣。

卷十九

工　部

裴侍郎履历

　　裴琏者，湖广监利县人，洪武间以太学生授剑州知州，升浙江按察佥事，再改江西，坐累谪兴州；召入，为北京道御史，升河南按察副使，又以累谪武清；后荐起为广东道御史。仁宗在东宫素知之，擢春坊中允，改大理评事，又升刑部主事，坐事降易州同知；至洪熙初以旧宫臣升工部侍郎，改北京行部，又坐事降涪州知州；而子纶先以永乐十九年登一甲第三名，为翰林编修，当貤封父母，琏乃弃其官，受编修文林郎之封。其人盖三为方州正侯，两为御史，三为外台宪臣，再为流人，一为宫僚，再为法司属官，再为两京贰卿，而终以封公归老，其宦途所历升沉变幻，何异渠家先世之裴佃先也。琏至宣德十年卒于家，盖仕宦几五十年，称封公者又十年。

工匠卿贰

　　嘉靖间，徐杲以木匠至工部尚书，当时在事诸公亦有知其非者，以世宗眷之，不敢谏，然先朝固已有之。宣德初，有石匠陆祥者，直隶无锡人，以郑王之国，选工副以出，后升营缮所丞，擢工部主事，以至工部左侍郎。祥有母老病，至命光禄寺日给酒馔，且赐钞为养，尤为异数。正统间有木匠蒯祥者，直隶吴县人，亦起营缮所丞，历工部左侍郎，食正二品俸，年八十四卒于位，赐祭葬有加。二人皆吴人，为尤异。至若吏员徐晞之为兵部尚书，李亨之为礼部侍郎，且充廷试读卷官，厨役蔚能之为光禄卿，俱在英、宪二庙年间，又不足言矣。

赵尚书荐贤

赵甬江少保,授任阅视征倭,首荐唐司直荆川顺之、秦中允白厓鸣夏俱为兵部主事。唐负重名,有公辅望,未几,得佥都御史而没于师中。秦至中途彭城,以亚夫之疾客死,不及用也。秦望非唐比,且以主试,中翟诸城二子罢归,此起亦属幸事,然而公以木天近臣,久抑林下,骤得赐环,不无色喜。少保倖臣,强颜荐贤,亦何异石亨之荐吴康斋。两公出山,虽显晦稍异,而所就止此,不如康斋不拜之得也。

朱震川司空

朱震川大司空为左少宰,有才望,且交欢首揆徐华亭,以此骄于公卿间。时吾乡陆五台太宰为选郎,意薄之。会南司寇缺,即推用之。朱不预闻也,以此恨入骨,即嗾其最厚门人御史孙立亭论之,陆遂削籍去。孙后再踬再起,为少宰,家居,陆出秉铨,即起孙为总宪,与同事,孙感其恩,尽捐前隙,订莫逆交。人谓陆惯操权术,以笼罩名流,岂其然乎?孙后正位铨席,与张新建有违言,去位,张亦被蜚语继归,仇隙至今不解,人益追服陆之善处怨家云。朱后移北冬卿,又见知于江陵,几正首曹之位,偶以小迕失欢罢归。朱敭历多劳绩,前后皆受知于政府,终不得大柄,盖有数耶?(朱名衡,陆名光祖,孙名丕扬。)

刘晋川司空

沁水刘大司空晋川东星,清修名臣也,独好为矫厉之行。甲午年,从协院副都御史转少宰时,其同年沈继山思孝司马以大理卿召入,故其极厚同志也。初见,即招入书室,蔬饮正洽,忽微讽沈曰:"兄此来甚慰举朝属望,但兰溪公善人,且耄,可待,幸姑留之数月,何如?"沈不知所谓,面发赤曰:"我去国许年,仅尾九卿之末,首揆去留,我安从知之,且主之耶?"即艴然别。是时太仓甫去位,兰溪当国,其次即新建,两人已不相洽。沈与新建素厚,故疑沈欲逐赵,而刘又赵所厚也。沈出遍询,始知其语有由来,心已蓄不平。又一日过刘,则李克庵桢司寇在座，李先为金院，与刘同事，共饭脱粟，固劝沈同进，沈曰："吾已饱矣。"刘哂曰："沈兄素豪侈，不能啖此粗粝，但我无从觅精粲，奈何！奈何！"李固沈任光禄时旧寮，亦相善者，乃正色谓李曰："公且罢箸，听我言。我辈忝大九卿，月俸例得上白粮，尽可供宾主饔飧；今匿其精者，而以操军所请漕粟饲我，此人全作公孙弘行径，不足信也。"李秦人，最朴诚，闻言大悟，曰："刘公信非端士。"即相率出门。后来沈与刘、赵隙遂不解，以致富平太宰、新建相公成贸首之仇，虽非一事，此段亦其张本云。

吾乡吴生白中伟比部，故刘司空督学浙江时所赏拔士也，戊戌举进士，授南行人归，过淮阴，时刘以故少宰起田间，总督河漕。吴谒之，留款坐话旧，良久，因留之饭。又良久，忽若自失者，顾左右云："可问内庖，今日是买肉日期乎？抑买豆腐日也？"左右入问，又对曰："当买豆腐。"乃揖之出，曰："果如此！今日不敢奉留矣，奈何！"以上二事，俱二公亲为余言。

邵上葵工部

工部郎邵上葵辅忠，浙之宁波人，戊申年朱山阴当国，不为时情所附，邵上书痛诋之。时浙人被弹射无免者，邵独见推于名流，即得越次主山东试，旋推铨部，虽不得旨，然骎骎向用矣。次年，复专疏攻淮抚李修吾，于是台省郎署继起，白简不绝；救李者亦接踵，佐斗无虚日，去年名流辈遂大恨之，尽目之为戎首。邵寻以请告归，齿及其姓字者，辄戟手秽詈。邵之两年昌言，其是非未可定，然一人之身朝夷暮跖，亦可以观世变矣。邵今居忧，闻至墓次相地，白昼为人所刺，幸漏刃而逸，未知信否。

京师营造

天家营建比民间加数百倍。曾闻乾清宫窗槅一扇，稍损欲修，估价至五千金，而内珰犹未满志也。盖内府之侵削，部吏之扣除，与大匠头之破冒，及至实充经费，所余亦无多矣。余幼时曾游城外一花园，壮丽敞豁，侔于勋戚，管园苍头及司洒扫者至数十人，问之，乃车头洪仁别业也。本推挽长夫，不十年即至此。又一日于郊外遇一人，坐四人围轿，前驱呵叱甚厉，窥其帏中，一少年戴忠靖冠，披斗牛衣，旁观者指曰："此洪仁长子，新入赀为监生，已拜司工内珰为父，故妆饰如此。"

两京街道

街道惟金陵最宽洁，其最秽者无如汴梁：雨后则中皆粪壤，泥溅腰腹；久晴则风起尘扬，觌面不识。若京师虽大不如南，比之开封似稍胜之，但冬月冰凝，尚堪步屣；甫至春深，晴暖埃浮，沟渠滓垢，不免挑浚，然每年应故事而已。壬子之初夏，有一工曹郎管街道厅，毅然任其事，特疏请旨。既得之，大书圣谕，揭之牌上，导以前行，凡房舍稍侵街巷者，悉行拆毁，怨声满耳。有一给事马过者，拆房者掷砖误中其颅，不胜忿，遂相奏讦。工郎上疏，诟至云："公道世间惟瓦砾，黄门头上不曾饶。"此给事故能作异同者，遂有赞叹工郎以为风力，工郎益喜自奋，屡行建白，畅论时事，顷被正人之目矣。其时南中有一大老，本金陵人，为南少宗伯，久不北召，方引领大拜，偶署工部，值北有清街之举，慕艳其事，亦出榜清理街道，凡系开国以后兴造大小房屋，俱命撤之，即其密戚先达，毫不假借，远近公私，骇怖失措，施行未竟而以艰谢事矣。街道一役，本两公职掌，一以无心举事，横博时誉，遂弄假成真；一以有意取名，为识者所窥，不免举故事失之。时局移人，即公务亦在楸枰中活。

工部管库

近年工部郎多挂议吏，然有极可哀者，如节慎库一差，本冬曹职掌，巡视者不过司监督，稽察其弊耳。丁未戊申间，有一给事，滇人也，以庶常起家，为时情所推，来司巡视，则直专其出纳，一切领状，早衙金钱入，暮即批允，管库主事即开库发银，惴惴不敢吐气，或发铤稍迟，即呼詈如奴隶，但含泪谢过而已。两年间，所橐黄白及珠琲瑰异，不下数十万，京师大沸，相视莫敢发。有一台臣为京师人，椎鲁不识物情，露章弹之。给事出不意，尽寄其赀装于所知，不待旨下，宵遁出城，其时盖有仇家恐喝之，说云台臣欲围其宅搜其橐也。行后而救者蜂起，即南都亦响应，司库主事反以失职被弹去。至辛亥大计，主事与给事俱坐镌级，物论亦有不平之者，终称给事负枉，争为昭雪，荐剡满公车，而主事者林居食贫，每为人言往事，泪辄承睫。滇给事之在事也，权力震一时，都中人争媚事之，有一锦衣以二女献，其一女，一则姑也，给事嬖之以冠诸妾，锦衣因为通赂，富亦至巨万。友人马仲良为作《桃叶歌》，今行于世。给事系籍凤阳，其后因游江淮间，遣人至都索所寓宝货，大半为旧交乾没，敛气而归。至甲寅乙卯间，一御史闽人徐姓，视鹾政于两淮，以墨被科臣白简，受重谴，亦寄所得于江南相知家，比再来征故物，则偿者十不能二三也。两君俱高才负时望，独以篑篑稍被议云。

工 部 差

工曹修造诸差，多与内监同事，迕之未免得祸；若与叶和，必同染腻秽，为清流所薄，后日吏议，每从此搜抉，以故有志者类托故辞之。间有辞而不得者，如卢沟之重建，则皖人胡伯玉瓒领之，桥成，转大参而出，大计竟以贪处。福府之鼎建，则都人房潭柘楠领之，亦以劳得大参，至大计亦镌秩。盖皆中官中饱波累也。近偶有一二西台谈及云，曾以视工至一冬曹郎私宅，适其同管工内官移庖在焉，邂逅欢甚，固留同集，但席间每呼曹郎为表兄，曹郎有赧色。西台怪询其故，则云吾与工部公，偕勤王事，为表里衙门，故有此呼，以示亲昵。西台骇笑而别，更奇矣。

台 省

汤刘二御史再谴

弘治元年，御史汤鼐论辅臣刘吉及礼书周洪谟等，刘恨之，御史魏璋因承刘旨劾鼐云："寿州知州刘概，献梦以妖言谄之。"鼐论风宪官受财，议革职赎徒，上特旨发肃州卫充军。正德初年，以登极赦归，寓寿州，为州民王濡所讦，坐以逃伍，加杖八十，仍戍肃州。今上四年御史刘台劾张居正诸擅权事，斥为民，后为辽东抚按于应昌等发其巡方时赃私，谪浔州卫充军，寻死戍所。二御史俱以直谏受谴于先，又被诬于后，人皆冤之；然刘概馈萧白金且与之书，其中云："别后梦中时相会，一夕梦一老人骑牛背行泥泞中，公左手把一五色石，右手提牛角，引就正路。因思人在牛背成一朱字。此乃国姓，天生豪杰，引君当道也。"此等呓语，岂非妖言？孝宗怒而加等罪之不为过。时马端肃掌西台，亦拟概妖言坐斩，赖王三原救之不死。刘台按辽，误报大捷，江陵票旨诘责，因惧而抗疏。二臣情事略同，其前后奇祸各有指授，又若符节云。汤鼐初上疏劾诸大臣，谓礼部尚书周洪谟治家无法，党附权臣；右侍郎倪岳急于上进，昵近权要，缞服徒步送太监黄㫤母柩；左侍郎丘濬身服马尾衬裙，为市井浮华之饰；南京兵部尚书马文升身任兵曹，联姻武弁，纵子奢淫；少傅刘吉与万安尹直同一奸贪；今二人斥，而吉与丘濬恬然进官。按，汤此疏弹阁部大僚凡六人，若刘博野固不足言，如周文安、倪文端、马端肃、丘文庄俱一代伟人，何至轻易暴殄？张悦之生平不可知，是时言官方荐为冢宰，意亦其时人望也。时马端肃已改北左都掌院，乃上疏谓鼐劾臣，今为属官，必疑臣报复，乞放臣致仕或闲散避之，而上不许。元年五月，吏部尚书王恕以酷暑请暂停经筵，鼐又劾其不能将顺，乞以六月初一为始，仍旧经筵。则王端毅亦其所不惬也。意其人以搏击树威，亦嘉靖初给事史道、御史曹嘉、隆庆间给事韩楫、曹大埜之流欤？

嘉靖诸御史

嘉靖十八年，上行幸承天，御史胡守忠以扈驾劳，升右佥都御史，兼詹事府丞。二十九年，御史王忬按顺天，以守通州功，升右佥都御史，经略畿辅。三十二年，巡按浙江御史胡宗宪以御倭升右佥都御史，抚浙江，盖俱非常之遇也。胡守忠次年即以罪诛，王忬迁至右都御史，坐边事下狱死于市，胡宗宪加至少保兵部尚书，坐劾逮至京，死狱中。此皆世宗朝，可谓恩威并出。以至四十二年，御史姜儆者，江西南昌人，王大任者，陕西保安人，俱以访仙访法秘使还，并升翰林侍讲学士，尤为西台未有异恩，甫三年而削夺及之，则穆庙登极后事也。诸君受主恩殊特，俱不克终，皆西台非常之事。

御史大夫被论

左都御史，汉以为亚相，唐以为副相，元尤雄剧，秩从一品，本朝洪武初亦一品，后与尚书同正二品，而六曹之事无所不预闻，且提挈十三道，为风纪之长，未有反遭弹射者。今上御极三十余年，掌都察院者凡十余人，其间两公被劾，事出创见，前则临川陈炌，为纠御史赵应元，被户部郎王用汲所诋；后则仙居吴时来，为戊子场事，被户部郎姜士昌等所诋，俱目为相门私人，语不可闻。陈仅王一疏论，后犹在位数年始去；吴自姜疏出，攻击叠至，身无完肤，旋卒于位，寻至夺谥。此两公俱以直臣起家，致大位，晚途遭诟，不值一钱，宪体至是扫地矣。若辛商臣自修则为丁亥大计，与何司空起鸣互讦两罢。近日温三原纯则为乙巳大计，与首揆沈四明相左，去位，非如前两公坐而受詈，噤不能出一声也。顷己丑年，南京御史王藩臣，劾南掌院右都耿定向；辛卯年北掌院左都李世达，亦为御史胡克俭所弹，则又皆堂属也。

南北台员

十三道例设御史一百十员，南道十三员，北则满额，南或缺数，然亦必十人之外。近日考选久不行，事故者又相继，北不及其半，奉命巡方之外，一人管道篆数颗，又有公出，至大朝会侍班，借诸幕僚经历都事照磨之类以充数，豸班寥寥，殊失全盛之体。若南中止三四员，又有上下巡江屯仓诸差，其巡视五城遂借刑部诸曹郎代摄，此岂直越俎已哉！穷则变通，亦宜亟为计矣。

南御史改北

吾邑故御史黄贞所正色者，宫詹葵阳洪宪兄也，以中书选南道御史，而先籍苏州，差巡下江，以桑梓不便行事，改北道差，巡按广东。事出创见，谓其别有径窦，且疑并宫詹为之委曲，物论大不相谅，寻积资出为福建宪副。同郡陆庄简为太宰，以壬辰外计论调，次年癸巳内计，竟坐斥，其斥也人皆不以为冤，而亦未尽然。同时有江享泉有源，为吴之太仓人，亦拜南御史，以乡曲情干申、王两政府，已许之而难于独誉，适有黄先籍一事，南台长为耿楚侗定向，遂并题请改北，识者骇之。江故长者，且寒士，不为人所属目，改后即以病归，寻没于家，后更无人指及，而黄独受讥矣。细思操江都御史，管辖上下两江，延袤数省，安得人人异地始任事耶？即北直人为畿辅巡方及他屯盐诸差，亦未闻有回避者，况前此南直人授南台者多矣，从无调北之事，而自黄、江以后，人亦自爱，无敢引以求改者矣。

刘畏所侍御

江右刘侍御台，江陵辛未所录士，受知甚深，以比部郎改西台，出按辽左。时方奏捷。故事，按臣主查核，不主报功，刘不谙台规，以捷上闻。江陵票旨诘责太峻，刘遂疑惧，露章数千言劾江陵诸不法，颇中肯綮，江陵虽盛怒，然内愧且服，止从削籍，但每对客，词色间多露愤恚不堪意。谄者因思中之，诬其在辽时婪肆，抚按从而勘实之；又令刘乡人告刘居乡诸不法状，亦对簿追赃，刘坐戍广西之浔州，病死。或云为其戍长所鸩，莫能明也。江陵败后得昭雪，原勘抚按王宗载、于应昌等俱抵罪。其后二十年，议补诸名臣谥，时江夏郭少宗伯正域署部事，独靳刘不与，谓其抗疏乃遭诘畏祸，先发制人，非本心云。自刘疏后，门生劾大座主者，如李佥事瑠之于申吴门，安礼部希范、孙比部继有、丁中舍元荐之于王太仓，薛进士敷教之于许新安，相继而起，不可屈指矣。江陵籍没时，刑部侍郎丘月林櫟衔命，同大珰张诚行。丘，故张怨家也，东阿于宗伯慎行与丘同里，时为宫僚，特贻书为宽解，且请勿苦其太夫人赵氏，人以于为厚云。

山西乔御史

乔御史名廷栋，山西蔚州人，起家己丑进士，由大行拜西台，巡方三省，积资十年。其风采议论不可知，但闻其居家最可笑：每晨起，具衣冠升堂轩高坐，命仆隶呼唱开门，并搜索内室，喧叫而出报曰无弊,然后家僮辈以次伏谒,或诉争斗事,为剖决笞断讫,而后如仪掩门,退入内室,每日皆然。尝闻宦情浓者多矣,然未有如此公者。

房心宇侍御

房心宇寰侍御督学南畿,时海忠介方自南少宰晋掌南台,自以夙望峻威棱,留都庶僚不能堪,而无敢议之者。房颇以材胥著称,独奋起攻之,至谓海瑞矫情饰诈种种奸伪,卖器皿以易袍,用敝靴以易带,此真公孙弘布被中梦想所不能到者。时吾邑沈继山思孝司马为南冏卿,又专疏为海代辨,而劾房以私怨辱直臣。房复上章攻沈,云臣砥砺二十年,天下所知,且思孝与臣同里同年,而论议枘凿不侔如此,则臣之品行于此已见。时房方盛气,其锋距亦劲,台省为之结舌,惟丙戌候选三进士共疏攻房,语颇峻,然不能胜,且得罪以去,房寻外转。吴中张、陈二给事,以诸、顾二人同里新进,用丘论逐,而身居言路,不及先言,乃各疏诋房以伸海。时三进士已得录用为府教授矣,房念众咻不止,其势且孤,乃尽出二给事先后请托诸手书呈上览,上为重贬张、陈,而房亦降级,语具所论私书中。海之再出也,年力已惫,渐不及抚南畿时,诸辨疏亦稍馁荏,次年遂卒于位。房之试士,用法太严,江南士子恨之入骨,至拟杜牧《阿房宫赋》作《倭房公赋》以讥切之,俱用杜韵脚,其组织之巧,叶字之稳,几令人绝倒。房试南士,以试牍贻人,名曰《公鉴录》,合刻一等六等之文。有一人以岁考领案补廪,次年科考即以劣等斥之,其文并列,一日寄至都下。先人见太仓王相公,因问房心宇所寄考卷,曾寓目否?其一人忽赏忽摈,亦觉太奇。太仓公曰:余阅之不奇,此人两试,无可殿最,心宇品骘前后俱误,若余作文宗,两度俱入三等耳。其轻之如此。

私　　书

告讦之举,先朝多有之,终非长者之事,然少有发人私书者。丙戌年南直提学房御史心宇寰,与海忠介相诟病,人颇不直房,群起攻之,新科三进士顾泾凡允成、彭旦阳遵古、诸景阳寿贤俱以劾房斥归,士林高之,既而房外转江西副使。至戊子岁吴中张慎吾鼎思为吏科都给事中，与同里同年陈给事吴峰烨追论房诸不法，房乃发二给事往年提学时嘱托生童诸事，并其手书上之朝。上严旨诘责，二给事疏辨颇支饰，上愈怒，俱重贬，房亦调去。房遂不出，张、陈虽渐以量移，终不振矣。房发私书大非雅道，有识者俱薄之。自是人有戒心，往还笔札，故为庚词隐语以防漏泄，或不署名，或云望焚毁，乃至有乞即掷还之语，其凿混沌弥巧弥深矣。

抚按在地方有事须商榷者，致书于司道，此始于嘉靖季年。至今上初年，而郡守司理州县之长，俱被两台书札矣，就中受乡绅请托者，反乞灵郡邑谳问之官，词既不典，气亦欠扬，或于纸尾书右缴二字，则下吏仍将原书缴还。上下相胶固，亦上下相猜防，欲求风裁之振，难矣。

御史与边功

边功自将帅而外，止当及督抚司道，若归功兵部兵科以及阁臣，已为僭滥，犹曰发踪调度之功也。至于御史，虽有监军纪功之责，例主纠弹，不主荐举，又主叙功后覆勘，不主报捷时叙功，此定规也。自正德末，差满御史谢源等，以王守仁起义兵征宸濠，留之军前，而体亵矣；自嘉靖初陕西巡按御史吕光询分总兵周尚文之赏，而职侵矣；迨庚戌虏犯京师，巡按御史王忬守通州，奏功骤拜中丞，而挞伐之勋等于介胄矣；甲寅乙卯，倭践江南，巡按御史胡宗宪与倖臣赵文华，合谋拒退，亦拜中丞，以至尚书三少，而豸冠风力，化为绕指矣。隆万之间，南北少事，台规稍振，号能举其职。今上初年，江陵当国，益务饬纪纲，御史不得他有所侵，会其门人刘台按辽东，以新入台不知故事，误报捷音，为江陵票旨诘责，台惧甚，摭张阴事讼言于朝，刘得罪以死；近年补诸臣谥，郭宗伯尚不许台易名，则犹以报捷一事也。近日宁夏之役，梅御史国桢力荐李如松往讨，而身自领监军，二人本兄弟交，至则协力成功，其报捷一疏至比唐淮蔡旧事，盖拟如松为李愬，而以裴度自居也。其时庙议方喜告成饮至，不加深诘，梅即得问卿中丞，人亦不以为忝，独给事中王如坚特疏纠梅，谓其与武弁交结夸诩，无人臣礼。疏虽不行，识者壮之。

当宁夏奏功时，今中丞许少微弘纲在兵科，以叙功奉旨候京堂升用，许辞官，且让其功于巡按陕西御史刘芳誉，上不许，仅升刘俸而已。许虽名不伐，然而非体矣，刘未几亦止擢郡守。

按臣答将领

武臣自总戎而下，即为副将及参将，体貌素崇，与司道同列，近来多黜卒及游棍滥居之，日以轻藐。余所知则今上癸未，顺天巡按御史李顺衡植廉知蓟镇东协副总兵陈文治掩败为功状，特疏劾之，旨下，即行御史逮问，至日便捕文治，痛决三十板，下之狱，穷治问斩。此犹待诏下始行鞭扑也。近辛亥年熊之冈中丞在辽东时，有沈阳参将佟鹤年者，即虏族也，亦报级不实，熊先已具得其实，即掣佟并马至战场，遇地坟起处发之，则皆我战士无首尸也，其数不可胜计。熊即于马上褫佟下，就地捆打一百收监，随亦奏闻正罪。则又不待上命，竟自以军法行谴矣。二弁死不足赎，然按臣与制府事权终不同，揆之正体恐稍未安，其他不及知者当尚多也。

反是者，则汪太涵司马在闽之于戚继光，相倚若蛩蚷；谢太函方伯在辽之于李如梅，至结义兄弟，一则就功名，一则输财色耳。二公同别号，又皆新安人也，文武叶和，固是佳话，若峻风节者，或不出此。

行酖

顷年丙午丁未间，今廷尉余少源懋衡在台中按陕西，与抽税太监梁永不相能，一日进饮，而银碗色黑，疑永毒之，奏于朝，永不服，极辨其枉，余愈怒，奏讦不休，至余忧归而后已。同时按楚御史史企愚弼行部荆州，与江陵知县过成山庭训不甚相知，亦进粥银碗稍黑，疑其毒出于过，方悲恚大惊噴，过闻急走入，亦不置辨，但收其余糜啜尽，史怒始解。史后与过同为台臣，仍不失欢。因观故户部侍郎谥襄惠邹守愚一事，亦相类。邹为广州守时，值其地御史亦有庖人烹鸡事，置之极典，邹明其不然，呼囚再烹，则鸡仍黑，乃舍之。盖食物初炽，入银器必变黝色，而按臣以法官子身居异方，或执法太过，每疑下人进鸩，以致有此举动，似当精为辨之，不然损宪体多矣。

言官劾父

台谏在事,遇大奸居位,即奋笔而弹,不避亲嫌,亦公尔忘私宜然。若今上初,刘御史台之劾座师张江陵,其词峻,其事确,卒罹杀身之祸,而议者犹以刘为薄。若正德间兵科给事高浔者,奉命丈量沧州等处屯牧地,还奏备参先任各官拨派不均之罪,皆当追治,而都御史高铨预焉。铨即浔父也,时刘瑾播虐,以威胁天下,故浔逢其意,遂及乃父焉,时人皆切齿恨之。浔直隶江都人,以庶长初授官,未数月而瑾诛矣。

台省之玷

弇州纪台省之玷,首书永乐七年御史袁纲覃珩诬杀主事李贞一事,而永乐八年又有一事更可笑而不及书。北京御史邹师颜等,劾启御史李公敏娶见禁罪囚亲属为妾,或挟其妻就饮人家,通宵不返,廉耻道丧,渐习成风,致同僚御史刘先、刘勉、张睿、郭衡、商忠俱娶离异不明之妇,皇长孙命鞫治,俱处以罪。夫以文皇何等威严,而台臣宣淫至此,亦可骇矣。又是年省中亦有一事,而弇州省垣之玷亦不书者。吏科给事中陶瑅启其乡一匠不赴工役,私贾于外,皇太子曰:六科不以兵民休戚为言,而琐琐及此,岂汝有私憾乎?命刑部讯之,乃匠家居与瑅邻,素有夙怨,故诬之,遂下瑅狱。又洪熙元年户科给事中沈宁,以赍诏往直隶各府索贿,为巡按御史所劾,谪为驿夫。宣德元年礼科给事中章云、马俊,以受锦衣百户刘彝等嘱贿放重囚,发交阯充吏。正统元年行在刑科给事中王偡,以闻父丧未授官不举,迟二十二日始发,革职为民。正统四年,刑科给事中李原缙先以闻宣宗晏驾不哀临,私娶妾下狱矣,至是又受云南中卫舍人童铭赂,与堂弟童政争袭,代为本章,屡上不已,兵部奏铭必有主使,下法司鞫之,得实,遂论缙徒。景泰六年,户科给事中孙珉,受宣课司吏银,收不堪钞,充肃州卫军。天顺三年,刑科给事中王俨同修武伯沈煜,册封藩府受其馈,为锦衣校尉所发,下狱治罪,降主簿。成化五年,南吏科给事中王让为出继,于登科录书所后为父母,又书本生母为生母,祭酒刘廷俊先被让劾,乃言让以所生母为出继父之妾,让惭,托疾去。成化十二年，养病户科给事萧龙，妄受投献田地，强占人女为妾，事觉谪边卫充军。弘治十七年，养病给事中赵钦，迫民鬻墓为地，发凡冢九十有二人，发宋叶学士墓，碎其志石，又强娶子女，论绞，其玷青琐亦甚矣。至台中败类者更多，洪熙元年，御史冯泰居丧，挟势取僧寺石柱石碑充葬，擅据按察分司受词，批发州县提问，事觉发为民。洪熙元年，宣宗已即位，御史张珪前在处州监办，盗官银七十两，当斩，免死罚役，遇赦，上命斥为民。宣德三年五月，御史严皑方鼎、何杰等耽溺酒色，久不朝参，事觉，上命枷项以徇，言官荷校，盖自此始。宣德三年八月，巡按山东御史李素至历城，与县民李尚女奸，娶为妾，御史赵纯亦娶门子郑能妹为妾，先后为山东按察司所纠，素时已死，逮纯下狱论罪。巡按湖广御史赵伦，需索官民罗绮，收买人口，又与乐妇奸通，命谪戍辽东。御史赵俨以非法杖死九人，坐死，系狱中，其同僚御史张循理具酒召俨出狱饮，俨出乘间逃逸，累循理逮下狱，死狱中，又三年俨被获，斩于市。宣德四年，御史宋准查盘至金华府，娶妾索府官白金，又私通民妇，上命追赃，杖戍辽东。又交阯道御史顾达，巡按淮安为通判何正辱詈，甘受之，清军凤阳，酣酒废事，上命改用。行在御史杨居正、司铎牟伦、雷恭、胡晔、潘奉以贪淫不律为都御史顾佐所奏，俱发辽东各卫充军。御史胡谦往处州府办粮课，科敛白金，杖杀民妇，降典史。御史沈润受土豪黄金白金文绮，出其杀人死罪，戍辽东边卫。御史张衡巡按湖广，受罪人白金，戍辽东。行在御史林衡居丧不谨，降户部照磨。宣德六年，御史任祖寿受典史周宗本送马一匹，宽其斩罪，上命依律流之。宣德七年，监福建银场御史王宝，敛民财，发人墓，谪戍辽东。宣德九年，御史颉文林坐索铺户衣物，又于公廨与囚妇奸通，上命杖之，同家属发辽东充军。宣德十年，丁忧御史宋原端强葬父于他人茔，收迷失妇，勒夫货财，夺民良田，坐法绞，遇赦为民。宣德十年，御史郑禧差查厂库，欺侵物料，又受匠吏物；御史廖文昌巡按广西，扰害军民，谳囚乖律，为御史刘桢所发，俱下狱讯治。正统元年，御史王琏巡按回，多索隶卒，且携杭州门子偕行，为浙江金事商贤、苏州知府况钟所劾，下法司讯治。正统二年，御史王学敏受巡检陈永证贿，嘱郎中崔镛荐升知县，事觉，上命杖一百，枷示三月，谪戍辽东边卫。御史廖文昌、丁宁受贿当斥，会选行人，姑降受之，既以出使有劳，补县主簿。正统三年，御史李纯奏辽东御史赵琰、赵砺、卫军年伦，俱先任御史，以贪淫无耻罢职，砺、伦逃诣京师，琰假守制还乡离役，上命各杖一百，发肃州哨守。正统六年，御史计珩、马谨以受千户洪政白金，减其斩罪下狱。正统八年，巡按陕西御史时纪，至长垣县，托县丞萧楫娶殷氏为妾，其妻妒甚，妾父母告纪挟娶，刑部坐以夺良家子女当绞，遇赦斥为民，上曰御史不才如此，其谪边戍。南京御史王复，以贪淫逮送锦衣卫戍边。正统十二年致仕御史陈潜以私忿杖同乡训导，削职，又除名。御史颉文林，以代奸民仇庸诬奏王妃父，命杖一百，发边充军，文林即宣德九年得罪人充军赦回者。正统十三年，南御史葛崇以自京还，舟中强夺人女为妾，充铁岭军。景泰元年，巡关御史王璧数至军妻与言，为都御史王竑所劾，发充铁岭卫军。景泰三年，巡河御史王珉数于济宁等处奸淫，又微服至所淫者之家，拜其父母，又索运粮军官馈贶尤多，为右佥都御史王竑所奏，事下勘实，法司论赎，徒为民，帝特谪充开平卫军。天顺三年，在籍御史叶普亮，福建同安县人，强夺人田宅，又娶族女为妾，为邑人所讦，上命按之，得实，命籍其家。天顺元年，南京御史颜正、巡按直隶御史张祚，以受滁州军官贿嘱拿问。天顺二年，丁忧御史吉安人胡炼受姻戚贿，嘱逮炼侄讯鞫，得受赂状，上命戍开平卫。天顺七年，巡按南直御史李鳞以酗酒擅出赃官，为民。成化四年，巡按山西御史李杰以市狐裘不归其直，除为民。守制御史唐震以欺取官物诬陷人罪，逮至京，坐赃为民。成化五年，御史傅鼎母李氏诉鼎妾凌辱，法司坐妾不孝，并鼎调外任。成化十八年，丁忧御史方辂占其叔田，夺寡嫂棺具，纵子制中作乐，事发降肃州卫经历。弘治八年，巡按贵州御史赵玬受将士赂千金及银花彩缎，寄清平卫镇抚周源家，为源盗殆尽，玬下源于狱，为仇家监生倪宽所发，时玬已升南大理寺丞，诈称丁忧，逃归。自正嘉以后百年间见闻尚新者，又不胜纪矣。

科道被三木

正统二年七月，行在福建道御史王学敏，纳巡检陈永证赂，托行在工部郎中崔镛荐升知县，事发，上命杖一百，枷示各衙门三月，谪戍辽东边卫。其年九月，兵科给事中金昭伯、户科给事中吴绘，俱受廷试明经儒士赂，辄入午门代为文字，诏用大枷枷于长安门一月，发辽东充军。事在一年两月之内，台琐清班，俱膺三木，虽其罪皆自取，然辱言路甚矣。至正统六年，遂以枷项及大臣户部尚书刘中敷等，未几复官视事，十二月，又下狱。又未几王振用事，遂及儒臣国子祭酒李时勉、戚臣驸马都尉焦敬而极矣。天顺复辟后，坐法荷校者，遂不可胜纪，盖锦衣门达，动以诇事酷暴得上眷也。直至宪宗嗣位，而缙绅之祸稍解云。

王学敏事先见第一卷。

六科廊章奏

嘉靖乙丑春，千步廊毁于火，先朝所贮疏稿底本俱成煨烬。时上意恨惜，以问辅臣徐阶，他日修史何所凭为张本，阶诡对曰：此皆积年堆弃残帙，各衙门紧要章奏及四夷番文共十三万二千余本，俱贮六科廊内，况有成案可查，此等无用故纸，正合付一炬。上始悦，意解。按，此时去弘正间未远，若加搜括，尚可绪存一二，乃逢迎意旨，曲说解嘲，真所谓以顺为正也。今六科所贮本稿，往往彼人借出不还，他日恐遂如文渊阁书矣。

吏垣都谏被弹

吏科都给事中为谏官领袖，责既宏巨，职复雄峻，其升擢后不称，或遭白简固有之，而在事时未闻反被抨击者。世宗朝夏贵溪言以侍读学士兼是官，曾与辅臣张永嘉相讦，然皆为争宠互诟，而张卒不胜。其以居官为时情所薄，受弹治无完肤者，无如今上之二陈。戊子己丑间，浙人陈与郊以辅臣王太仓门生在职稍久，因考选引用推官季春开，与同寮及清议诸臣相左，遂为少卿王汝训、主事吴正志、进士薛敷教所聚攻，虽获转太常请告归，竟以言章冠带闲住。至丁未戊申间，浙人陈治则以辅臣朱山阴同里，在职亦久，以屡攻署部左侍郎杨时乔，物情已不归之，会枚卜事起，词臣黄、杨、李三晋江争为相，治则佐李、黄以攻杨，时杨为言路所共推，益恨之，比新考选命下，治则遂为御史吴亮等露章十余疏不休，乃弃官去，诏襧三级，辛亥大计，竟以不谨罢。两君在吏垣，人品自有定论，但言官之长，显受锋镝，卒无奈众咻，狼狈而去，虽时趋使然，而国体与垣规拉撂坏尽，不可收拾矣。两人同姓同乡，相望三十年间，尤为创见。前与郊十年，又有都给事陈三谟，以首保江陵夺情，见非于世，后被弹襧斥。亦陈姓，亦吏科，亦浙人，然系升太常少卿以后事，非在任时也。先与郊者为吴人张鼎思，以论房寰反被讦，远贬；代与郊者为杨文举，以差赈江南功，方复命，升吏科都给事中，甫命下，亦为南京礼部主事汤显祖等所劾，请病去，癸巳大计，以不谨斥。则世所指八狗三羊中之一人也。一时吏科之见轻如此。

王聚洲给事

滇人王聚洲元翰以庶常授工科给事，素著才名，慷慨论事，物情甚向之，忽为郑御史环枢继芳所劾，专指其篚篋秽状满纸，王不待处分竟归；而邓给事、史御史辈曹起代为之辨，郑被攻无完肤，同堂至有绝之不与往还，入朝进署，无复酬对者。初甚疑骇，何以一青琐去留，举朝为之震动，继知其故，则郑疏太戆，不识时趋，自致之也。初，杨止庵少宰署铨久，卒于位，继之者当为南大司马孙月峰矿，浙人也，其甲戌抡元，出沈四明本房，固已为时所忌；孙又每对人姗笑建言及讲学诸君子，谓当尽束高阁，又与李淮抚修吾书亦如之。时任留枢，又与同事六卿得时誉者相左，高阁之语因而传播，诸君子皆欲刲刃其腹。而故太宰孙富平在林下，年已八十，向故与浙人沈继山争讦并罢去之，王遂上书阁部，历数月峰罪状，尽抹其生平。选郎为毛肖寰一公，亦浙人也，因以恶声劫之，吏部不得持，遂除浙孙名，而富平再登铨席矣。然则王果橐金如山，犹当十世宥之，况诸救疏皆保其清操，云远胜杨震耶？

孙月峰、沈继山两公，以同岁生，最相善，俱无嗣；孙富平初与沈亦厚，寻以丁勺原此吕事相仇，富平亦无子，三先生皆名臣无后。又沈与邓定宇以赞支干八字俱同，邓以辛未会元鼎甲，迟沈一科，官少宰，先十年卒，沈官至御史大夫，后十年卒，然邓亦无子，亦异矣。

乔给事

乡会座师，皆为恩地，而本房尤重，本房又以会试为重，此情也，亦理也。近年有乔给事名胤者，河南宁陵人，戊子乡试，则大主考为山西泽州张元冲养蒙（时以谏垣典试），次年己丑会试，则出分考吏科都给事陈与郊之门。陈，浙人也，陈与张争为考官，又争为吏垣，其矛盾有素矣，后陈给事升太常罢去，张至少司农，复为御史许闻造连疏攻击，许为陈给事同邑人，司农愈疑此举出陈指授，恨遂入骨。比张没于里，其家求乔给事为行状，时乔亦以言事罢归，作状丑诋会试房师不遗余力，时陈给事尚无恙也。盖二公品誉原不同，张虽捐馆，正为物情所皈依，故任意描写乃尔。乔或者自谓董狐直笔，然乡会座师低昂至此，律之门墙之谊，似尚未安。况乔之得庶常，又皆出陈之荐引乎。

罗给事

辛卯九月，阁中请建储，时首揆申吴门以被言在寓，新安、山阴再具揭催请，仍以申名冠其前，上怒甚。申复具揭，明其不与闻，阁中特以故事列名耳，兼有早定大计等语。揭上发下，传至科中，罗匡湖大纮以礼科给事守科，上疏纠之。寻工部主事岳元声具疏将上，而武英殿办中书事序班黄正宾者，徽人也，见之欲附名，时岳意未决，因并岳疏亦寝。会进士洪文衡者，亦徽人，有疏藁，黄窃得，遂侵晨上之。说者谓次揆新安公实使之，以黄为同邑人也。而实不然。黄下狱讯治，而罗斥归矣。罗清望素著，与乡同年同邑邹南皋元标为讲学石交，其议论如出一口。罗归二十余年，而吴门公没于里中，其家求邹为立传，邹为申丁丑会试大座师，当劾江陵廷杖时，申为营护甚力，其特拜吏科与选入吏部，申力居多，素怀知己之感，因许为作传。已脱稿寄吴中矣，罗闻之大怒，邹初亦尚以夙谊为词，罗至欲具揭告海内，邹不获已，篋其草，并嘱申氏勿刻，事乃得已。罗久为人士宗仰，与邹相甲乙，此举不无稍褊。后文定传遂出郭相奎子章大司马笔，虽罗同里相厚，然以其前辈，不能遇矣。

虾蟆给事

先人门生汤义仍显祖论政府而及给事胡似山汝宁，曰：除参论饶伸之外，不过一虾蟆给事而已。饶号豫章，为比部郎，曾抗疏诋太仓，而胡以言官纠之，会亢旱祷雨禁屠宰，胡上章请禁捕蛙，可以感召上苍，故汤有此语。余后叩汤曰："公疏固佳，其如此言谑近于虐。"汤笑曰："吾亦欲为此君图不朽，与南宋鹅鸭谏议属对亲切耳。"三君俱江西人，而胡与饶更同郡。

科道对偶

丁丑江陵夺情公疏保留者，在言官则吏科都给事中陈三谟、御史曾士楚为首。曾为广东之南海人，时粤中新罹大盗曾一本之乱，民生疾首，其乡人恶曾之谄，即号士楚为曾一本，盖以前疏相戏，且与科中陈可作的对也。未几曾出按江南，时吴人王荆石相公以侍郎家居（力沮江陵夺情忤意，以省亲告归里），赵定宇、吴复庵二太史皆江陵辛未门生，首出疏促其奔丧，俱切齿仇也，盖欲曾踪迹三人居乡状，以法坐之。曾既叹前疏之误，且以三君子无事端可撼拾，遂托病归。江陵败后，白简见及，遂以三谟一本作确对，并入弹章，亦同得旨并斥。曾坐此一事，终身不复振，人亦惜之，而终无词以解也。举事之不可误如此！

言官回避父兄

故事，父兄现任在京三品大臣，其子弟为科道言事官者，俱改任别衙门，照例循资外补。然弘、正以前俱改授行人，此后夤缘恩宠，遂改翰林编检等史官，识者不以为然。至嘉靖初，给事中席春回避兄礼部尚书席书，得改检讨，未几以《武宗实录》成，叙劳升金事。春谓首揆费宏作意抑之，讦奏于朝，张璁、桂萼亦连名抗疏助春劾宏。上心知宏所执不谬，因三臣皆大礼贵幸，曲为调停，改升席春修撰。给事中郑一鹏言，先朝大臣子弟为台谏者，止改行人，其躐冒词林，乃近年幸窦，书何不引往年成例而逞私恣讦乎？席与张、桂俱无以难也。未久，春仍外补金事去。此后人知自爱，求改词臣者俱渐衰止矣。今上初元，礼部尚书陆树声从田间起，其弟树德为礼科都给事，当避，得改升尚宝卿，时科俸已深，次当内转，不以为过也。若近年壬寅，御史赵标避父南光禄卿钦汤，虽其俸浅，尚及五六年，且在台中有声。乙巳年御史徐元正避兄应天尹申，则俸仅考满，俱得升尚宝少卿，则借题速化，愈于改词林远矣。惟此前壬辰年南给事沈之吟避兄侍郎节甫，改礼部主事，人以为得体云。

卷二十

言　　事

章枫山封事

成化三年十二月，翰林编修章枫山懋因内阁出小揭帖，传与学士吴节等诸词臣分作灯词，章约同官庄昶、黄仲昭上疏力谏，宪宗大怒，三臣俱廷杖远贬，当世高之。余谓太平盛世，元夕张灯不为过侈，时英宗服制久阕，孝庄、孝穆两太后并以天下养，上元胜节亦宜上觞为寿，且翰林职在词章，宋时欧、苏诸公为学士时，岁时撰进，亦不以此贬望也，此等谏诤，与程伊川谏折柳何异？欲以感动上听，不亦难乎？此后李孜省、邓常恩、僧继晓辈左道竞进，皆无如之何矣。

王虎谷封事

弘治初，王虎谷云凤为祠祭郎中，以太监李广交结寿宁侯，表里为奸，特疏请斩广以谢宗庙。广恨之，用他事出为陕州知州。直声振天下，用此驯至通显，两为提学，以张彩荐召入为国子祭酒。时正德初年，刘瑾用事，虎谷上疏，请以瑾所行新法刻板颁行，永著为令，又请瑾临太学，如唐鱼朝恩故事。此载之《武宗实录》中者。一虎谷耳，何慷慨于昔，而媚谄于今耶？岂以孝宗优容，可博直声，瑾焰可畏，名位为重，且报张西麓荐引恩耶？弇州公谓为未必然，然魏元忠力排二张几死，晚受天后遗诏百户实封，涕泗不休，想年衰气索，非真铁汉不能持久耳。虎谷以诶瑾被论，改通政归，又以书抵首揆杨石淙，责其不能召还给事中王昂，且引李文达沮抑罗一峰、岳蒙泉为喻，得不为杨所笑！未几又起金都御史抚宣府，被劾归。

王思再谏

编修王思,江西泰和人,先于正德九年武宗以狎猛兽被伤不能出,思上疏极谏,坐贬广东三河驿丞,时以庶常授官,甫逾月耳。比复故官,值大礼议起,思奋起力诤,受杖阙下,不胜创,遂死狱中。今建言之臣,一承谪贬,便自名气节,比还朝,声势赫奕,坐要显官,孰肯再蹈不测之渊哉!若思之百折不回,以身殉国,真无愧王文端曾孙。后来继起直臣,惟容城杨忠愍可以媲美。

文端名直,宣、英朝名臣,亦起家庶常。

抗疏中辍

正德初,林见素俊起家抚蜀,上疏自言在林居时,欲劾刘瑾,疏具而无人能写,与御史陈茂烈对泣而止,今至四川,方能续成前疏上奏。时瑾已正法,复上疏称庆。今上十一年,周二鲁宏张襘疏论少卿李植等,亦云当张居正擅权时,曾具疏将劾之,为父苦禁而止。二公皆名士正人,所言必不妄,但权奸已败,即往事果真,亦当忘言,此等追叙似乎蛇足。

弘治间,杨少宰守陈,亦云曾有疏请复建文位号及景帝本史尊号,未及上。

一人先忠后佞

丰坊先为主事,值大礼议起,欲考献皇,同衙门有公本争之,坊附名,得旨同众廷杖降调,及后考察,以通州同知罢官家居;又上疏请宗献王入太庙,自谓当时迫于父学士熙严命,不敢违,非本意也。其时又有主事陆澄,亦以大礼抗疏异议请告归,及见张、桂大用,又疏诵张、桂之功,谓得之业师王守仁而始悟前说之非。二人富贵熏心,改口逢世,又诿其责于父师,真悖逆之尤,然其后皆不振。先是,孝宗朝王云凤以礼部郎中劾太监李广,直声震天下,久不赐环;用张彩荐,召官祭酒,因感其恩,请刻刘瑾新法颁学宫诏天下永守,而张彩者先为吏部员外,谏孝宗不当召还故珰汪直、梁芳,迕时弃官;及刘瑾授权,用旧好起之，彩感知己，效死力，拜太宰，不免论死。此两人先以忤中官废，后以附中官用，所得几何而生平扫地矣，故古人以晚节为难。

刘瑾未败时，祭酒王云凤建议，以监生多至二千二百人，廪饩不给，宜令放回依亲，俟一年后行取，但留岁贡二百人，自备薪米肄业，坐监者岁以一千二百为限。疏上甫行而瑾败，于是监生大哗，谓此皆瑾私意，且自备薪米，非养贤体，况云贵远方，亦令放回，人情不堪，宜仍旧制岁以三千人为常。诏可之。盖王虎谷第知逢迎逆瑾博节省之名，不惮变易祖制如此，乃为监生辈直抉其隐情，又何颜更拥皋比以临多士？尚得改南通政以去，亦云幸矣。按，成均二千余人，较之今日诚云济济，然拟宋世太学，则寂寥已极，天子育才之地，不能还太祖盛事，而惟议朘削，是诚何心。先是虎谷督学陕西，以酷法笞牛徒，多有死者，故刘瑾大爱之，至是又疏请瑾亲莅太学如鱼朝恩故事，而瑾不从，是阉尹之识犹高于大司成也。

又先佞后忠

刘瑾盛时，吏科都给事李宪者，瑾同乡人也，素附丽之，任以角距，因凌忽同列，时称为六科都给事。又阿瑾意，新入科者皆试职一年，如御史例，具疏诋谢迁、马文升诸贤臣为奸逆，至夺诰命诸重谴，皆行其疏也。每置金袖中，故遗于地曰："此刘公见饷者。"瑾败，为公论所弃，乃上疏劾瑾不法八事。瑾在狱中嘻叹曰："如李宪者亦纠我乎？"既而宪亦夺职归。近年御史杨四知，亦久为江陵客，江陵殁后，攻击四起，乃抗章力诋故相，其辞较诸言官更峻，一时亦嘉其谠言。后官大理少卿，向日踪迹渐为人觉，给事王希泉德完直发往时与朱琏等交结状，亦以大计不谨坐废，与宪正相类。

佞幸建言可采

世宗朝朱隆禧与顾可学、盛端明等，俱以甲科废罢，左道干上宠，俱致位贵显，缙绅羞称之，然其人亦自有间。顾最为无耻，在京居间干谒，扬扬得意；盛则闭门炼药，不干外事；若朱本加衔里居，未尝入都也。初，朱为兵科都给事中时，三边总督刘天和建议，以固原为套虏深入之冲，而西路红寺堡，旧边至黄河六百余里，地远难以保障，欲移进鸣沙州，筑新边百二十里守之。事下兵科，隆禧复奏，谓河套本中国地，自余子俊筑边墙不以黄河为界，而河套为虏据，宁夏与山后虏为邻，贺兰山其界也，自王琼弃镇远关创为新关，而贺兰山为虏据，二镇至今受患。今天和不思新边既筑，旧边不守，红寺堡五百里之地，直弃口中，使延宁二镇俱在边外，我退一步，虏进一步，非所以为国长虑也。上是其言，乃薄责天和而止。此疏深洞边情，使当时从天和议，则大虏深入，不待曾铣在事时矣。此嘉靖丁酉事也。至次年戊戌，武定侯郭勋请复各处镇守分守内臣，并委之取矿以资国用，上乃命且着云、贵、两广、闽、蜀、楚、浙、江西、大同各用一人，隆禧又力诤之，谓皇上诏革内臣，中外称快，今复镇守取矿黩货殃民，天下汹汹，臣不能计其所终。上又是其言，未几命罢之。此疏关系尤大，其功岂在张孚敬之下，徒以晚途失计，不耐林居之寂，至以房室秽亵，取宠邀荣，可恨可惜。然寇忠愍何如功烈，末年尚有未能谏天书一事，若隆禧者，在谏垣故自足称，今一概抹杀之，亦是太苛。

陆澄六辨

刑部主事陆澄，王文成高足弟子，世宗初，文成封伯，宰执忌之，御史程启光、给事毛玉等，承风旨劾文成学术之邪，澄上疏为六辨以折之。文成作书止之，谓彼议论非有所私，本出先儒绪论，而吾侪之言骤异于昔，反若凿空杜撰，宜其非笑。其他语气甚平。澄又疏诋考兴献之非，投劾归，赴补得礼部。时张、桂新用事，复疏颂璁、萼正论，云以其事质之师王守仁，谓父子天伦不可夺，礼臣之言未必是，张、桂之言未必非，恨初议之不经，而懊悔无及。疏下，吏部尚书桂萼谓澄事君不欺，宜听自新，上优诏褒答。未几《明伦大典》成，中载澄初疏甚详，上大怒，责其悖逆奸巧，谪广东高州府通判，旋升广东佥事，尚以颂礼得超擢云。文成之附大礼不可知，然其高第如方献夫、席书、霍韬、黄绾辈皆大礼贵人，文成无一言非之，意澄言亦不妄。

疏语不伦

世宗末年，讳言储嗣，杨容城疏论分宜，而引裕、景二王为辞，上震怒，因置极典，终以不免。郭丰城继之以钓奇，遂出安储一疏，中有慰谕二王之语，时上怒更非常，竟行江西论斩，不必再谳，且传首天下。最后则海琼山指斥上过失，语太峻，亦坐绞，会世宗上宾，得出。穆宗在御，言者亦时罹谴谪，甚至廷杖，终未有论死者，虽上宽仁，亦告君之宜得体也。穆宗升遐之冬，御史胡涍者请放宫人，疏末乃云唐高不君，则天为虐，冯珰见而切齿，云是何语言，闻慈圣亦玉色不怡，将处重典，为江陵公力救得编氓以去。夫释内人以光新政，固是美事，然亦恒事，今上圣龄方十岁，何至有先帝下陈、更衣入侍之疑，使在先朝，殊死久矣。言官虽处不讳之朝，下语亦须裁审，乃知古来谏臣见杀，亦有时自取，非尽不幸也。

郭希颜论庙制

嘉靖廿三年甲辰，礼部集议庙建同堂异室之制，于是庶子江汝璧、赞善郭希颜各献议，江用朱熹三昭三穆列前，成祖、睿宗翼乎左右；郭之议乃欲列太庙居中祀，太祖世室居左，祀成祖而虚其右以立四亲庙，四亲为皇高祖、皇曾祖、皇祖考、皇考，所以明未有无父之国，而二宗不在四亲之列，则侄不祀伯、弟不祀兄故也，孝宗宜庙于成祖之右，武宗宜庙于昔祀皇考之宫，或祀或祧，以待他日，盖明导上以弃绝孝、武二宗也。其说甚悖，其心甚险，礼臣驳之，言官劾之，上命宥之。至廿八年己酉孝烈皇后大祥，议祔未定，时希颜已贬两浙运副，又申前说，谓同堂一日，则弗安一日，况九室各已有主，五世又不忍祧，将来孝烈不识祔于何所？时上未有意祧仁宗，而希颜窥见上旨笃念孝烈，必欲先祔，而弘、正两朝又上所简薄，因妄意逢君，必欲于孝、武二庙中祧其一，犹前不祀伯不祀兄之议也。上责其牵引谬论渎扰，仍贳其罪。至三十九年，则郭已罢官，久居家无聊，恨首揆分宜（公乃其乡人）不为援，密布流言于京师，云嵩欲害裕王为景王地，而身钓奇以取大功。乃疏请安储，而以建帝为名，欲令上召二王及相面谕以安之，且请二王分封留京，内外各守，永无猜防。上怒甚，摘疏中建帝立储四字，且谓不忠不义之民，皆以君相久位，不睹新政，不攻君即攻相为言，盖入嵩先谮也。法司坐以大逆不道妖言惑众律，上命巡按官即家斩首，传示天下。是年十月，忽传谕嵩等，命所司具礼遣景王之国，于是中外人情始晓然知上意，盖虽杀希颜之身，实用其言矣。郭之初意在挤嵩而自求富贵，本非为宗社起见，况频议庙制，揣摹迎合，既不得售，再出此险计，一旦诛死，天下不以为冤。其后裕邸龙飞，追恤死事诸臣，以赴市者为首，杖死及毙狱者次之，戍没者又次之，于是以希颜同杨继盛等仅四人置第一等，赠翰林学士，赐祭葬及荫甚备。其他忠正著闻，如太仆卿杨最、御史杨爵、修撰杨慎、学士丰熙、中允罗洪先等，褒进反出其下，士论皆惜当轴之谬云。

武弁建言太黩

嘉靖元年，羽林卫指挥使刘永昌上言，人臣之恶有六，曰贪赃、曰嘱托、曰私意、曰苟延、曰骄纵、曰淫滥，偾事之纲有六，曰欺君、曰坏法、曰误国、曰害人、曰用舍不公、曰刑罚不平，大抵讥切时事。而末段则申言太祖罢丞相立部院以分理世务，太宗命史臣于文渊阁参预机务，官止学士，至后世加以师保，于是虽无丞相之名而有丞相之实，伏望皇上存内阁以遵太宗之制，减事权以守太祖之训，再效祖宗之意，令六部大臣更番入直以备顾问，庶广益聪明，委任不至乏人。其时张璁暴贵当国，以宰相自处，视六曹为属吏，而桂萼新入，又助璁为恶，故永昌痛疾之，真昌言也。事虽不行，而天下壮之。至次年辛卯，又上言武职立功之人故绝，其侄孙以下俱许承袭。兵部议覆：侄孙以下其祖父俱无功之人，岂宜传袭，请行内外军职，凡立功人故绝，同时亲子侄方许如律保送，其他不许。盖其说已窒碍不可行矣。又十年为庚子，则上视朝渐简，永昌又疏皇上钦命东宫监国，此盛德事何不可，而大臣固争之，则上幸承天时监国亦非也，且太子年富，止宜历试朝政，惟皇上析群疑、思远图幸甚。上始大怒，下诏狱讯治。永昌初疏本属谠论，至再至三，黩而僭矣。武人无识，自命敢言，遂添蛇足至此，且介胄之士，尤不当言及储宫，昔岳飞请选立皇子，宋高宗尚谓边将不宜预此议，况永昌幺么戍长哉！继永昌上疏者，即罗洪先等三宫寮，仅请朝贺，亦斥去矣。

羽林卫，向为巡城科道踞为朔望视事之所，永昌至其日，必自拉侪辈去公座其中，科道以其分内不敢争也。后拜边将至游击，罢归卫，降同知，始上监国疏，盖亦啑名好奇人也。

詹李二谏官

隆庆二年，御史詹咫亭仰庇请核内官监十字库钱粮，为内监所谮，廷杖削籍。五年，户科都给事李月滨以劾太监崔敏，亦杖一百为民。二人先后以弹治宦官得谴，天下高之。今上辛巳，李从谪籍起为南史部考功正郎，司大计，用江陵旨谪斥异议诸臣，如张新建相国、赵南渚司农俱在谴中，李因得优擢，后官至中丞以卒，而令名不终矣。詹亦起废至副院，积资稍久，欲得少宰缺，谒撰地乡人韩廷尉珠泉国桢使道地。韩适有公事，必当入署，留语稍久，北行，尚枵腹，时盛暑跨马，韩体素肥硕，到彼已中暍不能语，舁归即捐馆，韩诸子欲以其事讼之朝，有力劝者而止。詹寻擢少司寇，亦以弹章归。二公同为先朝谏臣，以重名出山，而建竖乃尔，非直于珰而佞于相也，日暮途远，又有瓦注金注之别也。

三御史争寿宫

万历初年，吴门柄政，用礼卿徐学谟议，定寿宫于大峪山，其时即有形家谓其非吉地。适御史江东之、李植、羊可立以追论江陵、冯珰得上眷，骤拜卿寺，因讼大峪所定穴下有石，引通政参议梁子琦等言为证。时吴门亦无成心，特以学谟新缔姻好，虑累及主议者，遂力主徐说，上亦惑于两造，致两动銮舆亲阅；又太仓新参亦至，共排三御史，遂皆谪去。初，上之出也，吏科齐世臣夜读《雪心赋》，以备与子琦等面质，且抗疏保大峪山之吉；又御史柯挺踉上前厉声云："若大峪穴下有石，臣敢以身当之。"时班行中多憎二君之谄也，目齐为保山给事，柯为石敢当御史。

张寰应工部

戊申年考选诸公，留滞阙下者三年矣，忽得旨授官，中外欢呼。新入言路者争起建白，而浙人喻养初安性者，授吏科给事，抗疏弹司礼掌印大珰庐受，有营缮郎中张寰应嘉言者，忽起击喻，谓其弹治中官，实党附山阴首揆。旨虽不下，而喻旋以年例出为广东佥事矣。喻疏是非且不必言，独以数年待命一朝得请之言官，论一用事中贵，亦可以悚动中外，而旁观之曹郎反纠给事以快宦寺，是何肺肠。后辛亥京察，张以不谨罢归，秦灵丘聚奎比部疏救七人，张亦预焉，张官评不及知，然此举则太出格矣。

言官一言之失

台省以白简为职，然有百疏不嫌其渎而片语失当遂为终身累者，如予所目睹，则今上辛巳，兵科给事费尚伊论南吏部尚书赵锦，谓久历仕途、无一善状。江陵公其阁师，又同楚人也，或疑有所授意。江陵闻之怒，谓小子敢妄诋名夙，立出为佥事，丁亥大计又谪，至今未出。赵为先朝直臣，几死杖下，其时清望满朝端，费新以庶常授官，偶误听，无成心也。乙酉御史傅光宅论新任兵部尚书王遴，时值上阅寿宫，内臣索马过多，王不应，恨之。傅疏之上，人谓承望内官，然傅入台亦仅一月耳。王为郎时，杨忠愍就法，后以爱女妻其孤，天下高之，傅疏遂见訾于世矣。戊子则户科给事陈尚象论礼部尚书沈鲤，谓其挟持二心，故稽册储，沈因力请去位。沈方负相望，词林后辈有忌其碍手，捏造此谤，陈不察而形之弹章，时论大哗，陈亦以病乞归，虽再出而公评摈之。己丑则吏科给事李春开纠吏部郎赵南星建白，谓其乱政当斥，实其垣长所嗾也，一时名流如少卿王汝训辈聚攻之，迄今不能留，壬辰以外察原任去官。四君者甫入台垣，识力未定，举事偶谬，望实顿轻，真实可惜。其他占风望气、詈夷为跖、自弃名教者，固不胜数矣。

禁嫖赌饮酒

京师五方所聚，群饮及博徒浪子理亦宜禁，但有可笑事。如正统间，顺天大兴知县马通所建白者，真令人绝倒，谓京城有号风流汉子者，专以嫖赌致钱，充花酒费，宜令娼妓家不得有双陆、骨牌、纸牌、骰子；道上有醉卧者，令火夫举置铺内，俟其醒而枷之。章下法司议，赌博者运粮口外，但枷示醉人，非旧典，不可行。上允之。夫醉人囊三木固为非法，若狭邪之博具，决不能禁，亦不必禁，赤县神君，所见乃尔，欲其肃清辇毂，不亦难乎？

近年丙戌丁亥间，巡城御史杨四知者，出榜禁宰牛，引太祖所定充军律，悬赏购人告发。时九门回回人号满剌者，专以杀牛为业，皆束手无生计，遂群聚四知之门，俟其出剚刃焉。四知惴甚，命收其榜，逾月始敢视事。

京　职

通政司官

通政为大九卿之一，然两参议以读本为职，皆选仪貌整而声音洪者，其选时以大珰同大臣莅之，跪一香案前，震喉疾呼。间亦有不中选者，且一转参议，须满三考始一迁，俱在本衙门，即加至尚书亦无出局者，以故有志者俱不屑就，或郎署为堂官所开送，多宛转避之，至有堂属相诟詈者。往时有倪光荐由琐垣选入，积官工部尚书，领司事。司空朝班，例居都察院之前，时吾乡赵麟阳锦为左都御史，恚不肯出，云我不能尾讴儿之后。政府为请改加兵部尚书领西台，赵始视事。

按，六部有子部，都察院有十三道，大理有左右寺，惟通政无属。闻之前辈博洽者，如临朐马宗伯、交河余宗伯辈云，六科乃通政司属官，以承内旨封驳，故别署于内府，以后事权渐重，仅有文移往来，其文犹用呈字，今则判然不相关涉矣。都给事在国初仅正八品，左右从八，散乃正九品耳。

相传通参选中后，例于莅选大珰投刺称门生，其说旧矣。今上初年，言官举以入疏，以为仕绅耻陋之证。时银台之长为倪光荐，加秩已高，力辨其无是事，倪入通政已久，莫知其有无也。

章奏异名

今本章名色，为公事则曰题本，为他事则曰奏本；收本之处，在内则曰会极门，在外则为通政司。凡投通政者，不尽得上闻，其或事体窒碍、或情节矫诬者，一切驳回，但存案备照。以故近年棍徒以开矿抽税请者，必借托一在京武弁为疏首，竟于会极门上疏，则非封驳之司所得问矣。此最为弊薮，而无如之何。前此正德朝逆瑾时，则有白红二本，入御前者名白本，送瑾所者曰红本，盖以纸色分别，逼上无君乃至此。世宗晚年西宫奉道，凡内外朝臣封事直达大内者，名为前朝本。他方士辈进药饵进秘法以及斋醮诸鄙亵事，皆不复经由士人之手，竟从宦寺宫人传至御前，以其从西苑出入，名为后朝本，此直至隆庆初年始绝云。

今各本章曾经主上御笔批硃者，亦名红本，以别于留中不下者。

门下省

唐宋三省之制，本朝不复行，然其职掌自在。如中书省为政本，则阁臣操其大柄，而仍留舍人之名，但降四品为七品，以司诰敕之事；尚书省虽不设令与仆射，而六曹如故，但升三品为二品，而事寄较重，以分中书之权；若通政司则全是门下省，其长官，有使，有左右通政、左右参议，即侍中与散骑常侍、谏议大夫之职，其属给事中四人，今特分六科增至五十员，以封驳兼补阙拾遗之责，视前代独加重焉。但六科今自为内府清华之选，不复肯属通政，而左右参议又以读本故，必由遴选而授，班行厌薄之不肯就，鸾台重地，积轻已非一日。窃谓鸿胪既司引奏，吐纳殿庭，何不即以读本属之，或以章奏非其攸司，则以鸿胪堂官久次者改充，庶彼既乐就，而清流无避事之嫌，似亦可行。

见朝辞朝

故事，以公事到京者，至则陛见，去则陛辞，传之邸报，书曰见朝辞朝，其来久矣。壬子年有河南人安世凤者，登癸未进士，官郎署，谪府判，以察典罢归。其人素为士林不齿，居乡尤多秽迹，偶与同里缙绅不咸，遂胪其阴事至都讦之，其实皆诬也。通政司知其仇口，不为上，因欲击登闻，有与相识者劝止之，始归。其入京则赴鸿胪寺报名，称原任主事某公务到见朝，行则名公务毕辞朝，抄传四方，竟不晓所谓公务者何务也，言路亦若罔闻，无一言纠及之，亦异矣。

是年有江南巡抚徐检吾民式以苏、松缙绅田产过多，定役与齐民等，故相申少师亦签白粮解户数名，惟常、镇以理学之乡优免如故事。徐乃申庚辰榜门人也，申恚不能堪，欲身自着役北上。或问公果行，上必怪问旧弼何以出山，申答曰："我竟报名云'原任大学士某人解粮到见朝'，又安能难我。"此一时愤激之言，而其子同卿孝廉辈亦劝止之，终不成行，然其事可笑，几与中州公务作对矣。

小九卿

本朝以六部都通大为大九卿，不必言矣，但小九卿其说不一，或云太常、京尹、光禄、太仆、詹事、国子、翰林，而益以左右春坊，是为小九列衙门。或云詹事、春坊为东宫官属，不宜班之大廷，当以尚宝、鸿胪、钦天足之。或云鸿胪仅司传宣，非复汉晋大鸿胪之职，钦天仅掌占候，亦非秦汉太史令之职，且皆杂流世业所窟穴，只可与太医院、上林苑等耳。众说纷纷，莫有定论，即有公事会议，奉旨有"大小九卿公同"之谕，亦竟不知何属也。近闻之侍从诸公，则以太常、詹事、京尹、光禄、太仆、鸿胪、国子、翰林、尚宝定为小九卿，不知始自何时。

大理为九棘之一，詹事虽词臣，华贵终不得比，向来居大廷尉之次，自申吴门为詹长，竟于朝班立大理卿之上，自是遂为故事，然二官皆正三品也。又翰林侍读，虽六品，亦班光禄少卿五品之上。吾乡沈继山思孝以建言起是官，遂超侍读而上之，时有两侍读，为刘复斋元震、刘和宇虞夔，不敢与争，他人继之，则如故矣。此又以强弱致异同，非成规也。

周宁宇少卿

辛未进士周宁宇应中，浙之会稽人，幼孤贫，客京师为针工，以其暇为举子业辄工，得以顺天籍补诸生，连登辛未甲榜，筮仕元氏令有声，调繁真定县，俸满将擢去。时富平孙太宰新起田间，受知江陵相公，从废籍骤转中丞，抚真定等府，周所治邑，正其驻节地，周故强项，屡以事忤孙，孙积不能平，撼其过入丁丑外计，备察疏中，且胪列赃私以万计。上虽冲圣，留意民生，览疏大怒，遽欲逮治，赖江陵力救得止，仅以计典不及调楚之崇阳。孙恚甚，又中之楚抚，楚按计下考劣，升崇府审理，江陵公痛惜之，复于庚辰外计中，议调得补故官，又以他事罣误去。今上辛卯壬辰间，荐章满公车，起为河间府同知，升山西佥事，又坐事被调，慰荐者又推毂之，且云为江陵故相所仇，以无罪屡废。周起而力辨云："臣为张居正门生，素称相知，且受其洗拔，何尝有隙，臣死不敢诬地下。"时赵南渚世卿为大理卿，亦其同年也，因盛称之于公卿间，谓其不肯昧心趋时，即此一事，不忝古人。因起故官于湖广，入为光禄少卿，侵寻开府矣。丁未考察，楚中按臣复白简污之，竟以原官调用。时赵南渚为大司徒，重负望，方为西北诸君子所侧目，且恐浙人柄用，以故决意去之。又逾年己酉，则富平再出秉铨，凡为所摈者，世方指为跖蹻，无一人敢齿及之矣。周在林下，至今健饭如少年，家无一廛，敝衣徒步，其清白东南所无也，闻其治剧更优，恨不竟其用。余尝闻顾泾阳吏部称周不容口，惜顾尚家食，不得明其事于朝云。

周以丁丑劣升王官，赵以庚辰疏讥时事，亦转楚府长史，此则政府旨也。两公受抑时，皆张相当国，故持论者并周事亦坐江陵，后来赵骤起至八座，而周以银青老，盖亦有数。赵同时又有王麟泉用汲，亦以郎署疏迕江陵罢归，起官至南司寇得请，其清操与周、赵埒，而干济逊之，近没于家，得上谥恭质。赵亦新逝，未闻有议易名者，盖时局所憎也。

周家居十年矣，其辛未同年尚有吴文台执谦者，癸未年已为知府,凡降三次,至丙辰又以参议降处,闻今将谒补,则年过八旬久矣。又冯文所时可,辛巳年已为贵州督学副使,屡起屡踬,丙辰亦大计镌级,今补贵州参议以去,虽年仅七旬,然去旧游之地,已将四十年,反以贬秩再至,几于令威归来,有城廓人民之感。盖才抱未展,不能抑郁丘园,未必宦味之浓也。

中书行人

中书、行人二官,为进士筮仕所拜,有台琐之望,最为清秩,今人并称中行,其实迥异。太祖既革中书省,自揽太阿,而以省中诸节目寄之舍人,故称科而无堂官,且衙门仍在内府。后事权尽归内阁,特虚有凤池之名,然吴中李应桢以乡举选入文华殿者,尚与给事中争班次,而杨文襄一清集中,每称"予在西掖典外制时与某翰林同官"云云,二事俱在成化初年,其后为一品大臣荫叙之官,始渐轻矣。至行人司不过礼部一末属耳,国初设无定员,尚未入流,最后始升正八品,始限员数,因有"非甲科不选,非王命不行"之语,其贵之如此。然衙门孤子,而堂下有井甚甘,以近阛阓中,汲者无虚刻,署中更无隶人可供役使者,有一文士作一告示谑之云:示仰邻居担水妇人,不许擅登公座之上缠足,如违,本官亲咬三口。至今传以为笑。故事,出使还者例纳书一部,以故京师蓄书,自文渊阁之外,即推行人司与刑部提牢厅,今为盗者借者日月侵寻,皆不足观矣。任子中书与进士并列,其视科篆亦视资叙,次为僚友,不必言矣;若两房办事者,则杂乙科明经胄监、两殿供事者,又皆赀郎与儒士效劳;而武英殿又有大珰提督考艺定高下,见则叩头,尤为猥下。然皆中书科带衔带俸,亦称掌印者为印君,清流辈贱之,每出差则特写"进士中书"科以自别,而诸纳级与白身以两殿在禁中,反呼甲科为外中书,亦可哂矣。

京官肩舆

故事,在京三品大臣始得坐轿,以故光禄太仆卿之升佥都御史,虽甚雄剧,然以从三转正四,故有"抬轿谢恩骑马到任"之语。万历初元,承世庙末年朝仪久旷之后,四品卿寺皆乘围轿,其下则两人小舆,相沿已久。江陵当国数年，复修旧制，以至留都亦奉行惟谨。夷陵王少宰篆，江陵腹心也，时以签都领操江，亦改而跨马。然其子监生王之鼎者，方卒业南雍，以儒巾缝掖策马以入，遇六曹卿贰俱不之避，而卿贰欲得乃翁欢心，各与扬鞭举手以讲敌礼，则怪甚矣。比年上深居不视朝，辇下肩舆纷纭载道，恐当复如初元时也。

杨学录孝行

湖广永州府岁贡生杨成章者，父泰，任浙江海宁县长亭巡检，买妾钱塘丁氏，生成章，四岁，泰死，其妻何氏携成章以丧归。丁氏还母家，临决，剖银钱各半为识。成章稍长，何病且死，出所藏半钱示之，且告之故，成章拜受且泣。既娶，乃行，求母钱塘，而丁前已嫁为东阳人郭氏妻，生子珉，亦时时念成章，乃令珉持银钱往永州求成章。道出江西，成章亦至，两人会于逆旅，语次参问，合所剖银钱，相持泣。成章随珉见母于东阳，欲迎还不得，因留养数岁。母死哀毁庐墓，以孝闻。及是成章应贡生至京师，以老例不得授官，止给冠带。吏部官以成章与珉孝弟至行皆可嘉，尚请量授成章一官、给赏珉以厉风俗，乃授成章国子监学录，檄有司赏珉。事在嘉靖十年。予谓成章孝固可纪，而何氏之抚庶子，且教以寻所生之母，与郭珉之奉母命而远觅异父之兄，皆当于古人中求之。

钦天太医官

国初定钦天监官散官，其长曰监令正仪大夫，贰曰少监分朔大夫，其属五官：正司玄大夫，监丞灵台郎，五官保章正平秩郎，五官灵台郎司正郎，五官挈壶正壶台郎，盖因元之旧制，各取所职命名以别清流，今散官与廷臣混然无别矣。又宋制医官阶凡十四，其长曰保安等三大夫，阶止从六品，以至保安郎，故元则有保康、保宜等大夫阶，至从三品，然皆阶官也。至本朝太医院使，虽止正五品，然而职官矣，其勋及散官与文臣亦无异矣，其以用药奏功者，递加至尚书侍郎，至嘉靖许绅，而东宫三师矣。名器之滥，前朝未有，是宜厘正也。

历　法

俗　忌

今世忌正五七月不上官，盖中外俱遵行。按，佛家以此三月为善月，说者云唐藩镇到官，设宴用牲畜无算，以为宰杀伤和气，遂并莅任亦停止；至于婚葬诸事，则尤忌五月，相戒不敢犯，而朝家或不然。然太祖以戊寅闰五月十七日葬孝陵，则建文逊位；英宗以壬戌五月十九日立皇后钱氏，比上北狩还，同幽南内者八年，备极艰苦，及享宪宗养仅四年而崩。景帝以壬申五月二日立皇后杭氏，旋以病崩，未几追废，盖始终无一吉祥也。宋哲宗以元祐七年纳后孟氏，用五月十六日，朝议皆云当忌，不从，终以废斥，盖阴阳避忌之说固有之。

按，唐武德二年正月甲子，下诏以正月五月九月并不得行刑，所在公私俱断屠杀，又引殷帝去网、齐王舍牛为比，至宋世官俸逢此三月必减去食羊钱，亦用此意。太子文奎洪武二十九年十月晦生，上曰："十月晦，日月皆终。"不喜。

华夷百刻之异

从来计日者以百刻，然而每时八刻，总计之则九十六刻耳。今漏刻中又增廿四刻，分寄十二时中，曰初初刻、正初刻，谓之小刻，而所谓初一、初二、初三、初四、正一、正二、正三、正四，则名八大刻，合之乃一百二十刻矣。然初初、正初二刻，总计之虽廿四刻，实分八大刻之余，则每六刻只抵一大刻，取义安在？况制历家畴算亦以子正初刻为本日之始，以子初初刻、初一刻、初二刻、初三刻、初四刻为先一日之夜，其于昼夜晦明之义，裒益牵合，殊乖百刻定仪。惟利西泰谈其国每日分为二十四时，每时止四刻，合之仅九十六刻，以故所制自鸣钟以子正、午正为始，午初子初为终，共传二十声以了一日。其国廿四时即中华十二时也，盖斟酌于华夷之间而成者，但终不知于古昔大挠所设乖合何如。

历　　学

中国历法，本不及外国之精密，以故庞元钦天监外，又有回回钦天监，本朝亦设回回司天监，有正仪大夫、司朔大夫、司玄大夫等官，至洪武三十一年而废之，以其教归并之钦天，但用彼国土板历同算，久之则法亦不验，与中土无异矣。国初学天文有厉禁，习历者遣戍，造历者殊死，至孝宗弛其禁，且命征山林隐逸能通历学者以备其选，而卒无应者。近年因日食分数不相符，督责钦天，但惟惟谢罪，以世学岁久，无他术为解。而士大夫中如参政邢云路辈，俱精于天文，刻有成书，皆云胜僧一行及郭守敬诸人矣，然未曾用之推测也。禁中大珰辈又自有内灵台，专司星象，其职任其学业，大抵与外庭仿佛，皆土圭中糟粕耳。自利玛窦入都，号精象数，而士人李之藻等皆受其业，似当令兼领天文，如先朝儒臣童轩、华湘等可也。

钦天造历，每年六月内，礼部先发历样，两直各府及各布政司依式翻刻，毫无加损，最合正朔大义。而南北各省又有解京历日，以补京兆所不足，非体甚矣，此事最宜厘正。

宣德间钦天监历日，共造五十万九千余本，英宗登极，省为十一万九千余，盖减十之八云。

颁　　历

正朔之颁，太祖定于九月之朔，其后改于十一月初一日，分赐百官，颁行天下，今又改十月初一，是日御殿比于大朝会，一切士民虎拜于廷者，例俱得赐。嘉靖二十一年，颁历之辰，国子诸生受历不均，争于陛前，喧竞违礼，上大怒，至谪祭酒张衮官。若外夷，惟朝鲜国岁颁王历一册，民历百册，盖以恭顺，特优之，其他琉球、占城，虽朝贡外臣，惟待其使者至阙赐以本年历日而已。宋嘉祐时各路登解举子入朝班缀分错，每为阁门使之累，因叹曰：殿廷班列不可整齐者有三色，谓举人、番人、骆驼也，则受历监生又何责焉。

浑天仪

今京师巽隅逼城观象台之巅有浑天仪，其质皆铜，有四柱以龙承之，悬仪于上，制作精工，铜亦古润作绀色。旁另有一仪，式小不及其半，交道亦减，又有玉衡如尺，又有铜球象天圆体，外列二十八宿，上刻正统七年御制铭。予按，此非本朝人所能办，意必故元旧物。按，宋沈括存中云，司天监铜浑仪，景德中韩显符所造，依刘曜时、孔梃、晁宗斛兰之法；天文院浑仪，皇祐中舒易简所造，用唐梁令瓒、僧一行法。至熙宁中，括监太史局，受诏改造浑仪，置之天文院，而移天文院旧铜仪于朝服法物库，盖宋世浑仪有三。金人入汴，诸法物俱北去，此固蒙古得之完颜者耳，至正统而重修则有之，且铭有昔作今述之句，知非创矣。

改造漏刻

正统五年，上已御制浑天仪铭矣。至十二年十一月，钦天监正彭德清又上言，蒙钦造铸铜仪，验得北京北极出地度数、太阳出时刻与南京不同，南京北极出地三十六度，北京出地四十度强；南京冬至日出辰初初刻，入申正四刻，夜刻五十九，夏至日出寅正四刻，入戌初初刻，昼刻五十九；北京冬至日出辰初一刻，入申正二刻，夜刻六十二，夏至日出寅正二刻，入戌初一刻，昼刻六十二，各有长短差异，今宫禁及官府漏箭皆南京旧式，不可用。上令内官监改造。是时禁中宫漏，循用新制不待言，而次年春造己巳历样，盖即用其言颁式天下矣。按，十二时大刻九十六刻，益以廿四小刻，共为百廿刻，然小刻只抵四大刻，故总谓之百刻，冬夏二至昼夜均用之，安得于圣朝正朔中，妄自增加，真不祥之尤矣。今通用历日中，冬至日出仍辰初初刻，夏至日出仍寅正四刻，并不行彭德清所建白也。德清随英宗驾北征，曾劝王振驻师，不从，郕王监国，廷臣劾德清不择善地驻扎，以致乘舆失陷，并党王振匿天变不奏诸大罪，未数日，郕王命籍没其家，德清寻死于狱，命戮其尸。

厘 正 历 法

正统戊辰，上从钦天监正彭德清之请，改加冬夏二至昼夜各五十一刻颁次年历，时皆叹诧为异事。次年己巳上北狩，景帝御宇，天文生马轼始唱议，乞改历日时刻如故事，帝命礼臣会官议之。礼臣以监正许惇等议上，谓正统间彭德清于观象台测验，以北京较南京则北极高出地上三度，南极入地下低三度，冬至昼短三刻，夏至昼长三刻，奏准改入大统历，永为遵守，今轼起自军伍，不谙天象，妄以己意求改，所言不可行。帝曰："历虽成于京师，而太阳出入度数，则当以四方之中为准，是以尧命羲、和、仲、叔四人分测四方以定四时。今京师观象台在尧幽都之地，太阳出入度数难以凭准，今后造历，悉照洪武、永乐旧式。"读帝此旨，评驳精确，顿令星官缄口。然其时已将岁终，先期十一月朔颁历于天下，则景泰元年犹仍正统十四年之谬也。其时彭德清以王振党拟斩，瘐死狱中，剖尸籍产矣，而同事畴人，犹袭其说如此。时胡忠安濙久位春卿，亦附会执奏，盖以身其事，不免护身前遂非，其如景帝圣明不可面欺何！

日 圭 同 异

世宗初登极，钦天监官朱裕以日月交食分秒不合上言：洪武中，漏刻博士元钦言历法当随时修改以合天道，时去元甚近，已欲修明。今岁差愈多，本监观象台晷表分寸不一，乃用南京日出分秒，似相矛盾，今宜会举理学大臣总理其事，铸立铜表，考四时日中之影，仍差历官往河南南阳察旧立土圭，以合今日之晷。令立圭表于山东、湖广、陕西、大名，以测四方之影，庶合朔得真，交食不谬。上仅报闻，寝不行也。朱裕盖以两京地方俱居偏方，不足标准，欲立圭于四方，此即唐尧分命羲仲四人各宅之法也；若南阳旧圭，未审何代所立，裕上疏时必有所据，今已不可问矣。然土中一说亦自难凭，如文皇北征至口外长清塞，上指北斗谓金幼孜曰："至此则已南望北斗。"盖华夷地势使然。然漠外去京师不过数千里，而天象已迥异如此。近代商于日本、占城、吕宋、佛郎机诸国者，问以星斗河汉，皆云躔度方向，与中华毫无差别,是数国者在闽广东南不知几万里矣,岂三垣九野,验于北而不验于南欤?抑南方卑下去天远,而北方地高与天体亲切耶?是未可臆断。

再阅朱裕疏内云:观象台晷表与南京矛盾,是即正统间彭德清测景不同之说也,未审其说确否。至于南阳土圭,惟嘉靖二年河南抚臣何天衢请祀周公疏中云登封县有观象、测景二台,乃周公营洛邑时手建遗迹,其土圭表漏尚存,宜敕钦天监至彼考正制度尺寸,以凭授历。然则中原日圭,又不在南阳矣,总之岁久讹传,未足凭也。

郑世子论岁差

今上乙未,郑世子载堉造万年历上之,其疏云:洪武间监正元统造大统历,以洪武甲子为历元,上考下推,无消长之法,时监副李德芳驳之,谓不与经史相合,宜用许衡辛巳元历,太祖谓二历俱难凭,只验七政交会行度无差者为是。今取大统、授时二历相较,考古则气差三日,推今则时差九刻。或以授时减分太峻,失之先天,大统不减,失之后天。今和会二家成历书曰《律历会通》并历以上。礼官议亡元至元四年,西域札马鲁丁撰进新历,其时已名为万年历矣,未几授时历成,万年历遂废不行。至于岁差之法,上古无闻,始于晋洛下闳、唐虞喜,元许衡、郭守敬始以六十六年差一度,考古则每百年减一,推来则每百年加一,法号精密,《大统历》至今用之。今如堉所云,则弦望已各差一日,似未至此,其议遂格。然嘉靖二年华湘掌钦天监时,曾以岁差改历为请,谓尧时冬至距今四千年,已差五十度,自元至元改辛巳历至今二百四十三年,已差三度六十四分五十秒,亦引洪武间元统言为证,则世子疏或未尽非也。

日 食 讹 谬

万历庚戌十一月朔壬寅日食,初钦天奏称,日食七分有余,未正一刻初亏,申初三刻食甚,酉初初刻复圆;春官正戈谦亨等又称未正三刻初亏,已互异矣。既而兵部员外范守己驳之,谓亲验日晷,未正一刻不亏,至正二、正三、正四刻俱然,直至申初二刻,始见西南略有亏形，至申正二刻方甚，且不止七分有余，盖历官前后俱误也。礼部因言自万历元年至今，日食已十余次，其差或一二刻以至四刻，前代如汉修改五次，魏至隋修改十三次，唐至五代周修改十六次，宋修改十八次，金至元末修改三次，本朝二百余年未经修改，岂能无讹？今范守己及按察使邢云鹭精通历法学，云鹭有《古今律历考》，综采详密，可照先朝给事乐護、主事华湘，改光禄少卿提督钦天监。又，检讨徐光启、员外李之藻，俱究心历法，以及大西洋归化陪臣庞迪莪、熊三拔等，俱携有彼国历法诸书，乞照洪武十五年命翰林李翀、吴伯宗、灵台郎海达儿、回回天师马黑亦沙等，译修西域历法事例，尽录其书，以补典籍之缺，庶历法详明，有光前代。疏上不报。似此讹舛，不急改订，历律不知所终矣。

一岁节候

自古来历家节候，每月参差，无有朔望日正值四序挨日排连者，惟元朝世祖至元三十一年甲午岁节气，正月一日壬子立春，二月二日癸未惊蛰，三月三日癸丑清明，四月四日甲申立夏，五月五日甲寅芒种，六月六日乙酉小暑，七月七日乙卯立秋，八月八日乙酉白露，九月九日丙辰寒露，十月十日丙戌立冬，十一月十一日丁巳大雪，十二月十二日丁巳小寒，此真古今未有，后来亦无继之者。直至今上万历二十二年甲午岁节气，正月初一庚辰雨水，二月初二辛亥春分，三月初三辛巳谷雨，四月初四壬子小满，五月初五壬午夏至，六月初六癸丑大暑，七月初七癸未处暑，八月初八癸丑秋分，九月初九甲申霜降，十月初十甲寅小雪，十一月十一乙酉冬至，十二月十二乙卯大寒。前元则每月节气，今上则每月中气，挨次接续，无纤毫小爽，又俱属甲午年，恰恰共三百载，不知天运至此适相值耶？抑璿玑必然之数也？历代史氏纪天官之异者多矣。未有巧合一至此者。

居第吉凶

地理吉凶，时亦有验，如余所知严分宜旧第，已三度籍没矣。其在东城大街者，如石大人胡同，亦阛阓闹处，英宗时为忠国公石亨赐第，亨败后无人敢居。后咸宁侯仇鸾得之，仇势张甚，不下石氏，其身后正法枭斩见籍，惨祸更甚于亨，此第今为铸冶开炉之所。其旁一大宅，即石氏偏旁厅事，亦宏敞过他第数倍，今为宁远伯李成梁赐第，成梁罢镇还京居之，父子六人俱为大帅，皆至一品，贵盛震天下。成梁老病死牖下，长子如松战没，松胄子名世忠当袭爵而顽嚚无赖，赀产荡尽，遂无人肯保任之。今惟正寝停乃祖灵柩十年未葬，他屋悉质于人，屠酤嚣杂，过者叹息，信乎形家之说不诬。又景帝建大隆福寺，壮丽甲京师，有言其地不吉者，帝命拆去前门牌坊所谓天下第一丛林者，并禁钟鼓不鸣。及天顺废毁兴隆、永昌诸寺，此寺虽幸存而香火寂寞，廊院萧条，至今不振。

正德间教坊司改造前门，有过之诧曰："异哉，术士也！此后当出玉带数条。"闻者失笑。未几，上爱小优数人，命阉之，留于钟鼓司，俄以称上意，俱赏蟒玉。近年丁酉南教坊马四娘号湘兰者，年过五旬，虽畜妓十余曹，而门庭阒然，愁穷无计，有江右舒姓者怜之，为改其门，且曰：不出百日，当骤富。适金华虞生者，年甫弱冠，游南雍，求见四娘，重币为贽，问其所属意，无一入目者，惟以娄猪为请。时马谢客已久，惭其诸妓，固却之，苦请不去，姑留焉，凡匝月酬以数千金，马氏复如盛时者又数年。

卷二十一

禁 卫

锦 衣 卫

今锦衣卫堂上官，自指挥使以下俱本卫列衔不待言，若升至都督，则带衔于五军府，俱无足异，惟加都指挥者亦书本卫，意每疑之。外省有都司使方有此官，今京师安所得都司而称之？盖外卫官历升至都司，必云某卫带俸，然军职犯罪有革任带俸差操之文，其后官金吾者，以带俸二字为不祥而去之，遂使在京三品衙门忽有外任二品之官，于典制则乖，于官守则舛。武人之无识无足责，而邦政大臣亦视为固然，无一纠正之者，惜矣。

锦衣卫镇抚司

锦衣卫初以仪銮司改设，后改供卫司，其后又改为亲军指挥使司，为二十二卫禁军之首，不复隶都督府；至永乐而任寄渐重；及英宪两朝，委以心膂，乃至秋后大廷审录重囚，其堂上官遂得与三法司及各部大臣会谳，而雄峻无可加矣。至世宗南巡江汉，一切前驱使、护跸使，及整挪卤簿、防护属车诸使，俱以本卫堂上充之，于是陆炳得于行宫救火，建捧日之勋，兼拜公孤，与进士恩荣宴而极矣。若镇抚司者，在外各军卫俱有之，其任本理狱讼，惟锦衣为重。洪武二十年，太祖闻其拷讯过酷，尽焚刑具，归其事于刑部，罢废其官，天下如脱水火。永乐间复设，然不过如外卫，止立一司耳。俄又设北镇抚司，专管讼狱，而以军匠诸事属之南镇抚司，于是北司之名亚于东厂，其初重大事情，一讯之后即送法司定罪，不具审词；至成化初，用参语覆奏，而刑官始掣肘矣，然犹未有印也；成化中叶，又添铸北司印信，一切刑狱不复关白本卫堂官，即堂官所行下者，亦径自具奏请旨，堂官不得与闻，遂与东厂称表里衙门，西曹奉行恐后矣。东厂设有旗校，与锦衣同诇机密，然其人俱从本卫拨去，以尤儇巧者充之，彼此侦探，盘互胶固，以故厂卫未有不同心者。然东厂能得之内廷，因轻重上下其手，而外廷间有一二扦格，至本卫则东西两司房访缉之，北镇抚司拷问之，锻炼完密，始入司寇之目，即东厂所获大小不法，亦拿送北司再鞫情由，方得到贯城中，法官非胆力大于身者未易平反也。

马顺范广

侍讲刘球之死于狱也，锦衣指挥马顺承王振旨，令小校手刃之，球大呼"太祖"、"太宗"而受刃，其尸僵立不仆，顺踢倒之，且詈之，解其支体埋卫后。小校卢氏人，以俊少为耿清惠九畴所爱，忽怪其貌变，诘之，始悔恨吐实，未几死；顺之子发狂疾，作刘球言，历数顺之罪，盖刘能凭附为厉，而不能杀顺，又七年而假手于王竑扼杀之。都督范广，骁勇善战，故于谦爱将，素信用之。先是，太平侯张轨以副总兵征贵州，为谦劾其失机，因成仇不解，并恨广切齿；及夺门功成，轨骤进侯爵，既与石亨谋杀于谦，又诬广同谦反，并斩于市。一日轨朝退，遇之于途，为拱揖状，左右怪之，乃曰："适范广过耳。"寻病发头痛月余而死。至天顺初元，马顺子升奏父为给事中王竑棰死，降臣为百户，乞怜臣父死于非辜，仍袭父职。上曰：顺本世镇抚，今升为世副千户。盖英宗犹怜顺以为冤，而王竑时已为都御史，以郕邸旧臣降为浙江参政，又勒为民，子孙俱永不叙用矣。则王振之复官与赐旌忠祠额，盖圣心已先定，而李德之劾竑贼臣，想英宗亦不以为谬，独德已前死，其庄田第宅皆为景帝嬖妓李惜儿兄、锦衣千户李安所乞，使德遇复辟，未必不大用。广死时京师人哀之，为之语曰："京城米贵，那得饭广。"此与时人惜于少保之语曰"鹭丝冰上走，何处寻鱼嗛"真一时的对，亦千古冤痛。

驾帖之伪

祖制：锦衣卫拿人有驾帖发下，须从刑科批定方敢行事，若科中遏止，即主上亦无如之何。如正统王振、成化汪直二竖用事时，缇骑遍天下，然不敢违此制也。弘治十八年，南京御史李熙等奏：迩者小人徐俊、程真妄造谣言帖子，特给驾帖，密差锦衣官校至南京缉拿所指王昇，远近震惊。然兵部无此官，亦无此事，官校轰然而来，寂然而返，后日奸人效尤，又不但如所指而已。刑部覆奏：驾帖之出，殊骇听闻，奸人伪造，为害尤大，上命锦衣卫查累朝有无驾帖出外提人事例以闻。然则此帖不但刑科不曾预闻，即上于祖宗故事亦偶未记忆，甫逾月而上升遐，其事遂不穷究。孝宗何等圣仁，而魍魉昼行至此，未几逆瑾擅柄，八党纵横，已萌蘖于此矣，美业难终，信哉！今驾帖拿人，从无不由刑科，亦无敢伪造，不知弘治间何以有此一事。今上初元，王大臣事起，冯珰密差数校至新郑，声云钦差拿人，胁高文襄令自裁。家人皆恸哭，高独呼校面诘，索驾帖观之，诸校词窘，谓厂卫遣来奉慰耳。非高谙故典，几浪死矣。

陆刘二缇帅

景陵陆武惠炳，领锦衣最久，虽与严分宜比周而爱敬士大夫，世宗时有严谴下诏狱者，每为调护得全，缙绅德之，殁后虽削爵籍没，终昭雪袭官。今上江陵在事，以同乡麻城刘公传守有领锦衣，寄以心膂，适台臣傅应桢、刘台等以劾江陵逮问，赖刘调护得全。夺情事起，五君子先后抗疏拜杖阙下，亦赖其加意省视，且预戒行杖者得不死棰楚。刘后以厂珰张鲸株累罢归，而子孙贵盛不绝。两相何等威权，而爪牙能度外行事，宜其有后。顷者癸卯妖书一案，缇帅因而下石，几灭人族，曾闻二前辈风否。

昼夜用刑

嘉靖四十五年，户部主事海瑞上疏，规切上过，已下锦衣拷问，刑部拟绞，其疏留中久不下，户部司务何以尚者，疏请宽宥之。上大怒，杖之百，下锦衣镇抚司狱，命昼夜用刑，初意用刑不间昼夜，不浃日必死矣，后以尚逢穆宗登极赦出，仕宦又二十余年。心尝疑之，以问前辈仕人，云此刑以木笼四面攒钉内向，令囚处其中，少一转侧钉入其肤,囚之膺此刑者,十二时中但危坐如偶人。噫,此亦不堪其苦矣。史谓以尚探知上无杀瑞意,故上此疏,钓奇博名,且疏内云:臣已收买龙涎香若干,为醮坛祝延圣寿之用。其词诣佞,故上烛其奸而深罪之,此史张江陵笔也。以尚后起从部郎得光禄寺丞,又外转四川佥事,寻以考察降调,亦江陵意也。其后又从谪籍起为南户部郎,时海瑞已拜南少宰,以尚欲与讲钧礼,不许,大诟而出,不复再见,海亦不悔谢,盖二人俱负气士也。《五代史》记闽臣薛文杰为王鏻造槛车,谓古制疏略,乃更其制,令上下通中以铁芒内向,动辄触之,既成而首罹其毒。今何以尚所入者,正与此同。

世锦衣掌卫印

《世宗实录》载孙忠烈燧之子堪、许忠节之子汤授锦衣正千户,现任管事。祖制:荫叙世职,不得厘务。上以二臣先人忠孝表著,特俞兵部之请。弇州驳之,谓先朝王忠肃翱之子竚、余肃敏之子寘俱以世官得管理卫事,不始于孙、许二臣。其考据固不谬,但《世录》出江陵手裁,此公最熟本朝典故,何以舛误乃尔。既而思之,史所云但不掌本卫大堂印耳。此不特先朝为然,即嘉靖末年分宜相之孙严绍庭、今上初年江陵相之子张简修,俱仅理南镇抚司,二相何等威势,不闻乃嗣登大堂也。即如近代锦衣帅最著者嘉靖间则王佐,起自卒伍,继则陆松及子炳,起自兴邸,朱希孝虽荫叙,固乃兄成公武弁恩也。盖是时公卿大臣尚视金吾为粗官,胄子自爱,亦不慕羡缇骑之长。自万历初始用楚人刘守有掌卫印,刘故大司马谥庄襄天和之孙,为江陵牙爪,故特擢之,江陵败,刘复与政府及厂珰张鲸交结用事,赫濯者几二十年,卒以善去。自是世家子孙求绾卫篆如登碧落,兼领铜山,曰讲曰攘曰抢,以致明攻暗击,蔑人闱门。以余所见如许忠节之后名茂檊者,孙忠烈之后名如津者,皆以地位逼近,次当掌印,而终不得,忿恨如不欲生,他无赖者又无论矣。最后则王襄毅崇古孙之桢,擅卫十余年,穷极贪狡,与同列周尚书咏之子嘉庆争权,起大狱,几族灭之,为天下切齿,然则锦衣固蛇虺之窟,祖制不欲清流握柄,意深远矣。余见二三缇帅谈金吾近例,以从列校奋者为贱隶,即贵至极品,不许南司理事，况登大堂，又称中贵子弟荫者为传升官，视同唐之斜封墨敕，禁不使大用，间有挟首珰势以请者，必百计龃龁之，其人亦不敢争。此又起于今上中年，正与旧制相反，而在事大臣为子孙计，亦利有此等议，相沿成故事矣。

锦衣帅见首珰礼

缇帅体甚隆，与东厂并重，朝廷有大狱，则不复专任北司，惟锦衣帅与厂珰并谳，如今上元年王大臣事，则希孝与冯保鞫之；癸卯妖生光事，则王之桢与陈矩鞫之，且冯、陈俱司礼印公，而并列共事，无低昂也。惟余儿时闻刘守有每谒首珰必叩头，归邸面如死灰。盖刘儒家子弟，尚不甘侪奴隶也，然其体何以异朱帅。意者珰在事时，彼仗其力得印耶？

锦衣官考军政

武职五年军政，一如六年京官大计，其典至巨至严，锦衣一官尤无再振之理，今上中年犹然。顷岁值军政，友人张念堂懋忠有议，其人负才艺交名流，故司马学颜孙也。诸公竞出全力救之，归德沈相国贻书本兵李霖寰，至比之黄祖杀祢衡，然不免革任，已无复然之想矣。今忽从南司登大堂晋一品，需次握篆。盖近日新例，文武两察，虽罹永锢，俱开生路，诸与张同废者，俱欣欣弹冠矣，此又迩年朝廷一大变革也。嘉靖十九年，兵部考军政，以锦衣类题掌卫都督陈寅疏，锦衣以近侍直差，卒难更易，乞照嘉靖二年例免考。上允之。

史 金 吾

溧阳史云津继书，故冏卿雁峰际庶子，以乡绅御倭，荫锦衣千户，官至都督指挥管卫事，故江陵相客，与王弇州兄弟相善，亦时时称诗，江陵败，罢任奉朝请。其生平豪富，自奉如王公，即拒倭，纪纲之卒且数千人，居恒用军法治其部曲甚严，都下亦颇优容之。偶戚南塘继光少保之介弟名继美者病死，美以兄力亦得佩平蛮将军印，镇贵州，有少妇甚材武，或传其国色，且资装巨万，史心动，百计诱之，业已成约。

史大喜过望，遣健妇数十曹往迎，至半途则彼具军容而来，诟迓者不肃，命缚之，笞梃交集，所谓捆打者各数十下，诸妇狼狈奔归泣诉。史已惶悸无措，比至，则姿至寝陋，箧复萧条，日夕恣睢骂詈，驭下尤惨酷。史幸其速去，恣其辇运满所欲而始行，所失无算。史性愎戾自用，至是为友朋所姗笑，亦懊丧失志，但云更生更生而已。时余尚孩幼，在都中目击。史金吾从弟念桥冏卿继辰，以庶常谏垣外补，至丙申丁酉间，为江西按察使，偶与金吾小隙，因而争讦者累岁，彼此各数十疏，小而帷簿琐屑，大而不轨逆谋，靡不登之奏牍，总之皆讼师卷舌，无一语实者。其疏皆留中不报，部院台省亦无人为之别白是非。宪使在江西，凡正三品满九年始迁去，两人后讲解，复为兄弟如初，毫无芥蒂，殊不可晓。或谓俱有奥援在内，皆有阴事相持，势必终于两罢。向来纷呶，徒渎圣听，亦幸今上大度不诘云。

镇抚司刑具

缙绅得罪，虽极刑止下刑部，若锦衣卫与东厂相表里，不过诇察诸不法。凡厂卫所廉谋反弑逆及强盗等重辟，始下锦衣之镇抚司拷问，寻常者止云"打着问"，重者加"好生"二字，其最重大者则云"好生着实打着问"。必用刑一套，凡为具十八种无不试之，亦从无及士人者。不知何年始加之缙绅，后遂为恒事，士气消折尽矣。镇抚司狱亦不比法司，其室卑入地，其墙厚数仞，即隔壁嗥呼，悄不闻声，每市一物入内，必经数处验查，饮食之属十不能得一，又不得自举火，虽严寒不过啖冷炙，披冷衲而已。家人辈不但不得随入，亦不许相面，惟拷问之期，得于堂下遥相望见，盖即唐之丽景门，宋之内军巡院类也。向年己亥，王绅斋大参贻德从四川逮入，亦下镇抚司，王曾守嘉兴，洁廉爱民，吾郡人为请于缇帅周余台嘉庆，求少宽之。周密嘱曰："诸刑俱可应故事，惟桬指则毫难假借。"盖紧桬则肉虽去而骨不伤，稍宽即十指俱折矣，若他刑果尽法，即一二可死，何待十八件尽用哉。想诸公得罪时，必亦皆然。王后数年得白，补故官于贵州，又升云南，以久不赴任勒致仕。周掌镇抚时，已官都督佥事，上大堂佥事书管事矣；又数年为癸卯，周以次当柄用，时掌卫者为蒲州王之桢正用事，知周欲得其位，切齿恨之，适妖书事起，王遂指书出于周手，逮其父子妻女，一家备用全刑。周濒死数度，终不肯承，赖上圣明，止勿再拷，仅夺官归。后周之子显祚亦官至缇帅，每为余言身与弟妹受刑状，未尝不拊膺痛也。周嘉庆归数年病殁，又数年王之桢抱病寝剧，见周为祟如窦灌守田蚡状，王因不起。此即显祚所述，不知信否。

儒臣校尉

南京国子监助教郑如瑾者，起家乙科，受魏国公徐鹏举重赂，以其庶次子邦宁伪称嫡子应袭，诚意伯刘世延发其事，如瑾坐受赃枉法褫职为民。至今上初年，大珰冯保用事，如瑾入京投其司房徐爵，充锦衣校尉，寻冒功升镇抚，爵败，如瑾又斥去。爵先以骗诈充军，逃伍走保门下，官至南镇抚司佥书都指挥同知。其人善笔札，又习城旦家言，凡上手敕优奖江陵公者，皆出其手，世所称樵野先生是也。后同张家人尤七及冯名下掌家太监张大受俱论大辟死狱中。天顺间，锦衣致仕千户冯益与太监曹吉祥同反，伏诛，益先为教官，坐事戍边，附吉祥冒功得拜今官，与郑如瑾相类。

舍人校尉

舍人以中书省为贵，在唐宋秩四品，与翰林学士对掌内外制；而宋世武臣，又有阁门臣宣赞舍人，为环卫近职，凡大帅子弟荫授者任之，以故虞允文以中舍视师江上，而军中尚疑其为宣赞也。本朝废中书省，仅留舍人以掌诰敕，尚存唐宋之旧，而官止七品，初本清要近臣，其后间以任子及杂流居之。近代则阁臣之僚属、内殿之供役与夫入赀为郎者，亦带此衔，而流品迥然区别矣。武职应袭支庶，在卫所亦称舍人，仅供台使台司差遣，既猥贱不足齿；而公侯伯子弟称勋卫者，为带刀散骑舍人，其秩八品，在试百户之下，而出外则僭系金带、衣麟蟒，体貌甚盛，总之此辈纨袴，非可以理喻法绳者。又，校尉在汉如戊己、护羌、城门之属，俱尊官剧任，后世亦仅为右列散官，自六品以下始有此称，而卑琐甚矣。今锦衣所隶卫士亦称校尉，至数万人，即外卫之军丁也。其白靴者为缉事人，有功则升黑靴以至小旗、总旗、千百户。隆庆以前有官至一品掌卫者，如陈寅、王佐、陆松之属是也，则此辈侈为行伍中美谈，古来校尉未有如此之冗而贱者。

礼仪房

都城内礼仪房者，俗号奶子府，每四仲月，各坊报少妇初孕者名奶口，验其年貌，辨其乳汁，留以供禁中不时宣索。每至期尽而内无所召，则遣出再选。董其事者为锦衣缇帅，有掌房、有贴房，其体貌稍亚于两镇抚司，亦得门棍传呼。向年（今上乙酉）故相徐华亭曾孙名有庆者，新绾此房事，偶呵殿出巷陌，遇一小帽戴面衣乘驴行者，前驱叱之不下，久之姑引避道左，亦不以为意。次日东厂大珰传令，掌礼仪房官不许用棍开路。徐大惊惧，询之则昨所遇跨骡人为邢尚智，掌厂太监张鲸第一用事掌家也。徐走珰所乞哀，不得见，又至尚智家，扶服叩头谢过，且赂以多金，姑为宽罪于珰，闭户月余方命复用棍，始出治事拜客。其时尚智未有官，止卫中一黑靴校尉耳。

佞幸

士人无赖

国朝士风之敝，浸淫于正统而靡溃于成化。当王振势张，太师英国公张辅辈尚膝行白事，而不免身膏草野。至宪宗朝，万安居外，万妃居内，士习遂大坏，万以媚药进御，御史倪进贤又以药进万，至都御史李实、给事中张善俱献房中秘方，得徙废籍复官，以谏诤风纪之臣，争谈秽媟，一时风尚可知矣。如御史戴缙，首荐太监汪直公忠，复开西厂，缙遂躐金都御史以至尚书，此其罪尤在王越、陈钺之上。至正德初刘瑾用事，焦芳、张彩为之角距，兵科给事中屈铨、国子监祭酒王云凤，俱请将瑾新行事例，刊书布告天下以垂万世，真堪呕哕。其后兵部尚书王琼头戴罡刺亵衣，潜入豹房，与上通宵狎饮；原任礼部主事杨循吉，用伶人臧荐，侍上于金陵行在，应制撰杂剧词曲，至与诸优并列；通政张龙以占民妇章氏事发，投钱宁门下，因假宁名挟骗财物，至坐法论斩，而朝士之体澌灭尽矣。嘉靖初年，士大夫尚矜名节，自大礼献媚而陈洸、丰坊之徒出焉。比上修玄事兴，群小托名方技希宠，顾可学、盛端明、朱隆禧俱以炼药贵显，而隆禧又自进太极衣为上所眷宠，乃房中术也。原任吏部主事史际建醮祝圣寿，进尚宝少卿；尚书赵文华进百花仙酒，独以忤相嵩败，亦有幸有不幸也。其大臣献瑞者，巡抚都御史汪铉首献甘露，继之则督抚吴山、李遂、胡宗宪辈进白鹊、白兔、白鹿、白龟等，尤不可胜纪。他权门义子如鄢、赵辈不足道，光禄寺少卿白启常至以粉墨涂面，博严世蕃欢笑；词臣唐汝楫、梁绍儒并出入交关，先后白简逐去，当时诐风滔天，不甚以为怪也。今上辛巳壬午间，江陵公卧病邸第，小大臣工莫不公醮私醮，竭诚祈祷，御史朱琏暑月马上首顶香炉暴赤日中，行部畿内，以祷祝奉斋，答部吏误进荤酒。及张殁而事势渐变，有一御史入王篆幕者，心悸甚，乞哀于冯珰，长跪涕泣，其后亦不免褫斥。此皆市狙庭隶所为，且亦有不屑为者，缙绅辈反恬然不以为耻，真可骇也，近日此风似少衰止。

乳母异恩

仁宗初登极，为翊圣恭惠夫人置守冢十二户，盖即上保母也，已为异典矣。既又封保母杨氏为卫圣夫人，则上乳母用翊圣例。未几又追封杨氏故夫蒋廷珪为保昌伯，谥庄靖，此本朝所未有之典，而列圣亦更无援此以私保母者。古来惟元魏有保太后，元文宗亦封乳母夫为营都王，此夷狄不足讶，本朝恩虽厚，犹为有节也。永乐三年，追封乳母冯氏为保圣贞顺夫人，此封保母之始，翊圣、卫圣二妪遂因之，此后因以为例。宣德元年，封乳母李氏奉圣夫人，李夫吕斌、张夫傅胜俱赠都督佥事，自是而后不可胜纪矣。

诈称佞幸

唐僖宗时，陈敬瑄出镇西川，先有青城妖人伪称敬瑄赴镇令，驿供奉去，卒以诈败。成化十四年，有江西人杨福者，曾为崇府内使之仆，随入京师，既而逃入南京，遇所识者，谓其貌似汪直，乃伪称直，而以所识者为校尉。自芜湖历苏杭，遍抵浙东诸府及市舶司，皆信畏承奉，受民词讼，操演兵马，查盘钱粮，凌轹二司，小官忤意者辄杖之，所过假廉以取信，而所随伪校尉等役则恣行纳赂。至福建诸府亦然，抵福州，为镇守太监卢胜所发，论罪如律。嘉靖三十四年，有麻城吴尚侥伪为中书充奉恭诚伯陶仲文命，往云南定边县取龙涎，至梯悬岩而上，从石乳隙中取物三条，云是龙涎，见鳞甲异物风云之状，黔国公以下大吏争赂遗之，事发亦论斩。三十八年，又有龙虎山道士江得洋伪称奉诏往四川鹤鸣山挂幡降香，沿途索赂，至荆州府为知府徐学谦诘发其奸，得其所取少女无算，并从行诸役俱就执，惟得洋逃去，竟不获。至四十四年，云南巡抚吕光洵又奏有梁廷材者，奉诏至云南鸡足山建醮，自称大真人府赞教，因令有司致斋供具。事竣以闻，上大怒，命锦衣缉捕，竟不可得，盖亦假伪也。佞幸用事，奸人辈因而矫诏托名无忌惮至此，今古盖亦一辙云。

武宗诸嬖

《武宗实录》：宣府都督马昂妹已嫁毕指挥，有孕矣，以其善骑射献之上，能胡语胡乐，大爱之。后上幸昂第，召昂妾侍寝，昂不可，上怒而起，并昂及女弟俱疏之。至《世宗实录》又云：陕西总兵马昂，先因革任，结太监张忠靖，献妹于上，昂同其弟炅、昶并分守阳和。太监许金至指挥毕春家，夺其妻。昂大被宠，传升昂右都督，昂又进其美妾杜氏，兄弟俱赐蟒，又炅亦传升都指挥，守备仪真，复买美人四人进之豹房，名曰谢恩。后世宗即位，尽出诸女还其家。是马昂当时之妾未尝不承恩，而昂及妹并未尝疏也，二录不同如此。又上南巡留南京，时凡寺观钦赐幡幢皆书"总督军务威武大将军总兵官太师后军都督府镇国公朱寿"，同夫人刘氏，并列名于上，此又见之《世宗实录》，而武宗不载。所谓刘夫人者，盖即太原所纳妓女刘良女也，是时从上南幸云。汉成帝微行自称张公子，或云富平侯张放家人；后汉灵帝自称无上将军，耀兵平乐观；南齐后废帝自称李将军，或云刘统，或云李统；唐文宗自称乡贡进士李道龙；然皆以为戏耳。至宋徽宗之称道君，则直见之制敕，而李师师、赵元奴至封才人，出入禁中，与宫妇不殊，抑更异矣。景泰中，妓女李惜儿亦通籍宫掖。

主上外嬖

今宣府镇城为武宗临幸地，既厌豹房，遂呼为家里，至今二三妓家尚朱其户，虽枢已脱，尚可辨认，盖微行所历也。本朝家法无平阳更衣之事，惟景帝与武庙有之，其玷圣德不小。因思赵宋最绝外嬖，至徽宗始有李师师、赵元奴，俱拜才人，南渡讲和，金人刻师师在北御集及师师像传，售之榷场；而南朝理宗为道学宗旨，暮年乃眷杭妓唐安安，非时召幸，今史册略不及之，岂一时理学诸公曲为之讳耶？景帝初幸教坊李惜儿，召其兄李安为锦衣，赏白金赐田宅，后睿皇复辟，安仅谪戍，而钟鼓司内官陈义、教坊司左司乐晋荣以进妓诛，锦衣百户伋崇高以进淫药诛。武宗幸榆林，取总兵戴钦女为妃，幸太原取晋府乐工杨腾妻刘良女，大爱幸，携以游幸，江彬及八党辈皆以母事之。及上南征，刘氏以一簪赠上为信，后驰马失去，比至临清召刘氏，刘以无信不肯行，上轻舸疾归，至潞河挟以俱南。又幸宣抚时，纳宣抚总兵都督佥事马昂妹，时已适毕指挥，有娠矣，善骑射，能胡语，上嬖之，进昂右都督，群小皆呼马舅。其他征高丽女、色目人女、西域舞女、至扬州刷处女寡妇、仪真选妓女，又不可胜数也，盖上以宣府为家，有呼口外者罪之，故游幸留最久云。武宗时，又有霸州人王智女，名王满堂，曾预选入内廷，不得留，罢归，自恚绝色偃蹇，不肯嫁，且云频梦有赵万兴者方是其夫。时妖道士段钺者，诇知之，乃改姓名入赘，钺聚众反于山东之峄县，至僭大号，改元大顺平定，以满堂为后。后败俘入京，同党皆伏诛，惟满堂以中旨贷命入浣衣局，寻得幸于豹房，及上升遐，始再出。此事尤奇怪，今详载实录中。

伶人称字

丈夫始冠则字之，后来遂有字说，重男子美称也。惟伶人最贱，谓之娼夫，亘古无字，如伶官之盛莫过于唐，罗黑黑、纪孩孩、贺怀智、黄幡绰、雷海青、李龟年、李可及、穆刁绫、刁俊朝、李家明、杨花飞、敬新磨、尚玉楼之属，俱以优名相呼，虽至与人主狎，终不敢立字。后世此辈侪于四民，既有字且有号，然不过施于市廛游冶儿，不闻称于士人也。惟正德间教坊奉銮臧贤者，承武宗异宠，扈从行幸，至于金陵处士徐霖、吴郡礼部郎杨循吉并侍左右。时宁王宸濠妄窥神器，潜与通书扎，呼为"良之契厚"，令伺上举动。"良之"，贤字也，逆藩之巧，乐工之横，至此极矣。贤至赐一品蟒玉，终不改伶官故衔。上两幸霖家，亦赐以一品服。

教坊官一品服

武宗朝宠任伶人臧贤，至赐一品服，然虽紫蟒玉，而承应如故也。尝欲改教坊司为方印，改所悬牙牌如朝官，业已得请，有一老伶怒詈之曰："我衙门岂可与缙绅颉颃？若宠眷可长恃耶？行且戮矣。"贤惭而止。上南巡时，贤荐致仕礼部主事吴人杨南峰循吉之才，召令供事左右，屡进乐府，上善之。久而不得官，贤为之请，上欲以伶官与之，南峰大惭恨求归，不许，又赖贤力为之请，得放还。南峰隐居久重负名，一旦轻出，为圣主所侮，时以为真"娼优畜之"也。（司马子长云主上以倡优畜之，此非诚言，乃愤悱之词也。后南宋高宗崩，议臣下配享，洪景庐迈在翰苑，欲进吕颐浩而不用张浚，与秘书监杨诚斋万里议不合。右补阙薛叔似上疏，乃抑洪而褒杨，以杨比汲黯，武帝不冠不见，以洪比司马迁，不过文吏小校，武帝以倡优畜之。叔似引此辱洪，不独景庐愧不敢当，即南峰生千载后亦生色矣。）教坊司正官为奉銮，秩正九品，左右韶舞、左右司乐俱从九品，其秩可谓至卑，较故元之玉宸院秩正三品者迥异矣。夷狄不足言，如高齐之伶人封王，后唐之伶人典郡，与夫唐明皇之梨园子弟冠以皇帝之称，抑何霄壤哉！明制真足法也。伶官牙牌秘不令人见，入朝则袖之，至大内始系带傍，闻其制上刓而下歧，与中官相似，或云正圆如饼馂。

秘方见幸

陶仲文以仓官召见，献房中秘方，得幸世宗，官至特进光禄大夫、柱国、少师、少傅、少保、礼部尚书、恭诚伯，禄荫至兼支大学士俸，子为尚宝司丞，赏赐至银十万两、锦绣蟒龙斗牛鹤麟飞鱼孔雀罗缎数百袭、狮蛮玉带五六围、玉印文图记凡四，封号至"神霄紫府阐范保国弘烈宣教振法通真忠孝秉一真人"，见则与上同坐绣墩，君臣相迎送必于门庭握手方别。至八十二岁而没，赐四字谥，其荷宠于人主，古今无两。时大司马谭二华纶受其术于仲文，时尚为庶僚，行之而验，又以授张江陵相，驯致通显，以至今官。谭行之二十年，一夕御妓女而败，自揣不起，遗嘱江陵慎之。张临吊恸哭，为荣饰其身后者大备，时谭年甫逾六十也。张用谭术不已，后日以枯瘁，亦不及下寿而殁。盖陶之术前后授受三十年间，一时圣君察相俱堕其彀中，叨忝富贵如此，汉之慎恤胶，唐之助情花，方之蔑如矣。谭差有军功，故恤典俱无恙，陶在隆庆初元已尽削夺。陶之前则有邵元节，亦至封伯、官三孤，亦得四字谥，但以年稍不久，故尊宠大逊陶。同时又有梁指甲者，封通妙散人，段瘸子亦封宣忠高士，恩礼不过十之一耳。成化间，方士李孜省官通政使礼部左侍郎掌司事，妖僧继晓累进通玄翊教广善国师，正德间色目人于永拜锦衣都指挥，皆以房中术骤贵，总之皆方技杂流也。至士人则都御史李实、给事中张善，俱纪于《宪宗实录》中；应天府丞朱隆禧、都御史盛端明、布政司参议顾可学，皆以进士起家，俱以方药受知世宗，与陶诸人并列，虽致位卿贰宫保，俱无行之尤矣。又若万文康以首揆久辅宪宗，初因年老病阳痿，得门生御史倪进贤秘方，洗之复起，世所传为"洗屌御史"是也。万以其方进之上，旁署"臣万安"名。宪宗升遐，为司礼大珰覃昌所诮责，此其罪又浮于嘉靖朱、盛、顾诸人，即严分宜亦未必肯焉。

进　　药

嘉靖间诸佞倖进方最多，其秘者不可知，相传至今者，若邵、陶则用红铅，取童女初行月事，炼之如辰砂以进；若顾、盛则用秋石，取童男小遗，去头尾，炼之如解盐以进。此二法盛行，士人亦多用之，然在世宗中年始饵此，及他热剂以发阳气名曰长生，不过供秘戏耳；至穆宗以壮龄御宇，亦为内官辈所蛊，循用此等药物，致损圣体，阳物昼夜不仆，遂不能视朝。今上保摄圣躬，最为慾慎，左右亦无敢以左道进者，冈陵之算可决也。

同邑二役

嘉靖间吾邑有谈相号木泉者，幼为门役，长而伟仪干，工佐书，习姜太仆立纲体，入京师，值世庙西内修醮，因得供事斋宫，大被宠眷。积官工部左侍郎，丧母求守制，上不许，乃请假归葬。归则不复苴麻，日被上所赉蟒衣，与郡妓嬉游，所衣肩上复绣一玉手，云曾为上所拊，亦偶与宋朱勔事暗合，渠未必知古有此也。兼之凌铄郡县，侮易缙绅，人谓小人器满，殆将覆矣，果以屡召迁延，上震怒，命逮系入京，至即伏法西市。其子号云门名文明者，亦以官生入胄监，后革去，贫悴以死，余曾识之。又嘉靖末年，同邑有陈文治号鹤溪者，曾为书办，以舞文被访，罪至戍边，因立微功，积官偏裨。今上初年，被主帅戚少保知遇，遂引荐至蓟镇东协副总兵。将登坛矣，乃朵颐少保之位，谋夺之，为戚所觉，未几以匿败侵饷诸事，为巡按李植所劾，坐斩，系霸州狱十余年死。其子号仰溪，名失记，余幼亦识之。二人俱起胥吏，徒手致富贵，固非碌碌者，然以非道得之，又不善居盈，遂皆不良死。邑中先后有此二人，故志之。闻之故老云，谈之受法，正值容城杨忠愍赴义，谈号呼称冤，忠愍厉声曰："咄，奴辈得伴我死，可谓至荣，尚敢声冤耶？"果尔，亦真荣矣。

十俊

今上壬午癸未以后，选垂髫内臣之慧且丽者十余曹，给事御前，或承恩与上同卧起，内廷指之为十俊。上偶托之调察外事，此辈遂因之为奸利，势张甚。其事渐彰闻，上次第按罪杖杀之，数年间无一存者。上之英断，非汉文、武可比也。其时又有一缇帅，为穆庙初元元宰之曾孙，年少美丰姿，扈上驾幸天寿山，中途递顿，亦荷董圣卿之宠，每为同官讪笑，辄惭恧避去。

佞人涕泣

士绅无耻莫盛于成、正间，至弘治而谄风稍衰，惟嘉靖以来又见之。当张永嘉之执政也，正人弃绝之，目为异类，固为不情，其始终附丽之者，则惟汪铉一人。汪先任广东最久，因得交议礼方、霍二大臣，引进永嘉之门，更成刎颈，其长西台位统均，又以吏书兼兵书，皆永嘉力也。其后偶以小故失欢，命阍者拒却不许见。汪无计，乃赁其邻空室，穴以入其庭，伺其将出，扶服叩首泣于阶下。永嘉骇笑，虽待遇如初而心薄之，寻亦见逐矣。又二十年而严分宜柄政，有赵文华者，先为监生，值分宜为祭酒，赏其文，成相知，后赵为刑部主事，被察谪外，分宜疏留之，升京堂以至大用，遂拜分宜为义父，爱逾所生。乃子世蕃时时姗侮之，又自以私进百花仙酒于上，为分宜所责詈，绝其温清，乃潜求救于欧阳夫人。一日家宴甚乐，夫人举觞曰："今合家欢聚，奈少文华耳。"严述其负心状，夫人解之曰："儿曹小忤，何忍遽弃之。"赵先伏隐处，出而百拜泣请，始得侍觞席末，因滥三孤，而世蕃终厌之。旋以触上怒，分宜不为救，斥为民。旋死。又二十年而张江陵柄政，给事陈三谟者，本高新郑入室弟子，以郎署改至吏科都，比丁艰归出补，则高已败，又为张所爱，复补吏垣。而夺情事起，群议保留，十三道已有公疏矣，惟吏垣当为首，而同寅有谓不可者，迟一二日未上。江陵召去，跪而詈之，陈亦絮泣，谓非出己意，退而奋笔为首上之。次年推太常少卿，至辛巳大计亦以论列调南，则张犹以前疏之迟授指劾之也。至江陵败，而陈亦斥矣。是三人者，濡足权门不足责，既而蒙谴，智者必远引自庆脱网矣，乃以数行清泪再荷收录，终以爱弛，不免先冰山而泮，何其愚也。古人云：妇人以泣市爱，小人以泣售奸，诚然哉。

滇南异产

范石湖《桂海虞衡志》纪山獭，云出宜州溪洞，性最淫毒，山中一有此兽，则牝者皆远避。獭不得雌，抱木而枯，取以为媚药。甚验。又周草窗云，出粤西之南丹州，号曰插翘，夷人珍之，不令华人得售。初疑其言之过，今云南孟良府小孟贡江产肥鱼，食之能日御百女，故夷性极淫，无贵贱一人有数妻，不相妒忌，此正堪与山獭对，为水陆珍药。又其地产弯姜，人饵刀圭，即终世不复能行人道，土人专以饲牡马，此又与肥鱼相反极矣，宇宙间真何所不有。媚药中又有腽肭脐，俗名海狗肾，其效不减慎恤胶，然百中无一真者。试之用牝犬牵伏其上，则枯腊皮间阳茎挺举方为真物，出山东登州海中。昔张江陵相末年，以姬侍多不能遍及，专取以剂药，盖蓟帅戚继光所岁献，戚即登之文登人也。药虽奇验，终以热发至严冬不能戴貂帽，百官冬月虽承命赐暖耳，无一人敢御，张竟以此病亡。

卷二十二

督　抚

总督军务

宋世总兵权者，以宣抚使为第一重臣，得偬制帅以下，至南渡又以武臣岳飞、吴玠辈亦为宣抚，不足重，于是张浚、吕颐浩等始称都督，而事权无可加矣。本朝宣德以后，大臣总督止施于工程钱谷等项，继乃有总督军务为文帅第一重任，埒南宋之都督。然祖宗朝无之，仅见于正统初靖远伯王骥以兵部尚书督师征麓川，始以总督军务入衔，至景泰初，骥起为南兵书，又以总督军务入衔矣。时于肃愍在本兵，亦称总督军务，罗通以右副都御史守宣府，亦称总督军务，景泰七年兵部尚书石璞征湖广铜鼓叛苗，亦以总督入衔，自此以后，两广川贵及陕西三边与山西宣大，凡以部院衔出镇者，俱称总督。至成化间有应颢者，以福建副使奉敕专行事，亦得称总督海道，则代言者之误也。至正德时，武宗南征宁庶，自称总督军务镇国公，于是臣下俱不敢称总督，改为总制，至嘉靖中叶，又以"制"字非臣子所敢当，遂仍称总督，而添设蓟辽、河道、漕运之属俱复旧名矣，然而缙绅间称谓犹云制台，两广尤为尊异，今体亦渐凌夷。近年关白事兴，又以总督为不足重，始有经略之名。经略在祖宗朝亦有之，其权远出总督下，至是始加隆赫。曾见宋桐江应昌以少司马膺此任，其敕书云：凡文官知府以下、武官副总兵以下，如违军令者任自斩首。其事权视先朝陆完、彭泽等有加，盖文帅之重至此极矣。隆庆间，以北虏修款，命兵部大臣每三年即兼宪职阅视九边，得举劾督抚以至总兵等官，其权寄之崇，几与故相杨文襄、翟文懿相埒。以后大臣罢遣，即以其事属之巡阅御史，体例渐卑，今承平已久，各边亦视三年大阅为了故事矣。正德五年，安化王寘鐇反，上命太监张永征之，署衔为总督宁夏等处军务，兵部言旧无总督太监关防，诏铸给之，内臣有总督军务仅见永耳；其后九年，又总制宣大军务，至嘉靖六年以大学士杨一清荐起，止掌御用监提督团营，不得复称总督矣。至正德七年，中原刘六、刘七等盗起，命太监谷大用征之，陆完以部堂为文帅，仅得称提督，而大用乃称总督军务，盖用张永例也。

巡抚之始

洪武二十四年辛未，太祖命皇太子巡抚陕西地方，巡抚之名始见于此。以后渐遣尚书、侍郎、都御史、寺卿、少卿等官，巡抚各处边腹，事毕报命，即停不遣。其名或云巡抚，或云镇守，后以镇官既有镇兵又有内监，以故文臣出镇不复有镇守之称，但称巡抚。专制军务有提督、有赞理，又重有总督，他如整饬边关，提督边关，抚治流民，总理河道等官，皆因事特设，而事权则一也。其以部堂等官出者，与巡、按御史不相统摄，文移往来，窒碍难行，始专定为都御史，以故景泰四年，镇守陕西刑部右侍郎耿九畴改右副都御史，仍旧镇守，此专用宪臣之始。其后凡尚书、侍郎任督抚者，俱兼都宪以便行事，盖欲以堂官临御史。初犹以属礼待之，既而改称晚生，见犹侍坐，今则彼此俱称侍生，移文毫无轩轾，相与若寮采，抚臣反伺巡方嚬笑，逢迎其意旨矣。天顺元年，以总兵官石亨言尽革天下巡抚，及亨败，复设如故；至正德二年十一月，刘瑾乱政，取回天下巡抚官，瑾诛，复设如故。盖此官在国初可以无设，今非督抚何以制总兵官之横，断不能一日罢矣。

参赞军务之始

今天下称赞理军务者，惟巡抚一官，俱在边方，盖以挂印总兵既称总镇，故稍逊其称以亚之，如正统间，金濂以刑部尚书同宁阳侯陈懋等征闽寇尚称参赞军务是也。然国初又有不然者。洪熙元年，以武弁不娴文墨，选方面部属等官在各总兵处总理文艺，商榷机密，仅称参赞军务，其事寄非抚臣比。此外又有参谋军务、协赞军务之名，若洪熙间，命山东左参政沈固往大同总兵郑亨处书办，则又出参谋协赞之外，此后不再见。至景泰中，大同则有参政沈固，宣府则有参政刘涟，山东则有参议周颐，广西则有副使刘绍，而刘清等又以郎中、给事中称参赞军务。又景泰四年，以御史纪纲协赞陕西延绥等处军务，似不过幕僚佐，未知当时与总兵相与礼节何如。景泰初，又有于谦、石亨军前整理军务者，赐敕以往，其人为内臣兴安李永昌，则直比唐之观军容处置使矣。

抚按重轻辽绝

弇州纪抚按重轻，自正统至弘治凡四事，而遗却一事最有关系者。弘治十七年十月，巡按山东御史金濂与巡抚辽东都御史张鼐讦奏，上下其事于礼、兵、刑部会议，云抚按公会，文移宜遵旧制，都御史正坐，御史旁坐，都御史札付，御史具呈。上从之。当时体制悬绝如此。

提督军务

国初武事，俱寄之都指挥使司，其后渐设总兵，事权最重，今宇内文臣为巡抚者，俱系添设，非国初旧制。以故称赞理军务不过赞助总兵官戎机，如京营兵部大臣称协理戎政者亦然。其总兵非挂将军印者，则亦为累朝添设，其同事巡抚，始得称提督军务，盖旧时名号尚稍低昂，而事寄到今则一矣。武臣以总兵官为极重，先朝公侯伯专征者，皆列尚书之上，自总督建后，总兵禀奉约束，即世爵俱不免庭趋。其后渐以流官充总镇，秩位益卑，当督抚到任之初，兜鍪执杖，叩首而出，继易冠带肃谒，乃加礼貌焉，嘉靖中即周尚文位三公，近日李成梁跻五等，亦循此规，不敢逾也。正德之季，上自称大将军总督军务，而江彬以平虏伯为提督，及诸义子、诸大珰亦称之，武臣之有提督始此。近年朝鲜之役，宁远长子李如松者，新从宁夏奏凯归，再以大帅征倭，功名甚盛，意气盈溢，不复肯修扶服礼于宋经略，宋无如之何，始议加提督军务，即以入衔，其相见时用边道见督抚仪，仅素服隅坐，一切囊鞬尽废矣，武臣衔有提督始此。又见时，如松官止左都督提督，如宪臣视学政者、部属管差务者、内臣之奉敕管事者、锦衣两司房之管官校者，皆得称之，但带军务则重耳。杨邃庵初总三边，王阳明再起两广，杨次郴节制援兵，亦止称提督，然事权则制府也。若武帅之重，则提督之外，如今上初戚继光在蓟镇，以总兵官加总理，专司训练，并督抚麾下裨将标兵俱属操演调遣，生杀在握，文吏俱仰其鼻息，则江陵公特优假之，非他帅所得比。

张半洲总督

张尚书经以南大司马兼北右都御史，督兵征倭，所辖江南凡六省，事权最雄重。大功垂成，而为赵甬江少保所诬，逮下狱死西市，人至今冤之。然在事时亦有稍任情处，有张任者，吴之嘉定人，起家丁未进士高第，拜郎署，寻从谪籍为嘉兴府同知，运粮外郡，至嘉兴愆期半日。张督府适出城，遇之瓮门内，用军兴法将斩之，兵使者为哀请，始去衣冠缚之，臀杖六十，令还职自效。时军民万众相顾骇怪，先大父尚在公车，亲睹之，亦有可杀不可辱之叹。后张郡丞累晋秩，以中丞抚西粤，著武功，官少司马归。长君名其廉字伯隅，以任子登乙未高第。

阮中丞被围

嘉靖甲寅乙卯间，倭夷寇东南，吾浙首被其毒。时按浙御史胡宗宪升金都御史，督军有功，峻擢右都，总制浙、直、福、江四省，而以浙江提学副使阮鹗升金都，代胡任。阮好大言，然不甚知兵，胡轻之，颇成隙。至丁巳年，胡已用蒋洲、陈可愿等谋与倭酋汪直讲好，倭酋徐海者，未得要领，海闻阮避居桐乡县中，且兵饷山积，遂聚兵攻之，用空漕船实以瓦石，冲其城，雉堞摇动如挥箑。胡幸其败，不发援兵，阮悸甚，偃卧不能复出，诸将吏谓旦夕不守矣。有说胡倘失事，法当并坐者，始遣骁锐来援。会和议亦成，徐海始受命解围罢兵，寻被执伏法，阮调抚福建以行。方桐邑围初解，阮中丞始出视事，时方盛夏，诸文武视其庭中如镜，无蔓草半茎，怪之，继乃知偃卧时，稍起行即手薙榛莽以消永日耳。阮在吾郡时，余家老奴凌恺者，偶入城，与其麾下一卒争诟，卒入肤诉，即命缚奴斩之，旗牌将出，而汤给事日新来访，遂稍停。汤故熟识此奴者，与言立释之，竟不问两人曲直，亦未曾睹此奴何状也。奴明日返乡居,先大父始知之,出见谢过,阮亦茫然,已不省忆有此事矣。其在闽被言以藩司帑赂倭并他簠簋落职逮治,然实以疏傲获谤,其事状不尽然。

海忠介抚江南

忠介在江南,一意澄清而不识时务,好为不近人情之事。如缙绅之升补及奉差者,藩臬之入贺万寿者,俱赍有勘合,乃鼓吹旌旗八人者改为一人,舆夫扛夫二十四名改为四人,人不能堪,或雇倩或迂道他去。又令郡邑庭参不得俯首,然属吏畏威,莫敢仰视。吾乡一郁姓者,以乙科为其属绩溪令,高年皤腹,俯仰艰楚,入谒时独起止迂缓,腰领屹然,海大喜,以为此第一强项吏也,立疏特荐,新郑即召入为比部郎,其治状与资簿不问也。盖矫枉过正,亦贤者之一蔽云。海开府吴中,人人以告讦为事,书生之无赖者,惰农之辨黠者,皆弃经籍,释耒耜,从事刀笔间。后王弇州为华亭画计,草匿名词状,称柳跖告讦夷齐二人,占夺首阳薇田。海悟,为之稍止,寻亦以言去位。而此风既炽,习为故常,至今三吴小民,刁顽甲于海内,则庚午辛未间启之也。又如吴中士习最醇,间有挟娼女出游者,必托名齐民,匿舟中不敢出,自丁亥有凌司马洋山云翼殴诸生一事,大拂物情,吴士伏阙诉冤,严旨系治,凌削官衔,任子遣戍,人心甚快。然此后青衿日恣,动以秦坑胁上官,至乡绅则畏之如伥子,间有豪民拥姝丽游宴,必邀一二庠士置上座,以防意外,至民间兴讼,各倩所知儒生,直之公庭。于是吴中相侮,遂有雇秀才打汝之语,盖民风士习惟上所导,所从来久矣。海下狱时,世宗震怒,举朝亦谓必无生理,惟司务何以尚救之,亦下诏狱几死。及隆庆复用,海抗疏论高新郑,盖为徐华亭地,何亦请上方剑诛拱以助海,盖两人始终同志如此。至万历丙戌,海再出为南少宰,何以部郎谒海,而置其榻于坐隅。何毅然曰:"若较名位固宜尔,但当年颇忝气谊,不能以客礼见处乎?"海执不可,何奋衣竟出,曰:"不及黄泉,无相见也。"语浸闻于时。何得转为光禄寺丞,历升南鸿胪卿,以老自免,诏加太仆卿致仕,海寻晋南总宰,卒于位。海以乙科为教官,聘典试,欲与衡文事,时直指为政,不之许,怒欲出围,乃许其出一题而止。迁淳安知县,再转嘉兴通判,始入为户部郎,直谏论绞。吾郡志名宦失载海名。

海忠介被纠

海忠介抚江南,立意挫抑豪强,至处徐华亭更大不堪,然以一时人望,无敢议者。独刑科给事舒化首论之,其词尚缓,至吏科给事中戴凤翔,独疏参之,至发其为南京卿寺时妻妾相争,二人同日自缢。海辨疏太激,至诋举朝无一人,于是吏科都给事光懋等,河南道御史成守节等,俱恨怒,各出公疏合纠,而海始去。说者谓徐实嗾戴为此疏,后戴遂归女于徐氏,则理或有之。戴疏参直臣固已甚,其所指亦皆实事,今节录之:一滥受词讼。在皋卜洞悉民奸,颁行重禁也,瑞则不顾赦前事件,悉听告讦,又无放告日期,旅进旅退,动盈千纸,累涉万人,不能按理曲直以剖是非,而但徇情爱憎以决胜负,致使刁徒弗安生理,惟思构讼,以小过而饰成极恶,以虚诞而捏作实情。本以户婚田土,装为人命强盗,或未告而扬言以需索,或既告而讲价以求和,越诉者不答,诬告者不杖,律法扫地,罗织成风,人心至此,真大坏矣。一田产分赎。在祖宗时亦虑紊事端,定限五年也,瑞则不拘远年交易,违例问断,又不详审干证,随告随给,真伪不分,情理俱拂。或以明中正契而作无交,或以彼此情愿而作逼献,致使棍徒不营活计,专谋夺产,重垦更新者径以旧价回赎,已业荡尽者又于祖产再分,或称投靠以吓其白还,或云占匿以肆其夺取,剜壮民之肉,啖饿虎之喙,风俗至此,其极敝矣。一道路公差。所经冒滥固所当除,正支亦不可革。瑞出京时,用夫三十余名,德州而下用夫一百余名,彼自谓分所应尔,殊不知以此处己亦当以此处人,况昨年差祭海神,假称敕访民事,恐吓当路,直至本乡,虽柴烛亦取足有司,抬轿径入二司中道,致夫皂俱被责三十,尚不愧悟,动以圣自居,其条约中有大圣人作为等语,而状有欺天玩圣字,悉批准行,恐圣名僭窃太甚。又不谙民俗,妄禁不许完租,夫租既不完,税何从出?致佃户赖租,产户赔税,膏腴荒废,国赋何所出办?又不遵明例,妄禁不许还债,夫债不还于今,则借不通于后,致使日用虽急,称贷无门,束手待毙,危困何以自苏?其他胪列尚多，皆违时戾俗之事。时新郑以首揆掌铨，海其所用也，亦颇闻人地不宜之状，故覆疏有小器易盈、晚节不竟诸语，令其回籍候用。新郑方倚海为股肱以齕华亭，终不能庇，盖不能抗一时公议也。高虽专愎，此举似稍采物情云。海忠介所颁条约，云但知国法，不知有阁老尚书，于是刁民蜂起，江南鼎沸不宁，延及吾浙，不问年月久近，服属尊卑，以贱凌良，以奴告主，弟侄据兄叔之业，祖遗蒙占夺之名，自庚午至今将四十年，少者壮，壮者老，皆为故常，专此诬讦，缙绅之贤者反谨避以博忠厚之名。尝闻吴中杨震厓成太宰云，近日地方使君逞风力者，动云不畏强御，然则强御乃成辈也，不亦哀哉。王弇州草柳跖告夷齐一状，海览之始稍悟，真所谓谭言微中，可以解纷矣。

李尚书中丞父子

丰城人南兵部尚书李克斋遂，以中丞抚淮扬，适倭寇入犯，围淮安甚危急。乃子中丞见罗材，时上公车，在围城中单骑出，励将卒士民固守，发漕司金明赏格，又劝富家助械助饷，昼夜凭城，潜募通、泰、海兵数千，夜冲围入，仍夜出狙击之，斩首五千，倭卒遁去，克斋以功晋今官。此吾乡沈太史晴峰懋孝所纪，时沈正在李署中，后又与见罗同登进士，所纪当不谬。其为南本兵也，值振武营卒戕害侍郎黄懋官之后，益骜悍无状，李至即寂然，其戡定之略如此。此国史之言也，而焦漪园太史则云：李抵南枢任时，散库金数十万以啖乱卒，此则所谓戡定之略矣。焦金陵人，目击其事，则其言必亦非诬，岂当时淮阴之功，尽出象贤方略，及膺留钥重任，设施仅止此耶？见罗后官中丞，以今上丁亥抚郧阳，遭参将米万钟率兵迫胁，窘极出库金为赏，又厚加月廪，始得释，旋遁走樊襄，以听勘罢归，寻坐滇事被逮。一中丞耳，何以勇谋于缝掖，而选懦于节钺耶？殆不可晓。李克斋为中丞时，两献白兔，盖其人亦胡梅林流亚也。后克斋长子栻为御史，请于朝，克斋竟得上谥。

郧变

万历丁亥，先外大父王公会泉讳俸，以山东副臬量移湖广参政，分守下荆南，驻札郧阳。时郧抚为李见罗（名材），故同榜进士，又同为郎署，最称知契，得除，自甚喜，书促兼程，甫抵家即病，几不起；稍闲治装，复病发；上乞休疏，其疏甫发而郧变告矣。见罗自负文武才，以讲学名天下，至拆毁参将公署，改建书院，为其将米万钟设谋鼓噪，禁李于署不得出，自为疏逼李上之朝，委罪文吏及师儒，曲为诸弁卒解释。时新道臣为丁惟宁，初至，稍以言呵止之，遽遭殴詈。丁故美髯须，薙之殆尽，几至举军叛逆，赖守备王鸣鹤救止，丁始得脱。后虽仅调官，然罗辱极矣。使王不抱病且赴官，必能止书院之建，即遇变自有方略，总不如家食之安也，是殆有数乎？李初听勘去，继以他事论极典，久之始释遣戍。王鸣鹤者，淮安卫世指挥，以此知名，今为广东大帅。

李见罗中丞

丰城李中丞材，以理学名天下，后抚郧阳，毁参将署为讲学之所，为士卒所哗，备极窘辱，寻以听勘归里。次年云南巡抚苏怀愚酇以前任金腾道冒功事劾之，逮下诏狱，榜掠论死，其同年吾乡许司马孚远时为应天府丞，疏救之，谪佥事，同年申、王二相亦力援不得，锢刑部者六年，始得编戍闽中。其在狱也，太夫人在家物故，人谓李归程必星驰抵里，追服母丧矣，竟以重名久困，沿途迎慰者、修贽者接踵，未免留滞，比至吾乡已半岁所，间有人心疑之，以其名贤，无敢显议也。至闽则许已累晋中丞，正开府彼中，迎至郊外，见其导从太侈，远过于许，许出语规之，李怒于色。许解其意，且恐伤久要，乃择最敞公署与寓，命文武官旦晚巡捕，一如抚台体例。李每日放衙二次，通接宾客收发文书，但不鼓吹举炮耳，识者或以为未安。

许中丞

苕上许敬庵司马，笃行诚心，古人所少。其在吏部，为佞人王篆所排，外转佥事，后渐陟南京兆，且大用，又特疏救李见罗，再谪佥事，由是名重天下，其后渐晋卿寺，以中丞开府福建。实心爱民，自奉如寒士，第僻于讲学，一语相契，信为圣贤，其黠者因得欺以其方，地方不无骚扰。会见罗从狱中减罪戍闽,两人同时龙象,合并一方,文武奔附如狂,于是有一省两巡抚之谣。又吴中缪仲淳以经世自豪,与许素厚,亦招之往,至于阅操先令缪诣教场阅校,继乃亲往覆核,于是麾下渐怀不平。一日调兵往漳南防守,正申约束,军中忽哗,许惶迫无措,赖两道臣婉词解之。次日访最桀者百余人,啮其耳,尽赦诸伍,免其出戍,事始定。其事在壬辰年,许同里张御史天德按闽,亲为余言。至甲午许推南大理卿,是时娄上王相公新谢事,余往候,适邸报至,王见之甚喜,余曰:"以中丞得南冷局,似非庙堂优贤意。"相公曰:"不然,此兄古君子,而用兵非所长,今倭奴正炽,海上多事,得早离剧地,公私俱便。"余又进曰:"然则许翁但深于理学,而用世稍室,宜其与李翁相知。"相公又振声曰:"敬庵真正好人,且老实不用虚头,岂见罗可比。"其持论如此,必有窥其微者。

二李中丞

顷年潞河李中丞修吾三才以督漕驻淮阴,长垣李中丞霖寰化龙以总河驻济宁,二公同籍同里,又同志也。潞河以长垣素性节俭,故作意调之。一日遣材官致书币于济上,附以百金,云托幕府为市油胭脂以供媵妾用,盖其地所出也。长垣知其以气胜之,呼材官谓曰:"我知汝主人后房音声甚盛,些须脂泽不足供用,命麾下更买百金移去,作我答礼可也。"潞河发书知反为所侮,干笑而置之。积于无用,于是豪气亦稍折。

李斗野中丞

李中丞名焘,东粤人,起家戊辰进士,久历外藩,至云南左布政,素无节钺之望。戊午冬入觐,次年春计典毕,适滇抚缺出,李经营得之。命下,弹章交集,李亟陛辞而行,甫出国门而旨下罢去矣。李星驰返云南,履中丞之任,弹压文武,申严号令,昼夜视事,较前数政诸公加精励焉。事闻于朝,白简蝟起,李仍日坐堂皇,治文书如故。再奉严旨诘责,而终不去,直至代者入境,始交承印节而归。则在事许久,陆贾之装已不赀矣,圣主宽大竟从优假,真异事也。

秦中丞

秦舜峰耀，无锡人，以辛未庶常出为琐垣，骤迁右金都御史，抚南赣，再迁右都副抚湖广，被论调用，濒行，取赎锾羡余以归。其属吏闽人沈介庵铁者，为衡州府同知，抗章胪列其状，上震怒，遣缇骑逮下诏狱，追赃谪戍。沈登甲戌进士，授粤之顺德令，以清峻称，入为郎，出为守，俱有声，寻谪是官，既讦上官得志，意气益发舒，人多畏恶之。再擢九江守，入乙未外计，用不谨条罢去。时孙富平秉铨政，说者疑考功郎蒋兰若时馨有意修隙，故沈与丁芍原此吕二人俱以名流枉黜。沈为蒋同乡人，素相仇；丁江西人，故蒋同年，为其乡漳州推官，曾痛裁抑蒋者。于是议论群起，秀水沈司马亦有后言，孙尽以丁访单呈御览，丁逮讯几死，仅得戍去；而富平与沈秀水互讦，两罢；蒋亦废为编氓。沈介庵既归闽，以豪横闻，后为闽抚按所奏下狱，吏发其前后罪，竟坐大辟，至今长系，岂廉于官而黩于乡耶？先一年，江西巡按祝大舟，为其旧属庐陵知县钱一本劾其贪，祝以丁忧行，而钱亦已入为御史。上特命刑部主事马犹龙奉敕往勘，尽得其实，祝亦坐赃遣戍，马寻以才望调礼部，优迁江西提学，未几大计，亦以不谨罢。盖一时西台诸公痛恨之，遂坐永锢，至今人惜之，荐剡不绝于公车。但是年当事者，考功为赵梦白南星，世所推为君子，以故启事终不见及。自祝、秦败后，一时抚按人人自危，谓属吏皆能制其死命，一切取用赎钱票上俱写缴回，于是郡县更无短长可恃，束手听命，无敢违言矣。二公虽获重谴，然实大有造于后人云。按，乙未大计，湖州吴平山秀以贪削籍，尤枉。吴有清望，从山中起，任扬州守，为彼中乡绅所恨，中之。吴素寡交，又辛未第三人，为王太仓所举，王方去位，人尚引嫌，遂无能白之者。

经略大臣设罢

近年朝鲜告急，廷遣侍郎宋应昌往援，时以总督为不足重，特加经略之号，继之者为顾养谦、孙矿、邢玠诸臣，遂皆因之矣。当倭事起时，宋素无威望，物论无以阃外相许者，一旦特拔，议者蝟起，且谓事权过隆,不知前此己丑庚寅间,郑洛以尚书经略七镇,时虏情叵测,方以洛为孤注,故无人指谪之,而赞画万世德、梁云龙亦一时之选,后皆以边才致通显。若宋所带赞画二主事,亦特赐四品服以示重,然俱潦倒迟暮,未几论罢,亦非万世德等俦匹也。若丁酉年杨镐以倭事经略辽东,以败亡斥归,至戊午年,镐又以边警事再起经略辽东,遂至三路丧师,此其罪又寸磔不足赎矣。前此则嘉靖庚戌以虏至辇下,遣都御史商大节经略京城内外,尤为古今所无。寻又置三辅经略,以王忬、翁万达、许宗鲁充之,凡四年俱革,其后河南巡抚章焕请经略中原,上大不怿,焕以他事见逐。然则经略之号非文帅所易当也。

任丘大僚

任丘李次溪汶以乙未岁出总陕西三边,官为右都御史兼兵右侍,同邑田东洲乐抚甘肃,在其节制之下,是年亦加右都御史兼兵左侍。戊戌岁,二公同以大兵恢复大小松山,李自兵书太子太保进宫傅,田自兵部尚书加太子太保同荫世锦衣。是年田入正位本兵,而李督四镇如故;至辛丑,李加少傅,田加少保,同为孤卿,已为异矣。次年壬寅,田以病告;至乙巳年,李入为戎政,又加少师,而徐理斋三畏以甘肃巡抚右都御史加兵部尚书代之,又任丘人也。徐虽未登一品,而阃才素著,将来功名正未可量。弹丸邑中,一时大僚同事一方,拓雄边,开制府,接武公孤,延赏环卫,亦近代所少。隆庆间蒲坂之杨虞坡、王鉴川又不足道矣。

巡抚久任

抚台一官最称雄紧,久任极为得宜,盖地方利病既熟,吏习而民安之。然非久必迁,则以欲炙者多,不能久于熟地,亦事理使之然。乃近年启事久滞,往往逾期,其最久者无如陈毓台用宾之抚云南,自癸巳讫戊申凡十六年,其官自右佥都加至右都,支从一品俸,其间经己亥、乙巳两大计,科道拾遗俱入斥,幽终不去,竟以武定府失事,逮至京毙于狱。次则李修吾三才之抚江北,自己亥讫辛亥凡十三年,其官自右佥都加至户部尚书,以聚敛免归。魏见泉允贞之抚山西,自癸巳讫乙巳亦十三年，其官自右佥都加右副都，以请告去。黄钟梅克瓒之抚山东，自辛丑讫壬子凡十二年，其官自右副都加至兵部尚书，召入为南本兵，此其最著者。他如李次溪汶之督三边十一年，戴凤岐耀之督两广十年，刘用斋元霖之抚浙江九年，又不可胜纪矣。此等事几如先朝周文襄、于肃愍故事，恐此后未必能继也。黄钟梅抚东省时，正值陈毓台逮治，廷议用将帅不设备失陷城寨律，黄抗疏救之甚力，且云身为寿州知州，陈以御史行部受其知遇，且高列荐章，愿夺官以逭其罪，如郭子仪之雪李白。黄疏上，颇遭抨击，而陈狱亦为小弛，遂得长系，或者谓黄稍近古道云。

列营举炮

近年中外备兵使者，早晚堂俱举炮，至直指行部则无声，去而复作，弇州纪之以为不雅。然此事本非故典，其避台使亦宜，若总督军门体尊位重，其用军容盛礼，乃分内事。邢昆田少保在蓟辽时，遇巡关御史阅视，亦命暂停举炮，各道争之不能得，御史喜过望，以为尊己，疏荐语极其不情。又涂镜源宫保宗濬为宣大制台，与按君宴会，遇有公事，按君须独出，见更衣领稍偏，涂为手整之，此御史亦亲为人言。二公皆著勋边阃，品无可议，其隐忍以就功名，亦犹胡襄愍梅林之屈于赵甬江少保耳。涂在宣大时，值房妇三娘子再与虏长婚媾，时房妇已将稀龄，涂为备房奁脂粉数十车，至房中淫药所谓揭被香者亦百瓶，此等驾驭笼络，亦兵家所有，且西陲晏然者数年，而议者訾之，亦不恕矣。

司　道

方印分司

太祖平定天下，分十二布政司，十五年增云南以至按察都指挥司下及府州县授方印。此外则每省列分巡为四十二道，亦以方印治事，其事权特重，俱列衔按察使。其后废北平，增贵州、交阯亦然。若分守虽云道，然而无钦降方印。犹记正德、嘉靖间，内地分守，尚刻私印条记，今则外藩大吏，未有不钦降关防者，自是事体宜然，但亦国初额设，无改颁方印者。惟都转运盐使司僚佐为同知、为副使、为判官，各有分地，亦得用方印，盖太祖特重盐政，以事关军国，非他官比，亦犹宋转运副使得与其长均体治事，名曰漕司，其遗意尚存。今运司下夷于州郡，为二司属官，以知府劣考者为之，其诸僚则俱赀郎杂流、潦倒不堪者充之，盐政因之大坏。近始议振刷，以两淮课金为天下最，特隆体貌，遴才品最高者任之，至厘明旨，云以道臣体行事，且给专敕与之，终以运司旧为属吏，一旦超居等夷，各责以长跪，伏谒如故事，至有弃官不赴者。是则圣谕森严，尚藐然不遵，为运使者安能更展布哉？又如行太仆苑马一司，其体与京卿颉颃，亦复视为冗散，以处藩臬中之有议者，后以所属不奉约束，特加兼按察佥事，而州县之弁髦如故也。近日因人情厌薄，尽数革去，但属分巡及兵备兼摄，普天惟存平凉一苑马而已。盐政、马政俱属国家最切最大事，而废弛至此，贾生而在，何止叹息！

宪臣笞属吏

宣德十年英宗初御极，有先任四川按察副使朱与言者，以捕盗至郫县，怒知县孙祥不设策缉捕，杖之二十。越五日祥死，巡按御史请究与言罪，上曰："与言职专捕盗，以贼故杖祥，非私意也。"竟宥之。此犹远年事，至嘉靖间巡按直隶御史蒋旸以细过杖杀真定知县丛芝，为芝家所告，后勘明，旸止降级，御史虽尊，然邑令之命不应轻至此。至刘宇掌都察院，每以琐事笞辱御史，则正德间事，何御史之贱又如此。又嘉靖十年，广东提学副使萧鸣凤，亦曾为御史，刚愎任性，因肇庆知府郑璋屡忤之，不胜忿，榜之于廷。璋遂投劾去，按臣逮治，众咸不直鸣凤，两京科道交章劾之，鸣凤坐降调，凤、璋各上疏自理，上令逮问，既问结，俱送部别用。夫郡守师帅一方，非可笞之官，且副使丞之一阶耳，当时郑璋何以甘受其辱，而庙堂竟平之，殊不可解。弘治初山西按察司笞郡守伊珍已见五卷。

藩臣笞属吏

正统五年，陕西参政郝敬以公务至华池驿，呼驿丞张耕野不至，杖之至死，按问当赎徒还职，上曰："敬以小忿毙官，不仁甚矣，难拘常律。"命编戍大同。其事与朱与言相似，且同英宗朝，而处分已自迥异。至六年，浙江左布政使黄泽又挞盐运使丁镒，为镒所奏，并讦泽考满自出行县，敛民银三千两补偿官物，乃俱下狱，法司拟各赎徒还职，上以泽擅笞三品官，重敛民财，命黜为民。夫三品方面，亦至受挞，其事与萧鸣凤亦相似，且黄泽多赃，仅与丁镒同罪，情法俱属不平，上之独断允矣。其时又有山西左参政王来者，杖死知县张彬等十人，法司议其因公当徒，未几，以三殿功成恩赦，仅调官广东布政司，则视属官之命真如草菅，罪止胥靡，已为非法，乃以原官调用，尤为怪事。天顺七年浙江右参议高崇以事挞衢州知府唐瑜，瑜奏崇贪酷数事，乃下巡按御史鞫治。以上俱英宗朝事，或其时官制与今不同，惟萧宪副笞李郡守、蒋御史笞杀邑令二事，则耳目未远，更可骇耳，今人闻此未必肯信。

方面官淫纵

正统十年，福建左布政方正诱取福州中卫指挥单刚妻马氏为妾，按察使谢庄诱取福建左卫指挥张敏女为妾，又在百户陈亮家挟娼饮酒，事发，下巡按御史问得实，遣戍大同。是年辽东苑马少卿黄琰娶所部定辽卫千户萧成翟广女为妾，往来饮酒淫乐，吏部都察院执治，命降为行太仆寺主簿。同一淫纵，同在一年内，而处分之异如此，且方面大吏，即于所治宣淫，亦未有之事也。

藩臣被笞

工部右侍郎霍瑄先以参政掌大同府镇守，右少监韦力转恨瑄，送都御史年富家，众杖十余。至拜亚卿，始奏力转诸不法，上命逮治力转，亦天顺元年事也。内竖敢笞方面，抑更异矣！其后力转蒙上宥，而瑄亦不问。瑄初守大同时，虏拥太上皇至城下，时城中严备不敢启，瑄从水窦出，匍匐叩马痛哭，进膳及靴袍等物，出府金银犒房。上德之，甫复辟，即召佐冬官。瑄之见知于英宗旧矣，独不能稍抑力转以一伸其忿耶？

王吉死廉

王吉，浙江余姚人，以进士起家，筮仕刑部广东司主事，其署分辖锦衣卫。时门达怙宪宗宠，且兼领镇抚司，势张甚，吉每事裁抑之，遇其缇骑作奸者，讯治加等，达甚恨，密侦其罪，久无所得。适吉暴病误朝参，上以例送狱，达选卒之矫健者痛捶之，几死，比还职，人且谓绕指矣。执法弥峻，出为广东佥事，以功升副使。寻所部惠、潮盗再起，身自搏战没于阵。方出师时，有犒师费千金，用仅十之三，主者名余文，怜吉贫无归装，举以畀其仆。是夜仆之妇忽出坐堂皇，呼隶卒作吉声大呼曰："亟为我召夏宪长来。"适胡佥事署稍近，闻其异，先至，忽瞪目曰："非也。"俄而夏至，乃起揖曰："不佞虽死，受国恩厚，无所恨，第恨余文不知我心，以所剩官帑付我家，虽此中无可钩校，我宁能受污地下乎？"语讫，即仆地，寂无他语矣。其廉劲如此。是盖天植其性，若世之墨吏，其作鬼亦必通苞苴也。

藩臬官兼两省

近日两畿添司道，多以近畿二司官带衔，此理势之不得不然。惟弘治九年，湖广右布政司陶鲁，以功升本省左布政，兼广东按察司副使，带管广东岭东道，以楚中正官，兼任粤省分巡，此官制所无，抑事体亦不便，前此后此俱未见其比。时正极治之世，必非紊旧章，其中定有说。天顺初，顺天府学教授邵玉升云南提学佥事，兼督贵州学校，是时黔士尚附试于滇省也。

整饬兵备之始

兵备官之设始于弘治十二年，其时马端肃文升为本兵，建议创立此官，而刘文靖健在内阁，则力阻以为不可。马执奏愈坚，本年八月始设江西九江兵备官一员，盖以九江既管江防，又总辖鄱阳河防，故特以专敕令按察司官领之。继则湖广之九永，广西之府江，广东之琼州，四川之威茂，皆添设兵备，盖皆边方多属夷地也。其时事寄本不轻，此后以渐添设，在正德间，流寇刘六等起，中原皆设立矣。至嘉靖末年，东南倭事日棘，于是江、浙、闽、广之间，凡为分巡者，无不带整饬兵备之衔。其始欲隆其柄以钤制武臣，训习战士，用防不虞，意非不美，但承平日久，仍如守土之吏，无标兵可练，无军饷可支，虽普天皆云兵备，而问其整饬者何事，即在事者亦茫然也。

尹宪使

嘉靖戊戌进士尹纶，山东齐河县人也，以技击骑射冠一时。后罢宪使家居，其子秉衡从戎，历官副总兵，当得貤恩，尹辄受其封诰，改服犀带狮补，出谒宾客。先大父时分藩其地，屡与往还。秉衡后至大帅，屡立战功。

徐方伯死事

嘉靖二十八年己酉，贵溪夏相公以复套事伏法，天下哀而笑之。次年庚戌，则其同里又有一事，为元江徐方伯也。徐名樾，亦贵溪县人，少与夏才名相亚，历官云南右布政司，值元江府土舍那鉴倡乱，弑其主知府那宪，夺其印，啸聚逆徒，攻劫诸州县，抚按官胡奎林应箕、总兵沐朝弼不能御。非时上变，上下兵部议，会师讨之。朝弼乃与新抚臣石简调集武定北胜亦佐等土汉官兵，分五哨进剿。那鉴佯为顺命，遣其先所收系经历张维，伪降于监军佥事王养浩，王疑之不敢往。适樾以督饷至军，闻其言请行，欲自以为功。初约次日即面缚出降，众皆力谏，谓此诈不可信，樾愈怒，坚不从，如期赴之。比至元江府南门外，鉴不出，方呵责间，象马伏兵齐发，樾及左右皆死，姚安府土官高鹄奋身力救，亦战没。自此交兵连岁不能灭。会鉴死，诸酋悔过，愿纳象赎罪，世宗亦厌久役疲西南，遂罢兵。有作诗吊徐者云："可怜二品承宣使，只值元江象八条。"亦寓嘲于惜也。徐素讲道学，在仕途亦负时誉，乃其贪功喜事与夏同科，一则茅土热中，一则节钺在望，或狼籍都市，或齑粉行间，又在一邑一时，足为后来庸人妄想之戒。徐号波石，自名王文成高足，兼文武才，至今有称之者。

王大参馘倭

乙卯，倭至禾郡劫漕卒，褫其衣，匿精锐于空舟，令闽人向道者负板牵舟，皆不知其倭也。比至王江泾，离城已三舍，聚落繁庶，乃弃舟易衣，操刀焚劫，居民奔散，老弱妇女兵死弥望，至有全家遭刃者。余外祖王会泉大参守舍，独不去，匿隐处瞰倭往来踪迹。比其橐饱将行，众皆先发，独一悍者殿后，溺于空室，解刀置于旁，大参忽跃出，夺其刀刺之，倭丧元，犹奋起再仆，圆精小口，肤黝于漆，真魁贼也。持献胡督府，大喜，即处以裨将，坚不从，仅受赏归。其后登甲第，谈者美其胆勇，辄面赤不答，仍戒后生：勿学我捋虎须。

布按二司官

祖宗朝最重布按二司及知府，凡有缺，必大臣保举部寺科道官有才望者居之，以故天顺以前，凡布政司、按察司见朝，俱序京官二品三品之末，今明降本阶一级立矣。又俱坐轿开棍，今则导以尺箠，策马带眼纱，与京师幕寮无异矣。犹忆今上初年乙亥，今司马宋桐江应昌以吏科道左给事升济南府知府，时先大父以济南守道，入贺万寿，宋来见于邸中，执礼甚恭，即同时抵任，无几微愠色。次年丙子，今太宰李对泉戴以礼科都给事升陕西参政，自摩钑花金带示人，某何德而堪此，是时尚存古道。今言路视外转如长流安置，动色相争，且以此定秉铨之邪正，即己丑年今司徒张元冲养蒙以户科都给事升河南参政，亦不免稍见颜面，此公非计官爵者，但重内轻外，其势积成耳。若辛丑年御史赵文炳以升副使郁死，乙巳年给事钟兆斗以升参议抗疏自辨，纷纷屡言，又不足言矣。

畿辅分道

今上戊子己丑间，以南直隶四府在江南者止一兵备道臣，而南北御史巡方至者凡七，差道臣陪巡昼夜不得休息，更无暇治所部道事，建议者欲析为二道，又疑畿辅不便割裂，迟回未果。适申、王二相公在揆地，为桑梓力任之，始分道为二，竟不知太祖时已有故事也。洪武廿九年，分天下为四十二道，而直隶居其六，曰淮西道，辖凤阳、庐州二府，徐、滁、和三州，太仆寺中都留守司；曰淮东道，辖淮安、扬州二府，六合县、两淮运司；曰苏松道，辖苏州、松江二府；曰建安徽道，辖池州、安庆、徽州三府；曰常镇道，辖镇江、常州二府；曰京畿道，辖太平、军国二府，广德州句容、溧水、溧阳三县。盖祖制分画之明备如此。又洪熙元年设行都察院于北京，置卢龙、恒南、冀北、广平四道，每道置监察御史三员，当时区画南北两都视外藩加详，此两朝故事，当今建白者，或未尽知也。时交阯未失，都察院有十四道，又置四道，盖十八道御史矣，今人但知十三道御史耳。

宪臣罪谪

士人得罪编管为戍卒者多矣，未有夷之隶役者。国初亦或充吏以辱之，未几辄复收录。若永乐间江西按察使周观政有罪谪为河间府骡夫；正德间巡捕徐淮御史薛凤鸣以与武官饮酒投壶，谪为所治徐州弓手，宪臣之辱，未有至是者。即其辜自取，亦非待士体矣。

龙君扬少参

宣城沈翰撰君典懋学以谏止夺情忤江陵意，然内愧其言，又吴、赵两门生已叛之，赵、张、习诸词臣又以有违言谪去，虑馆僚之怨也，屡令其子编修嗣修致书慰藉，促其还朝，沈亦徘徊未决。适有宣城狂生吴仕期者，草一书欲规江陵，遍示所知，人皆为危之，然实钓奇自炫，初未尝投京邸也。继又有无赖青衿王制者，同一斥吏伪造海中丞瑞疏，丑诋江陵，刻印遍售，此不过欲博酒食资耳。时操江胡都御史槚得之，大喜，以为奇货可居，捕仕期入狱，胁令招称为懋学所造，转授仕期者，问官为太平府江防同知龙宗武，素与沈善，力辨于胡中丞，不能得，胡乃先请江陵，云即露章发其事。江陵惧株连不可解，回柬有"姑毙杖下"之语，胡遂命尽之狱中，沈始得免。后吴妻贡氏声冤，胡戍贵州，龙时已自湖广参政罢归，亦论戍粤东。先是仕期死时，即有议龙者，沈感其曲全，逢人即明其不然，且屡向当路白其冤，会先病卒，事不得雪，龙竟老于伍，今尚在。龙与罗匡湖给事为姻家，与邹南皋吏部亦厚善，两公俱正人，非肯滥友者。

冯仰芹大参

辛卯顺天乡试，冯宗伯琢庵琦时以谕德为正主考，即得陈祖皋春秋卷而置之者。时其尊人仰芹子履以山西参政备兵易州，与管厂工部主事项玄池德祯宴饮方洽，适京师人来，宗伯寄至试录及家报，方发封读数行，即大声呵詈，且叹恨曰："冯氏从此不祀矣。"项怪问其故，仰芹曰："吾儿书来，云以嫌疑易陈生榜首，若固自为功名地，其如此子功名何。"因咄咄不休，遂罢酒别。大参未几亦以病谢事矣，此项亲为余言者。

盐运使

天下六转运使理鹾政，而两淮盐课居五运司之大半，其事权最繁巨，先朝极重此官。永乐间，平凉知府何士英以循良第一特升两淮运使，重可知矣。嗣后耿清惠以故都运转侍郎，仍出理盐法，历朝皆特差都运使董其事。嘉靖间，清如庞惺庵尚鹏、浊如鄢剑泉懋卿，俱中丞莅任，故上下相安，不致大决裂。自隆庆初始罢大臣不遣，归重巡盐御史及盐法道，于是运使之权日轻，体日削，且铨地以处知府之下考者，胄子乙科往往得之，人亦不复自爱，而鹾政日坏矣。今上用言官建议，命重运长之权，且隆其体貌比藩臬，得与盐法道抗礼，特选廉吏石楚阳昆玉充之，石故守苏州、守绍兴，以清冠海内者。石至而侍御道臣不为礼，勒令长跪庭参如旧仪，石恚恨挂冠去，继之者俯首伏谒，益卑下矣。至辛亥年，吾郡有冯桂海盛典者，辛丑进士，由彰德守迁是官，而同郡一大参以漕储道至扬州，怪冯修谒不执属体，叱之出，转闻抚按弹之，冯遂谪去，一时骇异。运长为盐道所辖，称属犹有说，至漕储与运课何关？而苛责乃尔。顷年丁巳，户科商等轩周祚建白，特重盐政，择户部郎袁沧孺世振理其事，而以按察副使衔称疏理盐法掌运使之印，并盐道运长为一官，袁始得行其意，而两淮困稍苏矣。袁故材吏，与石楚阳俱楚之黄州人，石今以中丞在告。

乡绅见监司礼

弇州谓乡大夫谒抚台布政司官及府州县，宜以部民礼趋旁门，走东阶，见巡按按察司官则入中门，走甬道，以守土与持宪者分别也，然当时已不能行矣。近年以来，则抚按事权不殊，而藩臬之官十九皆彼此互兼，孰分其为守、为巡之异职？而各行一礼也。即如弇州之乡为苏州，止一兵道，是宜以宪礼别待之矣，但彼中兵使一缺，则苏州守代摄其事，此际倘一时两谒，则驰甬于道署，而反庭趋于府廨，亦理势之难通者，事有古行之而今必不可行，此亦其一也。又漕储道虽辖七省，仅管漕务，他无所预，辛亥壬子间，吾乡有一人为此官，暂过里中，勒令府县行属礼，于是本府管粮通判长跪，各县管粮丞叩头，余官以半属庭参，犹怏怏不悦。此量小易盈，妄自尊大，无足怪者。又如以前嘉靖丙辰丁巳间，慈溪赵少保以视师至浙，坐台受两司以下伏谒不必言，而同里乡绅亦抑之使旁趋。时武林高文端仪以史官在家，独中驰其甬，赵虽忿甚，无以难也。总亦斗筲之器耳。

府　县

知府赐敕

今人传说苏州知府况钟，以吏员起家守郡，奉宣宗皇帝敕得便宜行事，以为异典，其说诚是，然其时不止况钟一人。盖宣德三年，上闻郡守悉由资格，多不称任，适吏部奏阙守九员，命部院大臣举京官廉能者用之，于是吏部尚书蹇义等举礼部郎中况钟等九人，俱升知府，其郡为西安、松江、常州、武昌、杭州、吉安、建昌、温州，与苏皆要地。内御史何文渊得温州，其后大用为名卿。是时九人俱赐敕，中不过云公差人违法害民者，即具实奏闻，所属官作奸害民者，即提解来京，非如今所传凡其同僚皆得拿问也。钟抵任之次年，奏吴县县丞赵濬阘茸无能，起送至京，其民千八百余人诉于巡抚侍郎成均周忱，言濬守法奉公、爱民集事俱善状，因本府经历傅得有求不遂，又需索粮长，濬禁不与，因愤潜于知府，故有此谤。忱均以闻，上命按臣核之，果如民言，命潜复职，置得于法。都察院请治钟妄奏之罪，上曰此钟为德所欺，但失之不察耳，姑记其过，仍戒钟加慎。然则钟固一轻听躁动人也。吴人以其异途健吏，能抑豪强，一时誉之过情，流传至今不衰耳。正统八年，苏州知府李从智亦赐敕。

一邑二令

广西庆远府忻城县，宋故邑也，元以土官莫保为八仙屯千户掌之。国朝洪武初，设流官知府，罢掌兵官。莫氏徙居忻城界上，宣德以后，傜僮不靖，知县苏宽不事事，而僮老韦公秦等，保举莫保之玄孙莫敬诚为土官，诏授敬诚特袭知县。时一邑二令，权不相统，继宽为令者，益不振，事柄尽入土官掌握，流官徒抱印居府城。弘治中，督臣邓廷瓒奏革土官，而土目韦涓等方为镇守内臣私人，遂独用土官以至于今。夫一邑本无二令之理，无论宜流宜土，必独任乃为得之。然今日之政有甚异者，即以云南一省言之，省会之云南府所属安宁州，有土流二知州，曲靖府所属沾益、陆凉、罗雄三州，丽江府之巨津州，与直隶之北胜州，各有知州二员，临安府宁州有土流二知州二员，嶍峨、蒙自二县各有土流二知县。又大理府为滇中第一奥区，山水珍宝甲天下，而所属邓川州有一何姓土官同一流官为两知州，云龙州亦然。云南县知县与土官杨姓者同为知县，其他省不及考者尚多也。若近日则有土官立功，抚按题请加土知府虚衔，专管巡捕，其该府尽属流官知府，此正与弘治间忻城县相反。今云南诸州县大抵皆然，揆之政体，终为乖舛，岂可鄙夷边服，不为一厘正哉！嘉靖末年，倭患方炽，有光禄章焕者，奏请每县添设知县数员，世宗不允。夫滇粤夷裔，叛服不常，以故土流并设，为一时权宜计，已非典制，乃至东南财赋要地，亦欲仿此例以扰地方，如此建白，不蒙圣主谴责，亦幸矣。土官府州县衙门若仅土人一员为正官掌印，而流官为之佐贰及首领者，俱食其廪饩，不得与闻政事。惟云南武定府往年未改流时，则印属流官同知署掌，其知府不过司巡捕之役，嘉靖中，女土官瞿氏奏请改正，上下部议，土知府始得印。又广西奉议州土知州革后，以流官州判掌印治夷民，至今不改。

一府二推官

本朝府佐同知通判无定员，而推官止一人，盖普天皆然。惟直隶之永平府带衔蓟、辽诸镇理刑，则多设二三员，陇右之临、巩二府间遇有事，亦于督府驻札之地各设一推官，然皆随幕府受成，未有于郡城并置者，况内地尤绝无之事。惟成化二十二年江西吉安知府张锐，奏请以江西大家结党为非，吉安尤为健讼，监犯至数千人，官少不能决断，宜增设推官一员，上从之。此举真属创见，后不知何时始罢。

郡守被笞

南户部尚书雍正庵泰，故成化间名臣也，初筮仕吴县令，有神明之称，以后历西台，两为郡守。至弘治元年为山西按察使，怒太原知府伊珍避道稍迟，执而笞之，珍诉于朝，又讦其不法，仅降湖广参政而已。知府阶已尊，无可挞辱之理，且身曾为此官，不知当时与彼中臬长何以相处？况太原省会之地，其伍伯敢于手挞上官，亦理之所无，而事在雍墓志中，又出其同乡吕仲木柟笔，非臆说也。其后以右副都御史抚宣府，又以大杖杖参将李杰，为言官劾罢，其事亦见志中。想雍之为人，洁廉而刚暴无疑矣。

金元焕

松江府青浦县举人金元焕者，移居苏州之盘门内，其家人与徽州人争市一小物，相殴致伤，徽人归而病死，其家告以人命。时郡守为楚人石楚阳昆玉，与金同举应天己卯乡试，年谊本不甚厚，而金以事无实，且同籍在事，必能直之，漫不为意。徽人皆狡狯善谋，反扬言太守受同年多金，为之道地，石素以廉峭自矜重，遂立意坐以主使。邑令知守意，竟论金抵偿。谳词上之郡，上之兵道，俱可拟，寻上之台使。时御史按部金坛，金赂押解隶人领至盘门宅中，与妻妾一别，隶卒初难之，继请同往同发，始许诺偕行。甫至，即具酒肴盛馔，令一叟陪饮，而身入内室，俟天明即行，叟谐笑善饮，人人以大觥沃之沾醉。

比明呼金不应,急入其房闱,则孥累一空,囊橐如洗,并饮叟亦无踪影矣。石大怒,四出缉捕,杳不可得,隶卒代其罪论死,寻相继瘐死狱中。初金之逸也,或云入日本投关白,或云在太湖为盗魁,或云走西南土官处篡其位,又十余年,始知在楚之应城陈应虹蓳司徒家为塾师,寻与陈缔儿女姻,至今尚无恙。

刘际明太守

陈留人刘际明芳誉,起家癸未进士,以御史久次出守,再改畿南之广平,为人倜傥不甚拘小节。会有莱阳人高孩之出者,以弱冠登戊戌进士,授曲周令,貌不扬而有才情,与刘一见莫逆,遂不复拘堂属之礼,每宴会必投琼藏彄,酣酗连日夕,至以市井淫媟语相戏且詈而不较也。遇有公席,则邀府僚会饮,其侮谑亦如之。有一别驾起明经者,偶以酒令与高相争言,遂各出揭相攻,高及别驾俱以论调去,至甲辰外计,刘以浮躁降四级用。刘、高俱名士,然为守令一方,则上下自有体,何至荡肆乃尔,绳以功令,亦未为枉。传闻广平别驾者,椎野老悖,其待高反不能如五马之忘分,高已厌之。一日酒间,别驾举一令,以字貌相类者为觞政,不能者有罚,乃先出令曰:"左手相同绫绢纱,头上相同官宦家,不是这官宦家,如何用得他许多绫绢纱。"其语实鄙俚。高益憎之,乃继之曰:"左手相同姊妹姑,头上相同大丈夫,不是我大丈夫,如何弄得你许多姊妹姑。"别驾大怒,骂座而起,刘续之曰:"左手相同糠粃粝,头上相同尿屎屁,不吃这些糠粃粝,如何放出许多尿屎屁。"意盖欲两解之,而别驾不平愈甚,遂至互揭同去,未知然否。

县令处分人命

吴俗最嚚,无命辄以人命入状,究之毫无影响,吏兹土者亦视为寻常故套,漫然准其行,亦漫然听其罢。然而温饱善良罹其毒者必至破家而后已,至有状行许久,然后求觅尸骨以实其刁诈者。近戊戌年粤人邓云霄拜长洲令,熟知此弊,凡告人命者,其状写明某日打伤某处,某时身死,尸停何处,去城几十里,如虚甘责几十板。告者无一不准,即刻身往检验,路远者限定时刻抬至听检,其诬者即刻如数痛笞不饶一下。行之半年，告人命者绝迹。邓莅任七年，此弊顿绝，甫去而刁风仍炽矣。

邑令轻重

国初极重郎署，凡御史九年称职者，始升为主事；既而台省渐重，有大臣保荐者，得同部属出为藩臬知府，而给事、御史多从新进士除授，以故外官极轻，如程篁墩之言曰："国家初以他途授令，至宪宗始重亲民之任，乃以第三甲进士为之，然久袭重内轻外之说，自任其劳，受人之挫，任是职者情多不堪。"罗一峰之言曰："人中进士，上者期翰林，次期给事，次期御史，又次期主事，得之则忻，其视州县守令，若鹓鸾之视腐鼠，一或得之，魂耗魄丧，对妻子失色，甚至昏夜乞哀以求免。"盖当时邑令之轻如此。自考选法兴，台省二地非评博中行及外知推不得入，于是外吏骤重，而就中邑令尤为人所乐就。盖宦橐之入，可以结交要路，取誉上官。又近年乙酉科以后，令君悉充本省同考，门墙桃李，各树强援，三年奏最，上台即以两衙门待之，降颜屈体反祈他日之陶铸；而二甲之为主事者，积资待次，不过两司郡守，方折腰手板，仰视台省如在霄汉，其清华一路，惟有改调铨曹，然必深缔台省之欢，游扬挤夺，始得入手；而三甲进士绾墨绶出京者，同年翻有登仙之羡。亦可以观世变矣。

立 碑

今世立碑之滥极矣，而去思尤甚，凡长吏以善去者，俱得贝兆穹石，其时不过乡绅不情之誉，其人不过霸儒强醵之钱，而后至之官，又自为他日地，为之作序文作募疏以奖劝之。今建白满公车，无一语及此者，何也？《南史》裴松之曰：世立私碑，有乖事实。以为诸立碑者，宜悉令言上，为朝议所许，然后听之，庶可以防遏无征，显彰事实。宋武帝从之，由是普断。以今一统全盛，岂反逊义熙之年，所当首为禁者。

嫌 名

前代仕宦每避嫌名，如宗如周、韩皋、元绛之属，偶犯贻笑者，俱载在典籍中。本朝此禁稍弛,然未有居官之地,直犯其名者。今上初元,吾乡戴春雨凤翔嘉靖己未甲榜,以行人为吏科给事,被内计,降补陕西凤翔府郿县丞,咸疑当事者有意侮之,宜弃官以去。戴竟履任,渐历郎署以至出守,又得凤翔府知府,在郡凡三年,始转陕西苑马少卿,又以外计斥归。五马之荣虽可慕,但吏民称谓及上下文牒往还,日日亲睹其名,亦何以施颜面?盖戴曾有特疏劾海忠介,时情薄之,屡加窘辱,而戴固朴诚人,恋恋鸡肋,迄不能决也。陶铸之地,前后两度,俱刻而巧矣。近年己丑王弇州拜南大司寇,时南台王仁荣者疏纠之,谓弇州之父坐法极刑,不宜受秋卿之命,且云里名胜母,曾子不入,不知世贞何颜复坐此堂也?弇州辨疏语哀而苦,若王侍御者,亦更为不恕矣。

卷二十三

士 人

唐伯虎

弘治中，唐解元伯虎以罣误问革，困厄终身，闻其事发于同里都囧卿元敬穆。都亦负博洽名，素与唐善，以唐意轻之，每怀报复，会有程篁墩预泄场题事，因而中之。唐既罢归，誓不复与都接。一日都瞰其楼上独居，私往候之，方登梯，唐顾见其面，即从檐跃下，堕地几死，自是遂绝，以至终身。闻都子孙甚微，或是修隙之报，然唐后亦不闻贤者。此说得之吴中故老云。

徐文长

徐文长渭暮年游京师，余尚孩幼，犹略记其貌，长躯皙面，目如曙星，性跅弛不受羁縶，馆于同邑张阳和太史元汴家，一语稍不合，即大诟詈，策骑归。后张没，徐已癃老，犹扶服哭奠，哀感路人，盖生平知己，毫不以亲疏分厚薄也。徐初以草白鹿表受知于胡襄懋梅林宗宪，戊午浙闱，胡嘱按君急收之，徐固高才，即上第亦其分内。按君搜得之大喜，以授其所善邑令，令丹铅之。令故为徐所轻，衔之方入骨，按君暂起，辄泚笔涂抹之，比取视则鸿鸦满纸，几不可辨矣。徐此后遂患狂易，疑其继室有外遇，无故杀之，论死，系狱者数年，亦赖张阳和及诸卿衮力得出。既郁郁不得志，益病患自戕，时以竹钉贯耳窍，则左进右出，恬不知痛，或持铁锥自锥其阴，则睾丸破碎，终亦无恙，说者疑为祟所凭，或疑冤死之妻附着以苦之，俱不可知。而其人高伉狷洁，于人无所俯仰，诗文久为袁中郎所推戴，谓出弇州上，此自有定论。其所作画尤脱畦径，题署则托名曰水月等号是也，今已有人购之。文长自负高一世，少所许可，独注意汤义仍，寄诗与订交，推重甚至，汤时犹在公车也。余后遇汤，问文长文价何似，汤亦称赏，而口多微辞，盖义仍方欲扫空王李，又何有于文长。

张幼于

吴中张幼于献翼，奇士也，嘉靖甲子，与兄凤翼伯起、弟燕翼浮鹄同举南畿试，主者以三人同列，稍引嫌，为裁其一，则幼于也。归家愤愤，因而好怪诞以消不平。晚年弥甚，慕新安人之富而妒之，命所狎群小，呼为太朝奉，至衣冠亦改易，身披采绘荷菊之衣，首戴绯巾，每出则儿童聚观以为乐，且改其名曰敉。予偶过伯起，因微讽之曰："次公异言异服，谅非公所能谏止，独红帽乃俘囚所顶，一献阙下，即就市曹，大非吉征，奈何？"伯起曰："奚止是，其新改之名亦似杀字，吾方深虑之。"未几，而有蒋高私妓一事，幼于罹非命，同死者六七人，伯起挥泪对余，叹狂言之验。先是，幼于堂庑间挂数十牌，署曰张幼于卖诗，或卖文，以及卖浆、卖痴、卖呆之属，余甚怪之，以问伯起，曰此何意也？伯起曰："吾更虑其再出一牌云'幼于卖兄'，则吾危矣。"余曰："果尔，再出一牌云'卖友'，则吾辈将奈何？"相与抚掌大咍。同时吴中有刘子威凤，文苑耆宿也，衣大红深衣，遍绣群鹤及獬豸，服之以谒守土者，盖刘曾为御史，迁外台以归，故不忘绣斧，诸使君以其老名士，亦任之而已。此皆可谓一时服妖。幼于被难为辛丑年，时虎丘僧省吾者，嗜酒，忽一日醉死。一孝廉与姻家比邻，偶大失赀重，或疑孝廉与盗通，因捕治死狱中。时税事再兴，市人葛成倡义，遍拆毁诸富家，有殴毙者，当事置之死法。适幼于又以妓致殒，俱一两月内事，吴人遂以凑"酒色财气"四字云。

金华二名士

兰溪吴少君孺子，为余大父客，幼时曾识其人，孤介有洁癖，所携树瘿炉鹿皮毯之属，俱极精好，炊饭择好米，目视火候。其貌亦似野麋，为诗俊冷自喜，不受凡俗人供养，视今日山人辈犹粪壤也。又其邑胡元瑞应麟以丙子举孝廉，乃翁与先大父己未同籍，因得与称通门，其名噪一时，王弇州至欲以衣钵传之，才情赡洽，多所凌忽。乙未赴南宫，与同里赵常吉士桢酒间嘲谑，戏呼赵为家丁，赵拔刃刺之，几为所中，逾墙得免，自是稍戢。是年场后试内阁司诰敕中书官，例取乙榜二人，胡与首揆赵兰溪密戚深交，面许必得，时论亦服胡声华，咸无异议，既题请钦定试日，胡忽大病不能入，而粤东张孟奇萱得之，张盖纳赂于首揆纪纲祝六者，先为道地矣。或云张预声言胡倘见收，当嗾言官并首揆弹治之，故胡托辞不试，未知然否。胡性亦高亢，不屑随时俯仰，既失意归，旋发病卒。张入中秘，出为户部郎，榷税于吴，橐金巨万，今以养母予告，其自奉王公不能过也。张亦以词赋自命，人伟岸有福相，不似胡之槁瘠云。吴、胡同里相善，无后来游客气，下世俱已久，前辈风规，犹可想见。赵常吉温之乐清人，游京师不得志，故善八法，尝书所作诗扇上，宦官持以入，今上方幼冲，见之喜，以布衣召入直文华殿。江陵夺情，杖诸谏者于阙下，赵故与艾、沈诸公善，因楚服橐饘持黑羊股，调护于血肉中，以此知名。喜谈兵事，工骑射，讲火器，屡上疏请自效，不报，见公卿台谏抗不为礼，亦奇士也。赵初得官鸿胪寺主簿，供奉十八年，始晋中书舍人，又十余年不进秩以殁。主上之裁抑恩泽如此。

胡元瑞亦好使酒，一日寓西湖，适汪太函司马携乃弟仲淹来杭，王元美伯仲并东南诸名士大会于湖中，仲淹已病，其诗颇有深思秀句，心薄胡之粗豪，忽傲然起谓弇州曰："公奈何遽以诗统传元瑞，此等得登坛坫，将置吾辈何地？"汪、王三先生出仓猝不及答，元瑞亦识仲淹气盛，第怒目视。时戚元敬少保实偕二汪渡江，因同席饮，出软语两解之，胡大怒，移骂至目为粗人，戚惊避，促舆度岭去，满座不欢而罢。时人作杂剧嘲之，署题曰"胡学究醉闹湖心亭，戚总兵败走万松岭"，然胡伸于戚而绌于赵，亦骂座之报欤。

山　人

恩诏逐山人

恩诏内又一款，尽逐在京山人，尤为快事。年来此辈作奸，妖讹百出，如《逐客鸣冤录》仅其小者耳。昔年吴中有山人歌，描写最巧，今阅之未能得其十一，然以清朝大庆，薄海沾浩荡之恩，而独求多于鼠辈，谓之失体则可，若云已甚，恐未必然。

按，相门山人，分宜有吴扩，华亭有沈明臣，袁文荣有王稚登，吴门有陆应阳诸人，俱降礼为布衣交，惟江陵、太仓无之。今则执厮隶役，作娼优态，又非诸君比矣。

别号有所本

别号滥觞非一，有出新意者，有自鸣其志者，似稍脱套，然亦有所本。如倪元镇自谓倪迂，而司马君实之迂叟，晁明远之景迂，盖又景司马，则固先之矣；倪又自谓懒瓒，则唐僧懒残，宋马永卿之懒真子，又先之矣。近日陈仲醇品格略与元镇伯仲，其别号眉公，人颇称其新，但国初诗人杨孟载名基者，吴县人，已号眉庵，谓如人眉在面，虽不可少，而实无用，以寓自谦，仲醇意亦取此，然亦落第二义矣。

杨在洪武间，官至山西按察使，与高启、张羽、徐贲齐名，谓之吴中四杰。初杨铁崖游吴，重其才，曰又得一铁矣。

山人名号

山人之名本重，如李邺侯仅得此称，不意数十年来，出游无籍辈，以诗卷遍贽达官，亦谓之山人，始于嘉靖之初年，盛于今上之近岁，吴中友人遂有作山人歌曲者，而情状著矣。抚按藩臬大吏有事地方，作檄文以关防诈伪，动称山人星相，而品第定矣。按，今广西、贵州深僻之地，跧伏箐莽中，不夷不汉，粗纳粮税者，呼为山总山老，其部落则名山人。正德间郁林州土夷韦观敬上疏求入贡，直署其衔曰山人某，更属可笑。然南宋讲学盛时，如白鹿洞等书院，主其教者亦称山长，故元尚沿之，盖山派不同如此。

唐太仆卿韦观，为巫所挟，哀恳曰："愿山人无以为言。"则巫觋亦称山人。后唐庄宗后父刘叟，以医卜自称山人。又金元房俗，凡掌礼傧相亦称山人。

山 人 歌

张伯起孝廉凤翼，长王百谷八岁，亦痛恶王为人，因作山人歌骂之，其描写丑态，可谓曲尽。初直书王姓名，友人规之，改作沈嘉则明臣，复有谏止者，并沈去之。张以母老，至庚辰科即绝意公车，足迹不入公府，与王行径复别，故有此歌，然亦褊矣。

王 百 谷 诗

近年词客寥落，惟王百谷巍然鲁灵光，其诗纤秀，为人所最爱，亦间受讥弹。如其初入京试内阁紫牡丹诗，中一联云"色借相公袍上紫，香分天子殿中烟"，极为袁元峰炜相公所赏，因成知己。同邑周幼海长王十年，素憎王，因改袍为脬、殿为屁以谑之，两人遂成深仇。王又有诗云："窗外杜鹃花作鸟，墓前翁仲石为人"，时汪太函介弟仲淹道贯偕兄至吴，亦效其体，作赠百谷诗，"身上杨梅疮作果，眼中萝卜翳为花"，时王正患梅毒遍体，而其目微带障，故云然。语虽切中，微伤雅厚矣。

宋张浚自富平大败归，有郭奕者，改韩昌黎赠裴令公诗赠之云："荆山行尽华山来，日照关门两扇开。刺史莫嫌迎候远，相公亲送陕西回。"与此正同，终不如即改王诗之更巧也。周、王俱以善书冠吴中，各不相下，王目周书为蚯蚓拖泥，周亦目王书为螳螂打拱，似亦微肖云。

山 人 对 联

向见王百谷家桃符云："岂有文章惊海内，漫劳车马驻江干。"哂其太夸。近见吴中山人钱象先者，乃书对云："旁人错比扬雄宅，懒惰无心作解嘲。"更不自揆甚矣。顷过陈眉公堂中书一联："天为补贫偏与健，人因见懒误称高。"盖用陆务观语，虽谦抑而实简傲，胜王钱用杜句十倍矣。去年至支硎山范长白学使斋中，悬联云："松风高士供，兰梦美人圆。"其所书即所作也。时范未有子，故有梦兰句，然圆梦字又作原，唐宋人皆已两用之，未知孰是。范又有对云："门前白水流将去,屋里青山跳出来。"又用笑林中俚童属对语,亦奇。

山人愚妄

近来山人遍天下,其寒乞者无论,稍知名者,如余所识陆伯生名应阳,云间斥生也,不礼于其乡,少时受知于申文定相公,申当国时,藉其势攫金不少。吾乡则黄葵阳学士及其长公中丞,称莫逆,代笔札,然其才庸腐,无一致语,时同里陈眉公方以盛名倾东南,陆羡且妒之,詈为哑哑小儿,闻者无不匿笑。乃高自矜重,一日忽写所作诗一卷饷余,且曰:"公其珍之,持出门,即有徽人手十金购去矣。"余曰:"诚然,但我获金无用。"顾旁立一童曰:"汝衣敝,可挈往市中博金制新袍,便可拜谢陆先生。"语未毕,大怒而去。又一闽人黄白仲,名之璧,惯游秣陵,以诗自负,俲大第以居,好衣盛服,蹑华靴,乘大轿,往来显者之门。一日拜客归,橐中窘甚,舆者索雇钱,则曰:"汝日扛黄先生,其肩背且千古矣,尚敢索钱耶?"舆夫曰:"公贵人也,无论舁五体以出,即空舁此两靴,亦宜酬我值。"彼此争言不已,观者群聚。有友过其门,闻而解之曰:"一荣其肩,一尊其足,两说皆有理,各不受赏可也。"舆夫掩口而去。此钟伯敬客白下亲见者。此辈之愚妄,大抵如此。

先达如李本宁、冯开之两先生,俱喜与山人交,其仕之屡踬颇亦由此。余尝私问两公曰:"先生之才,高出此曹万万倍,何赖于彼而惑昵之?"则曰:"此辈以文墨糊口四方,非奖借游扬,则立槁死矣,稍与周旋,俾得自振,亦菩萨普度法也。"两公语大都皆如此,余心知其非诚言,然不敢深诘。近日与马仲良交最狎,其坐中山人每盈席,余始细叩之,且述李、冯二公语,果确否?仲良曰亦有之,但其爱怜亦有因,此辈率多儇巧,善迎意旨,其曲体善承,有倚门断袖所不逮者,宜仕绅溺之不悔也。然则弇州讥其骂坐,反为所欺矣。

弇州先生与王文肃书有云:近日风俗愈浇,健儿之能哗伍者、青衿之能卷堂者、山人之能骂坐者,则上官即畏而奉之如骄子矣。

妇　女

命妇朝贺

明制，三品以上命妇遇太后中宫大庆、元会令节，例得朝贺。然朝士拜礼，除朔望升殿外，即常朝亦五拜三叩头，命妇则不然，仅行四拜礼，止于下手立拜，惟致贺、受赉时一跪叩头而已，先三日赴诸王馆习仪亦然，此闻之故老者。往时仪注则十二拜，凡以三次行礼，又或八拜，以二次行礼，犹然四拜也。盖自古妇人皆立拜，惟后周天元帝，令妇人朝天堂俱效男子俯伏，武周时亦然，然仅行之一时，汉唐平世俱不尔也。宋时不可考，然宋天圣中，明肃太后临朝，欲代郊天，宰相薛简肃不许，曰果尔，太后将作男子拜乎？抑女子拜乎？事遂寝。其时如古立拜可知矣。今士民家妇人，伏地顿首，与男子无异，盖沿故元之习也。命妇入朝，例许带一婢，俱以女或媳充之，后妃赐问，亦全不讳，更问字何氏，嫁何年，读何书，艳黠者多叨横赐，臣妾之礼，大逊外廷，近闻上下亦稍隔绝矣。又每人给一围屏，一溲器，可谓曲体之至，但宫掖邃远，以春尖徒步为苦耳。

国家大丧，凡武臣三品如指挥使之妻，亦得入思善门哭临，貌既多寝陋，饰又皆蓝缕，且麻苴从事，拜起踉跄，宛然郑侠所献图，朝士见者，往往破涕为笑。

二妇全边城

正统己巳，辽东广宁右卫指挥佥事赵忠者，守备镇静堡，大虏入犯，忠力战不胜，攻围甚急。其妻左氏曰："此堡破在旦夕，吾宁死不受辱，君其勉之。"遂与母及其三女俱自经。忠感愤，扼守愈坚，虏终不得志，遂解围，城赖以全，事闻，上命赠左氏为淑人，谕祭赐葬，旌其门曰贞烈，而忠进指挥同知。今上壬辰宁夏之役，萧如薰以参将守平虏城，哱刘勾虏以数万众围之，守御单弱，人有危心，萧妻杨氏，肤施大司空晴川兆女也，尽出资斧簪珥犒士，身率健妇乘城，命如薰出战，昼夜苦斗，贼竟退去，不能东犯，上以其功大，立进大帅，至今向用。杨氏后以病亡，其时但以萧功闻，不及特旌其妻也。二事颇相类，但生死大异，故国家之报亦不同，萧之赏固非幸得，而赵忠当时仅进一阶，何酬庸之薄也。赵忠既为守备，则必以都指挥体统行事入衔矣，其在今日，则必升参游等官，即不然，亦必都司佐击矣。而英宗朝尚不然，盖挥佥乃其实职，故以正四转从三，非如今日但以流官方面之衔，递为迁擢，因有以实职百户而竟登坛者，不惟大司马不知故事，并武人亦不晓祖职当如何迁徙矣。

窦氏全印

正德六年辛未，江西华林大盗起，围瑞州府攻之，时缺守臣，独通判姜荣署印。姜先为工部主事，坐丁巳计典谪是官，甫至郡，仓皇无备，亟集兵与战，不敌，度势不能守，密以印畀妾窦氏匿之。贼果破城，入廨署求姜倅勿得，而得其妻欲杀之，赖窦哀祈而免，遂执窦，濒行，窦已先藏印圃池中矣。时姜所部高安人盛豹，父子同罹难，潜语之曰：印在某所，幸以告我公，我且死矣；乃又绐贼曰：可速遣盛父报主人，持多金来赎我，今有盛子作质，不虑逸也。贼信之，偕至地名花坞乡者，诡以渴求饮，急投道旁井，贼退，厝于僧院。以事上闻，诏义其事，旌之曰贞烈，立祠植碑而祀焉。姜弃城当服上刑，台使者怜窦节侠，特委婉开其罪，且为叙功进同知。姜脱死，归郡才两阅月，复买一姝丽，时议遂大薄之，未几，竟褫职去。窦，京师崇文坊人也，都中妇女以淫悍著闻，此女独从容就义，智勇兼备，即史册中亦仅见。若姜荣负心，则犬豕不若矣。余向见姜媵得谥者，而偶遗此，且贞烈亦祠额，非谥也，然足以不朽矣。窦氏尚有唐淮西窦桂娘通谋陈仙奇，事亦奇伟，可与此女并称侠烈。

宰相寿母

正嘉以来，宰相现任父母具庆者，为常熟严文靖、兴化李文定、江陵张文忠、蒲坂张文毅，俱及见其子正位黄扉，真熙朝盛事。内常熟、兴化二公，又得解相印，归奉二老亲以寿终，尤为全福。蒲坂以外艰归,又奉其母胡丧,然为继妣,非亲母也。惟江陵公用封公殁,夺情,致口语,而殁于位,其太夫人亲见子之削夺,家之籍没,子孙满前,俱罹桎梏入囹圄,至有雉经、有遣戍,真所谓以寿为戚也。正德十一年,故相李长沙殁于邸,其母一品太夫人麻氏在堂,直至嘉靖三年始殁,在文忠身后又九年,无子无孙,孑然一嫠妇,又贫窭不能支朝夕,方之赵夫人,情境不同,苦趣则一也。

成化间,刘寿光翊拜相,父母俱无恙。

三太宰寿母

世宗朝,太宰南昌熊北原浃,有母九十,请终养,上不许,赐其母廪米存问,一时称异典。继而太宰兰溪唐渔石龙有母亦九十,则已罢归里矣。至今上则有太宰海丰杨梦山巍,有母一百余岁,尚康健,何寿母之偏钟于冢宰乃尔?他如阁臣严常熟、李兴化、张江陵,皆有父母在堂,然眉寿不及也。

嘉靖间,南兵部尚书浙之鄞人张文定邦奇,以养母归,其母亦年百岁,但文定以甲辰年先卒,而母之卒以甲寅,凡哭子十年,不为全福。又正德南太宰王海日华,其母亦九十余,又正德末太宰陆水邨完被籍远戍,其母叶氏逮治入狱,后死于京邸,则不如早殁为愈矣。

寿母祸福不同

赵括之母以预言其子不可将,及败绩,免诛;唐仆固怀恩母,以持刀逐杀其子,后亦不从坐,且加礼焉。本朝无此等贤母,其荼苦亦过之。正德之庚辰,吴门陆水邨太宰以通逆濠下狱,至俘献于朝,籍没其家,陆幸免正法,毙于荒徼,其母夫人叶氏就养京邸,身罹其变,竟客死都下,业九十余岁矣。嘉靖甲辰,南大司马张邦奇,卒时仅六十余,而其母已九十,又十数年,寿百余而殁,虽获令终,然亦哭子。近年则江陵张文忠,以今上壬午终于邸第,太夫人赵氏,扶榇南还,未几张削籍见籍,长孙雉经,余亦遣戍,赵已八旬,日睹惨毒,未几亦以忧卒。此两母者,皆以寿为戚矣。又辽废王宪㸅,以隆庆戊辰削爵除国,锢于凤阳,至壬午江陵公捐馆,废王继之,其生母为庄王次妃王氏，尚无恙，上章为废王辨冤，归其罪于江陵公，求复故封，上终不允。辽与张无深仇，其时有导之者，然千乘太妃，历尽艰楚，时庄王薨且五十年矣，何如先驱蝼蚁地下也。寿母如永乐间兵部尚书赵羾赐宴华盖殿，因辍御筵所馂悉赐其母，又以元宵节赐宴；如户部尚书夏元吉母来观灯，赐之酒食并钞，皆备极宠荣，两公又得身奉所生以终天年，而夏母之亡，又荷仁宗钞米诸赐，且给驿护行，有司治葬，尤不易得。嘉靖中，熊北原太宰母亦荷恩遇，余曾记之。近年则首揆王太仓在京时，因母思归，特遣官乘传送之回南，王虽辞免，而恩则厚矣。比谢事数年，太夫人始以寿终，上特亲洒宸翰，曲加慰勉，并致赙百金及麻白布、纻丝、新钞皆加等，此从来故相居家所未有也。此数母者，皆可谓遇矣。至江陵之与辽庶二母，同处一方，同时哭子，且凤隙纠缠，勃谿诉谇，真皆不祥人也，何以草木之寿为！

天顺间，工部右侍郎陆祥由石匠起，先是有母老病，上命光禄寺日给酒馔，再赐钞为养，其人与太宰陆完俱吴人也。二妪同享禄养，然祥母安于完多矣。

江陵太夫人

江陵归葬封公还朝，即奉上命遣使迎其母赵太夫人，由江路入京，将渡河，私忧之，私谓其奴婢：如此洪流，得无艰于涉乎？语传于外，其诇察者已遍报守土官，复传禀曰：过河尚未有期，临时当再报。既而寂然。渐近都下，太夫人心疑之，又问何以不渡河，则其下对曰：赐问不数日，即过黄河矣。盖预于河之南北以舟相钩连，填土于上，插柳于两旁，舟行其间如陂塘，太夫人不知也。比至潞河，舁至通州，距京已近，时日午秋暑尚炽，州守名张纶，具绿豆粥以进，但设瓜蔬笋蕨，而不列他味，其臧获辈则饫以牲牢，盖张逆知太夫人涂中日享甘肥，必已属厌，反以凉糜为供，且解暑渴。太夫人果大喜，至邸中，谓相公曰：一路烦热，至通州一憩，始游清凉国。次日纶即拜户部员外郎，管仓管粮储，诸美差相继入手矣。张号钓石，山东汶上人，以岁贡至今官，江陵败，张亦劣转长史。

阁老夫人旌表

闾左小民不知礼义,其妇女能励志守节,自宜旌异,若士族固其分内事也,况公卿大家乎?以故京口靳文僖继室未三十而寡,后年至请旌,时吴文端山为礼卿,谓夫人生前享一品荣封,自合嫠居,何用表宅如庶姓?时徐文贞在政府,亦为之言,吴正色曰:"相公亦虑阁老夫人再醮耶?"徐语塞,事遂已。此见之徐太室宗伯札记中。其时徐为祠曹郎也。然垂老再娶,惟西北士夫居多,江南则不尽然。近长垣李霖寰以少保忧归,服满续妇,时李年甫知命,新夫人则仅二八耳,结褵罢,出外宴客,则室中悲泣不绝声。其女仆辈劝慰曰:主翁衣蟒围玉,坐八人舆,富贵已极,今夫人亦如之矣,何所苦而不怿?夫人叱詈曰:"汝奴才何知,八人舆可舁至枕上耶?"少保闻之,长吁而已。乃知暮龄纳正室,真是多事,无已则小星三五,他日任其去留为得之。

嘉靖间,张永嘉相公亦继娶潘氏,上密赐金帛以助其聘,时张已耳顺久矣。潘为兴邸旧姻,说者讥其附托,犹然议大礼故智也。

假昙阳

王太仓以侍郎忤江陵予告归,其仲女昙阳子者,得道化去,一时名士,如弇州兄弟、沈太史懋学、屠青浦隆、冯太史梦桢、瞿冏君汝稷辈,无虑数百人,皆顶礼称弟子。先已预示化期,至日并集于其亡夫徐氏墓次,送者倾东南。说者疑其为蛇所祟,盖初遇仙真,即有蜿蜒相随,直至遗蜕入龛,亦相依同掩,则此说亦理所有。然和同三教,力摈旁门,语俱具弇州传中,初非诬饰也。事传南中,给事牛惟炳者,遂赘以献江陵,疏称太仓以父师女,以女师人,妖诞不经,并弇州辈皆当置重典。时徐太宰学谟为大宗伯,太仓同里人也,力主毁庐焚骨以绝异端,慈圣太后闻之,亟呼冯珰传谕政府,江陵惊惧,始寝其事。昙阳之为仙为魔,皆不可知,乃其灵异既彰灼,辞世又明白,则断无可疑。既而太仓入相,后渐有议昙阳尚在人间者,初皆不甚信。忽有郢人娄姓者,自云曾试童生,以风水来吴越间,挈一妻二子,居处无定,其妻慧美,多艺能,且吴音,蓄赀甚富。缉盗者疑之,踪迹之甚急,度不可脱,则云我太仓人王姓,汝勿得无礼。于是哗然以为昙阳矣。传闻入娄江,时相公在朝,乃子辰玉亦随侍,仅一从叔诸生名梦周者代司家事,急捕此夫妇以归,讯之,则曰吾真昙阳也,当时实不死,从窀后穴而逸耳。梦周亦不能辨,因自称相公女愈坚,吴中鼎沸,传为怪事。王氏之老仆乡居者及宗党之耄而晓事者,独心疑之,谛视诘辨良久,忽曰:汝非二爷房中某娘耶?始色变吐实,盖相公乃弟学宪鼎爵爱妾也。学宪没,窃重宝宵遁,不知于何地遇娄,遂嫁之,二子其所育。去凡四年矣,初为人所指目,遂因讹就讹,冀王氏忌器释宥,不虞尚有识之者。梦周付干仆严系之,以待京师返命处分,此妇复诱干仆私通,乘其醉懈,携二稚并娄夜窜,后竟杳无消息。余尝叩辰玉,令姊升举后,曾有肹蚃相示、以践生前诸约否?辰玉云绝无之。想亦恨伪托者玷辱清名,故秘其津导耶?

娄江四王

初,昙阳化去,弇州与相公俱入道,退居昙阳观中,屏荤血,断笔砚,与家庭绝。其弟麟洲、和石两学宪亦在其家熏修焚炼,谓骖鸾跨鹤特剩事耳。如是数年,而麟洲起视闽学,未几相公麻命下,亦应诏北上,弇州孑然苦寂,遂返里第。寻和石不起,弇州亦以南副枢出山,不三年,观中遂无四王之迹。昙阳高足僧名道印者,以传灯第一人守观,旋没;麟洲从太常予告,亦继之;弇州从南大司寇得请归,追痛道心不坚,再婴世网,未几下世。后来惟相公身正首揆,子登鼎甲,但于学道本来面目远矣。所以古来神仙必居穷山绝境。

和石初于昙阳事,与弇州俱不甚信,后屡著灵异,弇州遂北面,而和石亦息喙矣。时言官劾之者遂云和石大怒有违言,其实不然。盖故甚其辞以间其伯仲也。

黄取吾兵部

麻城人黄取吾建衷,素负时名,早登公车,风流自命,时同邑梅湘衡司马长女嫠居,澹居,有才色,结庵事佛,颇于宗门有悟入处,即李卓吾所称澹然师者是也。黄心欲挑之,苦无计,其爱妾亦姝丽能文,乃使诡称弟子,学禅于澹然,稍久,亦喜其慧黠,甚眷念之。因乘间渐以邪说进,且述厥夫殷勤意。澹然佯诺,谋于司马姑勿露机,反更厚遇之,因令入司马家晤语。初亦伺司马他出始一来,既而习熟,司马忽戒远游之装,澹然与订期,俾弟子先至而黄续赋多露可也。其妾甫及门,则女奴数辈竟拥香车入司马曲房,自是扃闭不复出,而澹然亦不复再过其旧庵矣。黄羞赧不敢言,为乡里所诮,初以雉媒往,不特如皋空返,且并媒失之。黄后登辛丑进士,从户部改兵部,近罣计典谪去,然其人材器可用也。

黄字季主,己卯与张江陵公子状元懋修同乡举,最厚,在公车二十三年始第。

妇人能时艺

山阴张雨若汝霖驾部,曾为余言:同里孙司马樾峰,以甲戌举南宫第一人,而少时师傅惟其长嫂所授,即冢宰清简公嫡配,而俟居如法刑部之母夫人也。性严而慧,深于八比之业,决科第得失如影响。故樾峰受其教以取大魁。又汉阳萧象林鸣甲户部,为余言其从兄大茹丁泰大行,少时疏于制举业,屡试不第,后入赀为上舍,其内子阅其文,辄涂乙之殆尽,戒其勿行,不听而终不售。至庚子岁,始谓曰今年属草,稍有文气,当偕子出。乃买舟,沿涂与扬扢改窜,至入试,颦蹙叹曰:"第可博榜尾缀列耳。"及榜出,果名籍将尽矣。因挟之出都城僻处,日夜课之,及新春,始稍色喜,谓子功力尽矣,奈文资不超,技止此耳,然尚可望本房首卷。既撤闱,遂举第八名,则给事王斗溟士昌所拔也。夫孙之父为文恪宗伯,萧之父为汉冲会元,而义方之训,反逊闺阁之玉成,何也?且良媛以笔札垂世者多矣,未闻娴习时艺、评骘精确乃尔,即拥皋比何忝耶?真古人所云恨不使士大夫见之。

女郎吟咏

昔徐昌榖纪金陵徐妓诗云:"杨花厚处春衫薄,清冷不胜单夹衣。"以为清婉绝伦。余近又见金陵徐惊鸿寄友游楚云:"妾怨芳杨柳,横枝在吹楼。折来欲有寄,游子在黄州。叶互参差影,花飞历乱愁。林梢窥破镜，何日大刀头。"俱风雅可诵，然皆北里种也。今范长白水部徐夫人，在芜关诸五言古诗，沉秀深厚，可追古人，此闺秀非可他拟，以同徐姓并及。

妒妇不绝嗣

富贵人坐妒妇斩嗣者最多，然亦有改悟者，千百中一二也。以余耳目所及，如戚南塘总戎夫人，中岁知私蓄妾有庶子二人，初亦怒欲手刃，其后竟杖而收之，戚少保世职，赖以传袭。近日李九我少宗伯，亦垂老无子，而阃政过峻，在南中时，赖吾乡丁敬宇中丞苦口传语，始容买妾，今已抱雏久矣。商丘沈龙江大宗伯，亦苦乏嗣，其门人相知者欲往谋纳副笲，适登堂，见数医正修药甚虔，因问何剂，沈答曰：此吾内子制调经药，为受胎计耳。门人不敢启齿而退。时沈夫人逾六望七矣。乃知妒妇末路，亦自有迷悟两种，特男子不幸，难值其梦觉耳。

商丘公有一女，欲独占家产，助母为虐。近吾邑一词林亦然，恐凤毛俱绝望矣。

沈归德身后

沈龙江相公清节，近世罕见，室无姬媵，谢政后，伉俪皆将稀龄，夫人犹剂调经药，因绝血胤。其女尤奇妒，沈继子为所毒，遂憒不识人，相公弥留欲一见之，遏不令通，衔恨而绝。其女必欲以他子承业，而沈氏宗人不许，其继子寻夭，所得诸荫，皆为群从分受拜官而去，丹旐素帷，莫适为主。闻灵柩至今在堂，赐域尚虚，烝尝失所，先朝耆德一旦为若敖之鬼，闻者悯默。归德在事受其知者不少，必即有经纪其家者。

燕姬

缙绅羁宦都下，及士子卒业辟雍，久客无聊，多买本京妇女以伴寂寥。其间岂无一二志节可取者，无奈生长辇毂，馋惰性成，所酷嗜惟饮馔衣饰，所谙解惟房闱淫酬，吾辈每买一姬，则其家之姑姊姨妹靥而髓稿砧，稍不自爱者，一为所蛊，辄流连旬月，甚至更番迭进，使子居男子，髓竭告终，则邸中囊橐皆席卷而归，不浃旬，又寻一南人与讲婚媾矣。以予目睹，覆辙相寻，而士友辈尚如猩猩试酒，未能尽悟。其间命高福厚者，每迫他事南还，则此曹相率先行，所饷不满所望，必断齿弹舌，狞凶万状，以故昔人有比之京官牙牌者，谓其出京不用也。古人云燕赵多佳人，意者别是一种耶？

广 陵 姬

今人买妾大抵广陵居多，或有嫌其为瘦马，余深非之。妇人以色为命，此李文饶至言，世间粉黛，那有阀阅？扬州殊色本少，但彼中以为恒业，即仕宦豪门，必蓄数人以博厚糈，多者或至数十人。自幼演习进退坐立之节，即应对步趋，亦有次第，且教以自安卑贱，曲事主母，以故大家妒妇，亦有严于他方宽于扬产者，士人益安之。予久游其地，见鼓吹花舆而出邗关者，日夜不绝，更有贵显过客，寻觅母家，眷属悲喜诸状，时时有之。又见购妾者，多以技艺见收，则大谬不然，如能琴者不过《颜回》或《梅花》一段，能画者不过兰竹数枝，能弈者不过起局数着，能歌者不过《玉抱肚》《集贤宾》一二调，而试后至再四至三，即立窘矣。又能书者，更可哂，若仕客则写吏部尚书、大学士，孝廉则书第一甲第一名，儒者则书解元会元等字，便相诧异，以为奇绝，亟纳聘不复他疑，到家使之操笔，则此数字之外，不辨波画，盖貌不甚扬始令习他艺以速售。耳食之徒骤见未免叹羡，具法眼者必自能辨。又其俗最重童女，若还一方白绢者，征其原值，必立返，以故下山者即甚姝艳，价仅十之三。

女 医 贷 命

慈圣皇太后久患目疾，屡治屡发，至癸丑年，有医妇彭氏入者，内颇奏微效，且善谈谐，能道市井杂事，甚惬太后圣意，因留宫中。而怀孕已久，其腹皤然，宫婢辈俱劝之速出，彭贪恋赏赉，迟迟不忍决。一日忽产一男于慈圣位下宫人封夫人名彭金花女者之室，上大怒，立命杀之，赖慈圣力救，宛转再三，上难违慈旨，命贷其死，发礼仪房打三十逐出。次年慈圣即上仙。盖寄产虽俗忌，然不避者祸立见，即已嫁之女有妊，其夫非赘婿而归宁者，母家必遣之行，况宫禁乎？

徐安生

徐安生，吴人徐季恒女也。季恒能鉴古，善谈，为余父客，暮年始举此女，美慧多艺，而性颇荡。曾嫁武林邵氏，以失行见逐，遂恣为非礼。其写生出入宋元名家，尝仿梅道人风雨竹一幅遗余，且题一绝句于上云："夏月浑忘酷暑，堪爱酒杯棋局。何当风雨齐来，打乱几丛新绿。"其二云："满拟岁寒持久，风伯雨师凌诱。虽云心绪纵横，乱处君能整否？"次诗盖用唐李季兰语，其寄意不浅。予怪其无因，置不复答。后此女沦落许久，嫁里中黄生，亦名家子也，为乃父不容，复下山作鱼玄机行径。今年已渐长，不知踪迹何所？闻为一武弁诱入京师矣。其才情实可念也。余向纪徐姓女三人矣。

妇人弓足

妇人缠足，不知始自何时，或云始于齐东昏，则以步步生莲一语也，然余向年观唐文皇长孙后绣履图，则与男子无异，友人陈眉公、姚叔祥俱有说为证明。又见则天后画像，其芳跌亦不下长孙，可见唐初大抵俱然。惟大历中，夏侯审咏被中睡鞋云："云里蟾钩落凤窝，玉郎沉醉也摩挲。"盖弓足始见此。至杜牧诗云："钿尺才量减四分，纤纤玉笋裹轻云。"又韩偓诗云："六寸肤圆光致致。"唐尺只抵今制七寸，则六寸当为今四寸二分，亦弓足之寻常者矣。因思此法，当始于唐之中叶。今又传南唐后主为宫婢窅娘作新月样，以为始于此时，似亦未然也。向闻今禁掖中，凡被选之女，一登籍入内，即解去足纨，别作宫样，盖取便御前奔趋，无颠蹶之患，全与民间初制不侔。予向寓京师，隆冬遇扫雪军士，从内出，拾得宫婢敝履相视，始信其说不诬。

近年黄冈瞿徵君九思建议御虏，中有一说，欲诱化其俗，令彼妇人习中国法，俱束缚双足为弓样，使男子惑溺，减其精力，惰于击刺，以为此弱虏制虏妙策。予亦不知此计果有济否？但隆庆元年，大虏攻陷山西石州，掳所得妇女驱之出塞，憎其不能随马疾驰，尽刖其双足，以车载归，百无一活。世固有不爱双缠者，瞿君此策，亦未为庙胜也。

近日刻《杂事秘辛》纪后汉选阅梁冀妹事，因中有约束如禁中一语，遂以为始于东汉。不知此书本杨用修伪撰，托名王忠文得之土酋家者，杨不过一时游戏，后人信书太真，遂为所惑耳。

胡元瑞论缠足

杨用修谓妇人缠足始于六朝，以乐府双行缠为据，其说诚误，友人胡元瑞驳之不遗余力，因引晋人男方头履、女圆头履为证；又云宋齐以后，题咏妇人足者甚多，并不及其纤小，然终无实证以折之。按梁武帝弟临川王萧宏，与帝女永兴公主私通，遂谋弑逆，许事捷以为皇后。永兴主使二僮衣婢服入弑，及升阶，僮逾限失履，阁帅令舆人八人抱而擒之，搜僮得刀，乃杀二僮。夫僮可为婢服，且失履，则足之与男子同可知，当时梁去唐不远，是一大证佐，而元瑞未之及也。元瑞又引《道山新闻》，以为始于李后主宫嫔窅娘，似不始于中唐，则又与自所引杜牧诗相背驰矣。一人持论，尚游移无定见乃尔，何以驳正前人？即余已记弓足，因再阅元瑞说，又订之如此。

妓　女

妓鞋行酒

元杨铁崖好以妓鞋纤小者行酒，此亦用宋人例，而倪元镇以为秽，每见之辄大怒避席去。隆庆中，云间何元朗觅得南院王赛玉红鞋，每出以觞客，坐中多因之酩酊，王弇州至作长歌以纪之。元镇洁癖固宜有此，晚年受张士诚粪渍之酷，可似引满香尖时否？

杜韦

角妓杜韦，吾郡城中人也，以妖艳冠一时。云间范牧之允谦孝廉，故学宪中吴之长公，今学宪长倩之伯兄，少时佻达，一见契合，两人誓同生死。而范妇翁为陆阜南树德中丞，闻之大怒，讼之官，系韦狱中，牧之以重赀窜取而出，携之远逃。迨丙子冬，挈以计偕，抵京已病殆，不复能入试，春尽则殁于邸中矣。韦扶柩归，自度归时，陆氏必不容其活，甫渡江中流，两袖中一实滇棋，一实宋砚，二物俱牧之所日用，且性重能沉也，一跃入水，救之无及矣。此事见松江诸名士记传中，不必备录，独死后一事甚奇。余顷北上渡扬子江，起而小便水中，舟人皆力止以为不可，予怪问故，则云近日江西一仕客过此，有小奚临江小遗，忽僵仆作吴语曰："汝何人？敢污我头鬟，我名杜韦，游戏水府者将三十年，乃一旦见辱至此！"仕客大骇，且不解吴音，急泊舟询故老知其事者，为述始末，仕客具牲醴拜奠首过，小奚始苏。然则韦为水仙耶？抑入鲛宫作织绡人耶？总之怨忿所结，未能托生，沉滞沧波，亦可哀矣。

  吴中张伯起曾语余曰：丁丑春临场时，往省牧之病，时韦坐其榻旁，牧之咯血在口，力弱不能吐，则韦以口承之，即咽入喉，一咽一陨绝，顷刻间必数度，吾观牧之在死法，不必言，即韦韵致故在，亦憔悴无复人理矣。牧之曰："汝可代我与张伯伯一话。"韦应曰："君怯甚，不可多语伤神，我上天入地必随君。"范亦为哽咽。此时已心知二人必无独死理矣。伯起每为余谈此，泪尚承睫，余亦为之掩袂。

刘　凤　台

  燕京歌妓刘凤台，以艳名一时。今上丙子，宣城沈君与吾乡冯开之俱以公车入燕，与之游，后沈、冯同为丁丑廷会二元，而刘委身于闽中福清人林尚炅。林本贾人，字丙卿，与沈、冯二公俱相善。至戊子年，刘死于燕，林方贾于武林，闻讣星驰以北，冯以谪居在家，为诗送之曰："昔年曾醉美人家，却恨花开又落花。司马青衫旧时泪，因风吹不到琵琶。"其感慨甚深，林不以为忤。比入都，迎刘姬厚葬之，刻玉为主，书凤台名，而题长短句于背曰："入时倒郎怀，出时对郎面，随郎南北复东西，芳草天涯空绕遍。胜写丹青图，胜妆水月殿，玉魄与香魂，都在这一片。愿作巫山枕畔云，愿作卢家梁上燕，莫作生前轻别离，教人看作班姬扇。"因抱玉主自随，昼则供食，夕则附枕，仍携以贾于四方。偶至粤西，为剧盗陈亚三等所戕，而沉其尸于江。会同邑人亦林姓者，为梧州府推官，习闻玉主事，适亚三等以他事捕至，拷掠不服，及搜橐中得玉主，始骇曰此吾里林丙卿物，汝何从得之？盗始吐实。得林尸于江，敛而归之，盗尽服辜。时谓非玉主则林冤终不白，刘盖得请于冥司，以报林始终之谊也。林之姻家叶少宰已为《丙卿传》纪其事，而余又闻于林之侄号经宇者，因记其略如此。

开之先生曾语余曰：凤台美不待言，即荐枕时，肌体之柔腻，情致之婉媚，兼飞燕、合德而有之，宜林之惑溺至此也。

侠　　娼

壬子季夏，余以应试在邸中，方逃暑习静，友人麻城丘长孺侵晨警门入，邀至其寓。先有一客在，云是浙鄞范仲子，各进糜蔬，并马出城。余苦辞不获，问以何往，曰第去必有竟日欢。从之出西郊十余里，日已渐高，抵一第，门甚壮，入门一大厅事若勋戚家。坐少顷，有女鬟捧茶至，云姑少待，娘即梳裹矣。余已讶之，旋招余辈入其卧室，虽敞而不华，所陈衣簏镜奁，左右充满，待其装毕，始肃客问起居。丘、范皆其旧识，问予此即沈君否？予曰是也，因微笑不答。其貌不甚白皙，而双眸特明秀，鬓发如云，体纤弱不胜衣，约年二十矣。因导予辈从西角门入，则又一径乔木蔽日，假山亦已古色，又得堂庑加大，前俯一池，宽三数亩，荷已盛花，中有败舟二。因谓予曰："此小船久废，目下将葺治，与兄采莲为江南之乐，兄许之否？"余不测所以，但惟惟谢。寻以饭进少憩，即入内治庖，丘因谓余曰："此人故狭邪，不知所从来，此即其新买第宅，所蓄不赀，将择偶以托身。彼谋之我，我谓非兄不可，今日之设，意在定盟，余两人主议耳。"余疑骇不敢置对。既而酒肴毕陈，侍婢竞出，俱晓丝竹，亦粗能南北曲，第未精耳。四人相对轰饮，日渐旰，其人亦微哂相劝，余请别再三，丘、范曰："吾辈当先归，明日携一樽与汝二人称贺。"予变色不许，请以场后再续此游，各跨马辞去。其人泫然若不胜情，终无他言。入城时，日在虞渊矣。余既下第，不复共冶儿往还，寻谋南归，往别丘，因叩以此妓近况。丘答语支吾，似已他有所主，不欲明言，予不复苦诘。又数年，丘从辽左从军归，遇之邸舍，余偶再及往事，丘始叹息，愀然曰："误此子性命者，君也。向年委诚于君，君坚不从，范仲子因以甘言朝夕诱之，遂订偕老。范故好蒲博，又谋复故官，尽散其资装以及田园之属几万金。往时会饮大第，亦售三千金，尽为范所浪费，以致簪珥俱尽，姬侍亦散鬻，孑然一身，不给朝夕。范别娶一娼，弃之不顾，已投环久矣。其姓刘，行二。"余至是始得其姓氏，为黯然不怡者数日。范名家子，曾登戊戌武进士，官都阃，中废，今亦已流落矣。刘氏侠而憨，初无远谋定见，为雄狐所蛊，竟至非命，真是可怜。而范负心至此，恐薄幸二字不足以尽之。

范字仲凝，近见士友云：其人惯诱娼女作此等伎俩，非一度矣。

钓 阎

今两京教坊诸妓家，门多设半扉，其上截钓起，或时歌姬辈立于内，露半身以窥客。若金陵又多用竹篾织成，尤轻巧可喜，但不知所始。偶见元末张昱《辇下曲》云："似嫌慧日破愚昏，白昼寻常下钓轩。男女倾城求受戒，就中秘密不能言。"盖顺帝时，西僧以演揲法儿秽乱宫掖，延及戚里勋贵，以至都中庶民，靡然从之。其妇人受戒时，特下钓轩以防他人窥觑，今两都淫室，遂仿效之。至于今若武林阛阓中，亦时有之，则列肆所设，用便贸易，非坊曲比也。

卷二十四

畿　　辅

煤山梳妆台

今京师厚载门,内逼紫禁城,俗所谓煤山者,本名万岁山,其高数十仞,众木森然,相传其下皆聚石炭,以备闭城不虞之用者。余初未之信,后见宋景濂手跋一画卷,载金台十二景,而万岁山居其一,云鞑靼初兴时,有山忽坟起,说者谓王气所生,金人恶之,乃凿其山,辇其石聚于苑中,尽夷故地。元灭金,都燕以为瑞征,乃赐今名。陶宗仪《辍耕录》亦云然,此其说确矣。又有梳妆台,与此山相近,予幼时往游,尚有圮材数条,今尽朽腐,存台基而已,相传为耶律后萧氏洗妆之所,似亦犹煤山之说耳。其旁又有兔儿山,较煤山甚卑,不知所始,当辽盛时,望气者言女直有天子气,遣人迹之,其地乃一小山,甚奇秀,因凿而辇致于此,凿之夜,山鸟悲鸣,事见《辽史》中,疑即此山,因指以妆台近地耶?宣宗御制《广寒殿记》竟不及此中山所自来,仅引宋艮岳为喻,盖以艮岳足垂戒万世也。辽金为厌胜之术,致竭中国民力,移山不恤,非辽金必不忍为,然皆无稗于运数,止资圣朝宫苑巨观。始信废兴天定,徒费经营,亦犹隋炀帝疏汴渠只供宋朝漕运而已,况犬羊之相噬哉!高昌国之先,有玉伦的斤者,尚唐金莲公主,唐使相地者至其国,云国有福山,其强盛以此,盍坏山以弱其国。唐以婚姻求之,的斤遂与之,唐人焚以烈火,沃以酰醋,其石碎乃辇而去,鸟兽俱悲号。后七日的斤死,传位者又数亡,乃迁于火州,然则辽金又祖唐故智耳。

京师旧城

都城之北,有故土城,环抱东、西、北三面,与都城联合,相传元时京城在此，本朝移而稍南。按，今鼓楼正在城之北，颇壮丽，或云此即元之前朝门也，以土城验之，理或然欤。又今彰义门之西，近门有天宁寺者，本隋文帝所建，名弘业，有高塔以藏舍利，其塔至今完好，像设木石，坚致古朴，风铃四彻，听之心魂肃然。此塔在仁寿中放光，文帝命绘图以进。今宦游京师者，既不能知，问之寺僧亦懵不晓，并古碑碣无一存者，宜古迹之日湮也。

四　辅　城

今上壬辰，宁夏刘哱之乱未宁，而倭事又起，时张新建新从田间起，拜末相，上奏云：自大宁撤防，东胜失守，关隘弥近，供卫宜严，今京东距蓟镇不二百里，京西去宣镇不四百里，东南去天津卫海口不二百里，西南去紫荆关不三百里，俱迫近辇毂，倘有风尘之警，即直犯都城，可为寒心。今宜于近京周围十里内卜水土之善利要害处所，特建辅城四座，每城置兵万人，内设营房，外设教场，合无遵照祖宗五军旧制，以三大营为中军，其四城各拨兵万人，以五府知兵者统之，俱听戎政大臣节制，盖仿汉南北二军、宋禁厢二军、及我太祖浦口大营之意，谨绘图进览。上允之，下部已议于六里屯、八里屯建城矣，而兵科都给事中许弘纲、御史樊玉衡等，稍稍尼之，上乃命俟倭事宁息举行。其说遂中寝。至戊戌秋，张以东事为给事徐观澜所劾闲住去，遂至今无议及之者。予谓三辅相倚，在西汉已为胜策，唐初太宗令武功、麟游诸县各设府兵，即其遗意，中叶以神策军领畿甸诸县，亦踵此制，后以中官领之，始授太阿于鱼、程辈耳，而奉天一县，终以桑道茂之言，聚兵粮其中，得济大中之难，至末造而同华、豳、岐，各领节镇，虽跋扈屡见，而御侮亦有力焉。天下事本无全利全害，今宦官久不操兵柄，文臣为制帅以统诸大将，亦岂有藩镇分裂之患，则立四辅以拟三辅，为非时干陬之用，其视调遣召募，劳逸百倍，未为无见，但张欲于十里内建四城似乎太近，宜用其意而变通之。往时丘文庄建议立四辅，以宣府为北辅，永平为东辅，俾守松亭关一带，及扼控辽左；以易州或真定为西辅，俾守紫荆一带关隘；以临清为南辅，俾护漕运。其说大抵与张新建同，而所议建辅之地，远近大异。丘欲以临清为一辅，则去京太远，似当立于河间、天津之间，即极南亦当在德州故城为得之。至若丘议尽罢两直隶、河南、山东班军之入操者，其说最当，盖班军昔犹携家以来，然已疲于道路，不任执戈。近日则领班都司，即于近京雇老弱饥民冒名充数，比事毕，出都俱鸟兽散去，又非丘在时比矣。

西苑豢畜

余往年初应京兆试，暇日同戚畹郭小侯游西苑，见豢笼诸禽颇珍异，足为耳目玩，至若虎豹之属，无虑数十，俱贮槛中，腥风逆鼻，爪目可畏，意甚憎之。又有所谓虎城，全如边外墩堡式，前后铁门扃固，畜牝牡二於苑，中设一厅事，为其避雨雪处，昂首上视，如诉饥状。好事者多投以鸡犬，鸡无知，初尚啄其目，虎一嘘气，毛羽尽堕；狗初投下，即已悸而僵，任其糜啜而已。闻每一兽日给羊豕肉数十斤，似此不经之费，真可省。十年来无心续旧游，闻上梦虎啮足，次日令人绝其食，计虎城中但存虎骨矣。

南内

余曾游南内，在禁城外之巽隅，亦有首门二门以及两掖门，即景泰时锢英宗处，所称小南内者是也。二门内亦有前后两殿，具体而微，旁有两庑，所以奉太上者止此矣。其他离宫以及圆殿石桥，皆复辟后天顺间所增饰者，非初制也。闻之老中官，不特室宇湫隘，侍卫寂寥，即膳羞从窦入，亦不时具，并纸笔不多给，虑其与外人通谋议也。钱后日以针绣出卖，或母家微有所进，以供玉食，故复辟后，待钱氏甚厚，至两幸其第，或云今所传诵《三官经》，为英庙无聊时所作。南内诸树石，景帝俱移去建隆福寺，后英宗返正，将当时内官锁项。修葺既成，壮丽大逾于旧，杂植四方所贡奇花果于中，每春暖花开，命中贵陪阁臣游赏。当天顺修理毕工时，尚书赵荣、侍郎蒯祥、陆祥各赏银二十两，纻丝二袭。荣以楷书生起，二侍郎一木匠，一石匠也，三堂俱异途，可笑。

射所

今京城内西长安街射所，亦名演象所，故大慈恩寺也，嘉靖间毁于火，后诏遂废之，为点视军士及演马教射之地，象以非时来，偶一演之耳。会试放榜次日，新郎君并集于其中官厅内，请见两大座主，榜首献茶于前，亦可作南宫一佳话。窃谓慈恩寺名正与唐曲江名相合，何不即以雁塔题名事属之？每三年辄许南宫诸彦泚笔记姓名于中，亦圣朝盛事，而仅充刍牧决拾之场耶？射所东门即双塔寺，寺隘甚，而有二砖浮屠最古，闻是唐悯忠寺故址。寺本唐文皇征高丽回京，渡辽将士殒身行间，作此寺追荐之。后金人俘宣和、靖康二帝至京，曾寓于此，至宋亡，文信被执而北，亦縶此中，惜无有表章故迹者。近闻一大老云：悯忠寺在宣武门外，当考。

书　　院

书院之设昉于宋之金山、徂徕及白鹿洞，本朝旧无额设明例，自武宗朝，王新建以良知之学行江浙两广间，而罗念庵、唐荆川诸公继之，于是东南景附，书院顿盛，虽世宗力禁而终不能止。嘉靖末年，徐华亭以首揆为主盟，一时趋鹜者人人自托吾道。凡抚台苞镇必立书院，以鸠集生徒，冀当路见知，其后间有他故，时驻节其中，于是三吴间竟呼书院为中丞行台矣。今上初政，江陵公痛恨讲学，立意剪抑，适常州知府施观民以造书院科敛见纠，遂遍行天下拆毁，其威令之行，峻于世庙。江陵败，而建白者力攻，亦以此为权相大罪之一，请尽行修复，当事者以祖制所无折之，其议不果行。近年理学再盛，争以皋比相高，书院聿兴，不减往日。李见罗在郧阳，遂拆参将衙门改造，几为武夫所杀，于是人稍有戒心矣。至于林下诸君子，相与切磋讲明，各立塾舍名书院者，又不入此例也。当正德间，书院遍宇内，宸濠建阳春书院于南昌，以刘养正为讲学盟主，招致四方游士，求李梦阳为之记；张璁尚为乡贡士，亦立罗山书院于其乡，聚徒讲学，其不自揆类此。

会　　馆

京师五方所聚，其乡各有会馆，为初至居停，相沿甚便，惟吾郡无之。先人在史局时，首议兴创，会假归未成，予再入都，则巍然华构矣。然往往为同乡贵游所据，薄宦及士人辈不得一庇宇下，大失初意。今思唐人藩镇俱有进奏院，凡奏事将吏及部曲贸易都下者，俱得居之，即跋扈如淄青李师道、昭义刘从谏辈，俱得置邸如故事，盖示王者无外，其法甚善，此又不止于桑梓萍聚如会馆已者。今天下一家，省直抚按、藩臬大吏其奏事承差舍人充牣都下，散处旅店，易作奸宄，何如亦仿唐制，令各处听设一院，以待二司各府之入觐及承舍之奉差者，最便计也，况巡抚及总兵官俱有提塘官在京师专司邸报，此亦进奏院遗意，引而伸之，不为创见骇闻也。

周宣王石鼓

周宣王石鼓凡十，久弃陈仓野中，仅存其八，唐时郑余庆始徙置凤翔县；至宋仁宗皇祐间，向传师又得其二，于是石鼓始完。宋徽宗又徙之辟雍；靖康之乱，金人取归燕，亦置之文庙。元仁宗又移置国子监文庙戟门，左右并列，使后学得睹周世第一奇文，即天球拱璧不敌也。因思宋世崇文好学，得此无足怪，然而璞重难移，非他珍异可箧笥藏者。粘没罕辈破城时，日索金银表段，何以亦及此大骨董？盖天意使然。他日金宣宗迁汴后，蒙古攻城，一切顽石俱充炮用，即艮岳无片砾存者。十鼓虽微，安得自免，乃以在燕得留，至圣朝为文艺佳话，殆有神物呵护，不可诬也。古人如韩愈、苏轼、洪迈辈，俱有歌咏及考据，但是时文尚多缺字。至正德间，李东阳、杨慎寻绎补订，始称全文，灿然大备矣。

京师园亭

都下园亭相望，然多出戚畹勋臣以及中贵，大抵气象轩豁，廊庙多而山林少，且无寻丈之水可以游泛，惟城西北净业寺侧有前后两湖，最宜开径。今惟徐定公文璧一园，临涯据浃而以选胜，而堂宇苦无幽致，其大门棹楔，颜曰太师圃，则制作可知矣。以予所见可观者，城外则李宁远园最敞，主人老耄，不复修饰，闻今已他属。张惠安园独富芍药，至数万本，春杪贵游分日占赏，或至相竞。又万瞻明都尉园，前凭小水，芍药亦繁，虽高台崇榭，略有回廊曲室，自云出自翁主指授。又米仲诏进士园，事模效江南，几如桓温之于刘琨，无所不似。其地名海淀，颇幽洁，傍有戚畹李武清新构亭馆，大数百亩，穿池叠山，所费已钜万，尚属经始耳。其余贵家苑囿甚夥，并富估豪民，列在郊坰杜曲者，尚俟续游，盖太平既久，但能点缀京华，即佳事也。

房山县石经

大房山在京师房山县境内，俗名小西天是也。隋大业间，僧静琬募金钱凿石为板，刻藏经传后，至唐贞观仅完大涅槃一部，其后法嗣继其功，直至完颜时始成，贮洞者七，穴者二，封以石门，镇以浮屠。我太祖命僧道衍往事，衍即少师姚广孝也，留咏而归，历代扃闭如故。去年浙僧名自南者，忽来谋于余，欲发其藏，简其未刻者，绪成全藏，予急止之曰：不可。方今梵夹书册盛行天下，何藉此久闭之石？静琬当时虑末法像教毁坏，故阁此为迷津宝筏。今辇下雕弊不似往年，宫掖贵貂亦未闻有大檀施，若一启则不可复钥，必至散佚而后已。自南惟惟，亦未以为然，余再三力沮之，不知能从与否。

京师名实相违

京师向有谚语云：翰林院文章，武库司刀枪，光禄寺茶汤，太医院药方。盖讥名实之不称也，然正不止此。儒生之曳白，无如国子监；官马之驽下，无如太仆寺；历学之固陋，无如钦天监；音乐之谬误，无如太常寺；帑藏之空乏，无如太仓库；士卒之老弱，无如三大营；书法之劣俗与画学之芜秽，无如制诰两房、文华、武英两殿，真可浩叹。至若京官自政事之外，惟有拜客赴席为日课，然皆不得自由。一入衙门，则前后左右皆绍兴人，坐堂皇者如傀儡在牵丝之手，提东则东，提西则西。间有苛察者，欲自为政，则故举疑似难明之案，引久远不行之例，使其耳目瞀乱，精彩凋疲，必致取上谴责而后已。若套子宴会，但凭小唱云请面即面，请酒即酒，请汤即汤，弋阳戏数折之后，各拱揖别去，曾得饮趣否？拜客则皆出长班授意，除赴朝会谒贵要之外，远近迟速，以及当求面、当到厅、当到门，导引指挥，惟其所适，即使置一偶人于舆马间，不过如此。世间通弊，固非一二人所能挽回，若前云谚语之属，则开创之初必无此事。

白石

本朝陵寝用石最多，及正德、嘉靖两朝再建三殿两宫，其取石更繁。倘凿之他方，即倾国家物力亦不能办，乃近京数十里名三山大石窝者，专产白石，莹彻无瑕，俗谓之白御石。顷年三殿灾后，曾见辇石入都供柱础用者，俱高广数丈，似天生此异种以供圣朝之需。又如嘉靖初改营兴献王显陵，正苦乏石，而襄阳之枣阳县忽得白石如京师之大石窝，斧凿相寻，用之不尽，不惟陵寝早竣，楚之民力亦赖以少苏，真非偶然。

畿南三大

今北方谚语云：沧州狮子景州塔，真定府里大菩萨。为畿南三壮观，余皆及睹，实燕赵间所仅见。大佛为唐释子澄空所铸，凡经三度，最后投身火中始成，然其像本三截，不知当时冶铸法云何，余过时迫暮，不及登阁，次日四更即发，至今以为恨。沧州铁狮最大，向曾有逸盗叛伏其中，搜捕不获，后知其故，遂铲破其腹。沧在唐为横海军节度使治所，后又名义昌，此必其幕府牙城用以立威仪，今云周世宗命罪人所冶，讹传也。景州在唐为横海军巡属，本在内地，自石晋割卢龙诸道后，遂为极边，无复险隘可守，乃诡云建塔，实为觇望之所。今塔比他方制狭而级高，全与边塞烽台相似，未登其半，幽燕一带诸山俱在目下。宋恃此塔防契丹败盟，先事保聚，今则无所用之矣。因思南京报恩寺逼近聚宝门外，其塔高入云表，文皇竭天下之力，十六年始成，当时为报太祖孝慈后罔极大恩，因以为名。然帝城胜概，一览无遗，万一风尘之警，城闉尽闭，宁不寒心。昔人云兀术登雨花台，则城中飞走皆不能遁，况此塔高于雨花台二三倍耶？

口外四绝

山西旧有四绝，俱在石晋所割山后云中一道中，今呼为口外，盖尽在居庸关之北也。曰宣府教场，其纵十里，横四十里，每督臣视师及巡关御史三年大阅，所调山西、宣、大三镇将士至，俱不满一角，盖宇内无两。曰蔚州城墙，相传李克用所筑，无论精坚，其甃石光泽可以照面，赫连之统万城不足道也。曰朔州营房，闻其墙檐外向，行人可以避雨，房为唐尉迟敬德所建，尉迟本刘武周故将，武周起此地，又尉迟为鄯阳人，朔故鄯阳县也，理亦有之。曰大同婆娘，大同府为太祖第十三子代简王封国，又纳中山王徐达之女为妃，于太宗为僚婿，当时事力繁盛，又在极边，与燕辽二国鼎峙，故所蓄乐户较他藩多数倍。今以渐衰落，在花籍者尚二千人，歌舞管弦昼夜不绝，今京师城内外不隶三院者，大抵皆大同籍中溢出流寓，宋所谓路岐、散乐者是也。此四绝，在宋世俱弃之契丹，直可痛惜。然蔚州又出佳煤，名水火炭，烧红置香炉中，不烟不滓，其灰如雪，亦天下称最。宣府出黄鼠最珍，其肥甘脆美，北味所无，今都下相馈遗皆盐渍其瘠者以入，徒存其名耳。

内市日期

内市在禁城之左，过光禄寺入内门，自御马监以至西海子一带皆是，每月初四、十四、廿四三日，俱设场贸易。闻之内使云：此三日例令内中贱役荤粪秽出宫弃之，以至各门俱启，因之陈列器物，借以博易。今诸小珰相訾为推粪者，必拳殴之至死不休，亦可哂矣。近因倭番事兴，言官建白欲禁内市，盖虑勾引奸细窥伺禁近，其说亦是。但内府二十四监，棋布星罗，所役工匠、厨役、隶人、圉人以及诸珰僮奴亲属，不下数十万人，朝夕出入，能保其无夹带交媾诸弊乎？又请内市不许货买刀剑诸利器，尤为舛谬，兵仗局所锻造诸械器，昼夜不绝，武库方资以为用，市上刉缺残物，何足为有无，以此厘奸，未为通论。

庙市日期

城隍庙开市在贯城以西，每月亦三日，陈设甚夥，人生日用所需，精粗毕备，羁旅之客，但持阿堵入市，顷刻富有完美。以至书画骨董，真伪错陈，北人不能鉴别，往往为吴侬以贱值收之。其他剔红填漆旧物，自内廷阑出者，尤为精好，往时所索甚微，今其价十倍矣。至于窑器,最贵成化,次则宣德,杯盏之属,初不过数金,余儿时尚不知珍重,顷来京师,则成窑酒杯,每对至博银百金,予为吐舌不能下。宣铜香炉,所酬亦略如之。盖皆吴中儇薄倡为雅谈,戚里与大估辈,浮慕效尤,澜倒至此。

京师俗对

京师人以都城内外所有作对偶,其最可破颜者,如臭水塘对香山寺,奶子房对勇士营,王姑庵对韦公寺,珍珠酒对琥珀糖,单牌楼对双塔寺,象棋饼对骨牌糕,棋盘街对幡竿寺,金山寺对玉河桥,六科廊对四夷馆,文官果对孩儿茶,打秋风对撞太岁,白靴校尉对红盔将军,诚意高香对坚心细烛,细皮薄脆对多肉馄饨,椿树饺儿对桃花烧卖,天理肥皂对地道药材,香水混堂对醺醪酒馆,麻姑双料酒对玫瑰灌香糖,旧柴炭外厂对新莲子胡同,奇味薏米酒对绝顶松罗茶,京城内外巡捕营对礼部南北会同馆,秉笔司礼签书太监对带刀散骑勋卫舍人。

拣花扫雪

大内每于雪后,即于京营内拨三千名入内廷扫雪,轮番出入。或其年雪涌,有至三数度者,辄得宫婢所弃遗簪敝履及破坏淫巧之具,以示外人,每岁冬俱然,亦有游闲年少代充其役,以观禁掖宫殿者。又南京旧制有拣花舍人,额设五百名,盖当年供宗庙荐新,又玉食糖粻之用,今废久矣。五百拣花,三千扫雪,岂非两都确对。

帐房

今北方所用帐房即古穹庐也,其小如屠苏团焦者,则移屯下营,及士大夫居恒于郊垌射猎宴饮诸事,靡不需之。至其大者,可容千人。关陕及近口诸边文武大臣按行塞上,每遇程顿之所,辄张设罗列,如隋炀帝离合木城,大将节楼、士卒次舍,靡不毕备,然多以布帛为之。惟夷中大酋,方以毡御寒,妻妾子女以及牛马羊驼,俱寝食其中,如今宣府、大同边口,某一路兵马值其酋帐房是也。至本朝大内间亦有之，偶供赏花较猎之用，未有绝大者。惟正德九年九月，陕西守臣奉上命置花毡帐房，凡一百六十二间，重门、堂庑、庖厩、厕溷、影壁、围幕、氆毹之属俱备，又有游幸、出哨、声息诸名号舍。先是以纸裁成式，颁示彼中，逾年始成，自是上郊祀青城亦坐卧此中，不复御斋宫，其他巡幸可知矣。又最华侈者，无如貂帐，嘉靖辛酉冬西内之火，亦上与尚妃在小貂帐房秘戏而炽。至其后则江陵当国，辽左帅臣各缉貂为帐，其中椅榻凳机，俱饰以貂皮，初冬即进，岁岁皆然，其后习以为例。近闻兵部大堂及兵科亦得之矣。帐房为广野所必需，江南则画鹢文螭，敞若华堂，迅如奔马，安所用之。

外　郡

南　宋　陵　寝

　　南宋帝后陵在会稽郡境内者，至元初已皆为妖髡杨琏真伽所发矣。至本朝正统间，会稽人赵伯恭自称宋裔，奏孝宗、理宗殡宫在会稽，安定郡王坟在诸暨，福王夫妇坟在山阴，被豪民侵为田宅及樵牧其中。事下按臣藩臬，皆坐伯恭以诬，且谓福王降北，安得有墓在越？伯恭不平，又诉之，再命勘，始得真，则福王坟实瘗衣冠也，上乃戍豪民于辽东边卫。今诸陵皆无可考，且六陵同地，何以只及孝、理二宗？但元世唐珏与林德阳各收遗骨，岁月已自不合，况自元迄今又三百余年耶？又当时所纪钦宗陵柩无尸，止有木灯檠一枚。按钦宗柩在北，高宗不肯请归，但遥上陵名曰永献，金世宗曾对南使曰：汝家既不愿归天水郡公柩，我当为汝瘗之。因以一品礼葬于巩洛之原。柩且不还，安所得灯檠也？又云徽宗陵止有朽木一段，亦未必然。初梓宫来归，有王之道者，请斫神楱之下者视之，然后奉安，时议不从，预制衮冕纳之于椁，盖此举姑以慰释人心，一辨真伪，则事体便难收拾矣。况徽宗柩与郑后同归同葬，何以不云后柩中有何物也？可见福王衣冠之葬，亦臆说耳。

雪　　山

今域中所称雪山，谓禅家葱岭，释伽佛修道芦茅穿膝处。近日游峨嵋诸君，盛夸绝顶之胜，云日半夜即出，照雪山之巅，相去数里如对面，王恒叔士性有记，而胡元瑞又叹异之，引佛经日照金刚山为证，而其实不然。按，今大雪山在邛部长官司西五十里，雪四时不消。维州旧志云：白狗岭与大雪山相连。维州即今茂州，而松潘卫之雪栏关，即古盐州废县，有宝顶山，其山四时积雪。又天全招讨司东南白崖山，矗立如雪，近白崖又有玉垒积雪，土人以玉堡呼之。可见峨嵋左右为雪山者甚多，王叔恒诸公所见者是也。若西域之雪山，决非目力所及，此可以理断者。张舜民《画墁录》云：自岷州趋宕州至临江塞，上天山，西望雪山，日晃如银，其高出众山上，居人曰此佛国雪山也，有狮子人尝见之。此非西方雪山，乃无忧城北山耳。据此说，则又从河西洮岷而望西蜀，其误不始于今日矣。又甘肃行都司所属永昌卫，亦有雪山，山顶冬夏积雪，望之皑然寒色，异于他处，鸟飞不下，与凉州相近。又临洮府之河州亦有雪山，接吐蕃境，盖即永昌之山而望见之，隋大业初，吐谷浑败南奔雪山者是也。又云南丽江府西二十里有玉龙山，亦名雪山，山颠雪经夏不消，玉立万仞，千里望之若咫尺，与蜀松州诸山相接，南诏异侔寻僣位，封为北岳。元世祖又封北岳神为大圣北岳定国安邦景帝，又云点苍山亦名雪山。

鄚　　州

鄚州在雄县之南，任丘之北，其地即公孙瓒所筑易京，有东坡诗可考，周世宗取契丹三关以立霸、雄、鄚三州者。霸仍为州，雄降为县，惟鄚则废勿治。闻文皇帝撤其城，土基犹完好。窃谓此地为畿辅要害，而去州县稍远，响马大伙多盘据其中，无守令弹压，任丘大家又为之窝主，几不可诘问，宜仍立一县为得之。城外有药王庙，专祀扁鹊，不知始自何年，香火最盛，每年四月初，河淮以北，秦晋以东，宣、大、蓟、辽诸边各方商贾，辇运珍异，并布帛菽粟之属，入城为市，京师自勋戚、金吾、中贵、大侠以及名娼、丽竖，车载马驰，云贺药王生日。

幕帘遍野，声乐震天，每日盖搭篷厂，尺寸地非数千钱不能得，贸易游览，阅两旬方渐散。顷年上偶违豫，慈圣为祷于药王祠，未几圣躬原复，因大出内帑重加修葺，又增建神农、轩辕三皇之殿，以古今名医配食，自是药王之会，弥加辐辏。近闻亦微有榷税入于大内，则更宜移一裨将统劲兵一枝驻其地，以防意外之窃发矣。扁鹊故郑人，邢子才亦产此地。

入滇三路

入滇路有三道，自四川马湖府以至云南府属之嵩明州，又自四川建昌行都司属之会川卫以至云南武定府，是为北路；自广西之田州府至云南之广南府，由广南之广西府，是为南路；其自湖广常德府入贵州镇远府以达云南之曲靖府，是为中路，则今日通行之道也。蜀中、粤西两路，久已荆榛，仕人以至差役，不复经由，惟建昌为滇抚所辖，尚有商贾间走此捷径者，亦千百之一耳。丁未会试后，云南举人杨提等上疏，请辟牂牁故道，由省城竟抵广西田州，由富州以入三江口，便可从大江直抵南都，亦可以陆路竟达常德府，其路较今走贵州者，凡近三千余里，且列其便有五。上下其疏于兵部，部中亦是其说，但云新路之辟，事关三省，倘新道开而故道不废，每岁协济，滇必有辞，若夫裁永昌之兵饷，酌钱粮之加派，又系边务民情，未敢擅拟。上命彼中抚按会议而迄不行。盖贵州本罗施鬼国，特以通滇一线，强名省会，水西安氏，力任邮传，以故声息时闻，不敢狂逞。若黔路一塞，则普安以东便成荒徼，安氏且据为橐中物矣。即使安氏世守臣节，而四川马湖以西、建昌以南俱土司错壤，广西之田州亦土官也，其犷悍难制与水西等耳，故谈滇事者谓不如仍用黔之便。时土酋阿克称兵据武定府，焚劫会城，云南大震，至戊申岁犹未平。工科给事王元翰建议，谓云南去京万里，往来仅黔中一线，滇境西有金沙江，可一苇直达四川之马湖，西有西粤一路，由普安至田州，皆不过添设数驿，涂平水稳，既可以通金陵，又可以出荆襄，亟宜疏辟，以广入滇之道。由黔、由粤、由蜀，又水路由江，四途并进，则土司诸夷，自失其负固之势，可不烦征剿。其疏留中。盖元翰亦滇人，其说亦犹之杨提也，庙堂寝阁，迄今不行。

贵定县

贵州省治无府，三司俱治贵州宣慰使司。隆庆初，始立贵阳府，继又立新贵县，至万历己酉，复改土司设一县，同新贵属府，抚按为请名于朝。时福清相公当国，居常谓吾闽号福建福州府福清县，上三字俱同，普天无两。至是黔疏适至，乃议命县名曰贵定，得旨如所拟，遂与闽成确对。

灵岩山

灵岩山有夫差馆娃宫、响屧廊、浣花池、采香径等胜，固吴中丽瞩也，其石最佳者中砚材，次亦当碑碣诸用。年来山麓居民，与石户为奸，据为己有，日夜椎凿，嶙峋颓堕，非复旧观。山下有黄伯传名习远者，以诗游公卿间，为申文定客，独心哀之，欲禁止而无力。适马仲良以户部郎来司浒墅关，登山慨叹，黄遂以禁采之说进，马因出厚价，与居民赎此山为官物，立碑刻文，永不许斧凿。居民石匠两失重赀，不胜恚恨，乃进赂于吴令袁湘真名熙臣者。袁虽嗜贿，然为马所胁持，未敢纳，第心衔之而已。时又有吴人周中石名恭先者，娄中王文肃客也，曾为诸生，去为山人，称诗流，寓襄阳，马少时即与相识，顷暂归里，诧谓石匠我能遏止使君，令若辈售石如初。诸人大喜，合赀为寿，周乃大张声乐，邀仲良于山中。正乐饮间，周忽谈山事云：公何苦爱此顽石，不为小民谋生计。仲良已拂然色变，忽闻轰然一声，震动山席，坐中大惊，问之则运斤转石者，从山顶推下大峰，堕至山趾也。马大怒，命捕之，悉已逬走，乃即周席上，以歌童偃蹇，扑之泄忿，不终宴而别。周惭甚，私进谗于袁令，谓马使君知公以灵岩为外府，将不利公矣。周已笃老，数月忽病死，周之子谓事起黄伯传，谋复此山，以致乃翁受郁不起，讦之袁令。袁立捕黄笞之三十，橐三木于通衢，周之子又以不洁污其面，责其输货以免。时仲良瓜期已满，方候代，亦无计脱之，而吴中士人与申文定皆不直其事，合词祈哀于袁令，黄始得释，而马、袁遂成深仇。又逾年丁巳大计，则襄阳郑太宰为政，亦识周中石，袁因得以蜚语中之。马亦自用他事开罪于吏垣，遂外贬去。今年己未，袁亦用外察劾降矣。一山之废兴不足论，二官之贞贪不必问，即二吴侬之是非，亦不暇辨，独宦游此地者，别无他隙，因山人争构起见，两败俱伤，冠进贤者尚爱此辈如嗜痂然，何耶？马仲良一去任，凿石者弥山亘谷，琢伐之声昼夜不绝，今山腹已枵，千载名胜夷为坡坨，再一二十年吴中无灵岩矣。

风　　俗

六　月　六　日

六月六日，本非令节，但内府皇史宬晒曝列圣实录、列圣御制文集诸大函，则每岁故事也。至于时俗妇女，多以是日沐发，谓沐之则不腻不垢，至于猫犬之属，亦俾浴于河。京师象只皆用其日洗于郭外之水滨，一年惟此一度，因相交感，牝仰牡俯，一切如人，嬲于波浪中，毕事，精液浮出，腥秽涨腻，居人他处远汲，必旬日而始澄彻；又憎人见之，遇者必触死乃已，间有黠者，预升茂树浓阴之中，俯首密窥，始得其情状如此。又象性最警，入朝迟误，则以上命赐杖，必伏而受棰如数，起又谢恩。象平日所受禄秩，俱视武弁有等差，遇有罪贬降，即退立所贬之伍，不复敢居故班，排列定序，出入缀行，较人无少异，真物中之最灵者。穆宗初登极，天下恩贡陛见，朝仪久不讲，诸士子欲瞻天表，俱越次入大僚之位。上玉色不怡，朝退欲行遣，赖华亭公婉解之而止。时谓明经威仪，曾群象之不若。象初至京，传闻先于射所演习，故谓之演象所，而锦衣卫自有驯象所专管。象奴及象只特命锦衣指挥一员提督之，凡大朝会，役象甚多，及驾辇驮宝皆用之，若常朝则止用六只耳。遇有疾病不能入朝，则倩下班暂代，象奴牵之彼房，传语求替，则次早方出。又能以鼻作觱栗铜鼓诸声，入观者持钱畀象奴，如教献技，又必斜睨奴受钱满数，而后昂鼻俯首，呜呜出声。其在象房，间亦狂逸，至于撤屋倒树，人畜遇之俱糜烂。当其将病，耳中先有油出，名曰山性，发则预以巨缭縻禁之。亦多畏寒而死者，管象房缇帅申报兵部，上疏得旨，始命再验，发光禄寺，距其毙已旬馀，秽塞通衢，过者避道，且天庖何尝需此残胔？京师弥文，大抵皆然。

傅　　粉

妇人傅粉，固为恒事，然国色必不尔，古来惟宫掖尚之。北周天元帝禁人间傅粉，但令黄眉黑妆，已属可笑，但北朝又笑南朝诸帝为傅粉郎君，盖其时天子亦用此饰矣。予游都下，见中官辈谈主上视朝，必用粉傅面及颈，以表晬穆，意其言或不妄。至男子如佞倖藉闳之属所不论，若士人则惟汉之李固，胡粉饰面，魏何晏粉白不去手，最为妖异。近见一大僚，年已耳顺，洁白如美妇人，密诇之，乃亦用李、何故事也。昔齐文宣帝剃彭城王元韶须鬓，加以粉黛，目为嫔御，盖讥其雌懦耳，今剑珮丈夫以嫔御自居，亦怪矣。金自章宗后，诸主亦多傅粉，为臣下所窃诮，岂宋世帝王亦有此风，而完颜染之耶？若乃陈思王粉妆作舞，骇天下之观，李天下粉墨交涂，分伶官之席，此不过狡狯戏剧耳。

小　　唱

京师自宣德顾佐疏后，严禁官妓，缙绅无以为娱，于是小唱盛行，至今日几如西晋太康矣。此辈狡猾解人意，每遇会客，酒枪十百计，尽以付之，席散纳还，无一遗漏，僮奴辈藉手以免诃责。然诇察时情，传布秘语，至缉事衙门亦藉以为耳目，则起于近年，人始畏恶之。其艳而慧者，类为要津所据，断袖分桃之际，赍以酒赀仕牒，即充功曹，加纳候选，突而弁矣，旋拜丞簿而辞所欢矣，以予目睹已不下数十辈。甲辰乙巳间，小唱吴秀者，最负时名，首掾沈四明胄君名泰鸿者，以重赂纳之邸第，嬖爱专房，非亲狎不得接席。时同邑陈中允最称入幕，后为御史宋焘所劾，云与八十金赎身之吴秀，倾跌于火树银花之下，仕绅笑之。大抵此辈俱浙之宁波人，与沈、陈二公投契更宜。近日又有临清、汴城以至真定、保定，儿童无聊赖，亦承乏充歌儿，然必伪称浙人。一日遇一北童，问汝生何方，应声曰浙之慈溪。又问汝为慈溪府慈溪州乎？又对曰慈溪州。再问汝曾渡钱塘江乎？曰必经之途。

又问用何物以过来？则曰骑头口过来。盖习闻侪辈浙东语，而未曾亲到，遂堕一时笑海。

男色之靡

宇内男色，有出不得已者数家：按院之身辞闺阁，阇黎之律禁奸通，塾师之客羁馆舍，皆系托物比兴，见景生情，理势所不免。又罪囚久系狴犴，稍给朝夕者，必求一人作偶，亦有同类为之讲好，送入监房，与偕卧起，其有他淫者，至相殴讦，告提牢官，亦有分剖曲直。尝见西署郎吏谈之甚详，但不知外方狱中，亦有此风否。又西北戍卒，贫无夜合之资，每于队伍中自相配合，其老而无匹者，往往以两足凹代之，孤苦无聊，计遂出此，正与佛经中所云五处行淫者相符，虽可笑，亦可悯矣。至于习尚成俗，如京中小唱，闽中契弟之外，则得志士人，致娈童为厮役，钟情年少，狎丽竖若友昆，盛于江南而渐染于中原。至若金陵坊曲有时名者，竟以此道博游婿爱宠，女伴中相夸相谑，以为佳事，独北妓尚有不深嗜者。佛经中名男色为梅罗舍。

火把节

今滇中以六月廿八日为火把节，是日人家缚荛芦高七八尺，置门外爇之，至夜火光烛天，又用牲肉细缕如脍，和以盐醯生食之。问其原，则是日为洪武间遣待制王忠文祎说元梁王纳款不从，为其所醢，以此立节，亦晋人禁寒食、楚人投角黍之意也。但考忠文被害，为十二月廿四日，何以改为六月？即介推亦以五月五日亡，似当与屈正平同日受喧，今移之清明，乃知古今传讹不少矣。

按：袁懋功《滇记》云：南诏皮逻虽灭五诏，得其土地，而遗裔尚存，乃于国中设一楼，极其华丽，楼上陈设锦绣，户牖板楯悉用松明，（松木心有脂者，易发而难息。）每宴臣下，登楼饮酒尽欢，至是年六月（《滇载记》作仲夏。）二十五日，值祭先之期，令人招五诏助奠，至期祭毕举宴，延众登楼欢饮。须臾，皮逻阁佯醉下楼，击鼓发火焚楼，各诏酋领尽死，国人始悟用松明之意。今滇中于是夕衢巷皆举火，名曰星回节，（俗言火把节，野史作火节。又《南诏通记》：汉时有酋长曼阿奴为汉将郭世忠所杀，其妻阿南，汉将欲妻之，赠以衣饰，阿南恐逼己，绐之曰："能从我三事则可，一作幕次祭故夫；二焚故夫时衣，易新君衣；三令国人遍知礼嫁。"明日如其言，聚国人张松幕，置火其下，阿南袖刀出，令火炽盛，乃焚夫衣，告曰："妾忍以身事仇？"引刀自断，身仆火中。国人哀之，以是日然炬聚会以吊节妇，亦名星回节，盖腊月二十四日也。）《滇记》二十三卷为云南巡抚袁香河懋功所著，时康熙六年丁未至三十年甲戌，云贵总督丁广宁泰岩思孔于六月二十八日入省城，余在其幕中，是夕无所闻，后见人言诸葛武侯抵滇已昏暮，百姓喜，因执火把迎之，因沿以为节，惜未记询其何日也。与沈、袁所记又不同，附此以备考订，后学钱枋记。

种　　羊

古语云：北人不信南中有万石舳舻，南人不信北地有万人穹庐，外国人不信中国有虫吐丝成茧，缫以作帛，此语固也。又如西域人种羊一说，每以语人，亦多不信。其俗种法，将羊剥皮取肉，独不碎其骸与五藏，埋之土中，次年春雨后，种处生泡累累，乃延僧持咒吹螺伐鼓，地中闻声，即跳出小羊无算。但其脐带尚联死羊腹内，僧又以法呗诵割之。羊各迸走，待其大而食之，次年如前法又种，源源不绝。此西域人时时能道之，中国人入彼土者，亦多见其事，但未经目，则疑之耳。又如吴中之种鳖，以苋菜和鳖剁成小馅，与牝豕食之，久之，豕产小鳖以百计，畜之池塘，最肥而不甚大，今所谓马蹄鳖是也。又如鄞人之种蚶，取蚶椎碎，置竹杪，其脂血滴入斥卤中，一点成一蚶，其种地多蚶田，值最贵，若以语北人亦未必肯信。《唐书·西域传》：驴分国羊生土中，脐属地，俗介马而驰，击鼓以惊之，羊脐绝，即食水草，与所纪略同，但不云种耳。元人白珽诗亦云：漠北种羊角，产羊。其大如兔，食之肥美。

同　川　浴

古云粤中多螆，因男女同川而浴，乃淫气所生。同川事余未之信，一日与沈继山司马谈及，沈云：余令番禺时，初不知有此风，盖令居廨署不及见耳。及谪戍神电卫闲居，每饭后群奴皆出，必暮而返，日日皆然，则痛笞之，曰尔辈亦效奸宄欲弃掷我耶！然不悛如故。一日午饭罢，微伺之，则仆相率出城，因尾之同行，至郭外近河滨，见老少男妇，俱解衣入水，拍浮甚乐，弥望不绝，观者如堵，略不羞涩，始知此曹宁受笞而必不肯守舍也。余因问曰："自此后，公将何法以处之？"沈曰："从此以往，岂但不加棰楚而已，每遇饭饱，则我先群奴出门矣。"因抵掌大笑。此风不知今日尚然否。

丐　户

今浙东有丐户者，俗名大贫，其人非丐，亦非必贫也，或云本名惰民，讹为此称。其人在里巷间，任猥下杂役，主办吉凶及牙侩之属，其妻入大家为栉工及婚姻事执保媪诸职，如吴中所谓伴婆者，或迫而挑之，不敢拒亦不敢较也。男不许读书，女不许缠足，自相配偶，不与良民通婚姻，即积镪巨万，禁不得纳赀为官吏。近日一甄姓者，绍兴人也。善医痘疹，居京师，余幼时亦曾服其药，后起家殷厚，纳通州吏，再纳京卫经历，将授职矣，忽为同乡掾吏所讦，谓其先本大贫，安得登仕版。甄刻揭力辨其非，云大贫者，乃宋时杨延昭部将焦光赞家丁，得罪远徙，流传至今，世充贱隶，甄氏初非其部曲也。然其同乡终合力挤之，迄不敢就选，而行医则如故。予谓此等名色，从不见书册，且杨延昭为太原人，其父业与辽战没，则其麾下皆忠义也，何以翦为臣虏，何以自晋阳徙浙东？又何以自宋迄今六百余年不蒙宥贷也？是皆不可晓。

技　艺

斗　物

闻牛斗最为奇观，然未之见，想虎斗必更奇，但无大胆人能看耳。

最微为蟋蟀斗,然贾秋壑所著经最为纤细详核,其嗜欲情态与人无异,当蒙古破樊襄时,贾尚与群妾据地斗蟋蟀,置边递不问也。我朝宣宗最娴此戏,曾密诏苏州知府况钟进千个,一时语云:"促织瞿瞿叫,宣德皇帝要。"此语至今犹传。苏州卫中武弁闻尚有以捕蟋蟀比首虏功,得世职者。今宣窑蟋蟀盆甚珍重,其价不减宣和盆也。近日吴越浪子,有酷好此戏,每赌胜负,辄数百金,至有破家者,亦贾之流毒也。斗鸡为唐玄宗所好,然黄金介距在春秋已有之。至若斗鹅则见晋桓灵宝传,及唐僖宗好斗鹅,一鹅至值钱五十万。斗鸭魏文帝曾向东吴索之,又见唐人诗中,此二戏不传久矣。袁中郎云曾见斗蚁,闽人多夸斗鱼,余俱未得见。

李近楼琵琶

京师绝艺所萃,惟琵琶以李近楼为第一,故籍锦衣当袭百户,幼以瞽废,遂专心四弦,夜卧以手爪从被上按谱,被为之穴。其声能以一人兼数人,以一音兼数音,前辈纪之者已多。先人在都时,曾于席间得闻,则作八尼僧修佛事,经呗鼓钹笙箫之属无不毕举,酷似其声,老稚高下各各曲尽,又不杂一男音,归邸为儿辈道之,恨余幼不及从。比予再入都,则李死已久,其艺不复传。一日同社馆东郊外韦公庄者,邀往宴集,诧谓余有神技可阅。既酒阑出之,亦一瞽者,以一小屏围于坐隅,并琵琶不挈,但孤坐其中,初作徽人贩姜邸中,为邸主京师人所赚,因相殴投铺,铺中徒隶与索钱,邸主妇私与徒隶通奸,或南或北,或男或妇,其声嘈杂,而井井不乱,心已大异之。忽呈解兵马,兵马又转呈巡城御史鞫问,兵马为闽人,御史为江右人,掌案书办为浙江人,反复诘辨,种种酷肖,廷下喧哄如市,诟詈百出。忽究出铺中奸情,遂施夹棍诸刑,纷纭争辨,各操其乡音,逾时毕事而散。余骇怪以为得未曾有,又出李近楼之上。比逾时再往寻觅,则不可得矣。

宋时诨语

北宋全盛时,士大夫耽于水厄,或溺于手谈,因废职业,被白简去位者不绝，时人因目茶笼曰草大虫，楸枰曰木野狐。又有以烧炼破家者，则以丹灶为火花娘。京师无赖诱藏妇女于大沟渠之中，自称为鬼樊楼。其名甚夥。本朝熟茶经者最少，至近年岕茶盛行，其价复绝，几与蔡君谟小龙团相埒。余所见冯开之祭酒、周木音处士，皆精此艺，而长兴之洞山茶，遂遍宇内。今上初年，有方子振者，以弈冠海内，因而致富，入赘为上舍，得广东宪幕而出。又有林符卿者，以少年继之，名与方并驰，诸贵人礼为上客，家亦起矣。惟黄白一事，智者多笑之，而高明士大夫反笃信不怠，如董思白太史、陈眉公聘君，皆酷好之，此亦何异陈莹中之谈星命，苏子瞻之求长生乎？今都下沟洫亦广，往往为椎埋剽窃者所窟穴，或化为樊楼，理亦有之。

戏　　物

古来惟弄猢狲为最巧，犹以与人类近也，至鸟衔字、雀衔钱、犬踏橇、羊鸣鼓、龟造塔，已为可怪，若宋时熊翻筋斗，驴舞柘枝而极矣。今又有畜蛤蟆念佛者，立一巨者于前，人念佛一声，则亦阁阁一声，如击木鱼，以次传下殆遍，人又起佛号如前，蛤蟆又应声凡数十度，临起又令叩头而散，此亦人所时见者。又闻之大父云：有鬻技者藏二色蚁于竹筒中，倾出鸣鼓，则趋出各成行列，再鼓之，则群斗交战，良久鸣金一声，各退归本阵，鱼贯收之，此更古来所未有矣。近又有教鼠为戏者，说者谓人心日巧一日，故异物蠕动皆然。又昔有能解牛语、马语、鸟语者矣，若契丹太祖从兄名铎骨札者，以帐下蛇鸣，命知蛇语者神速姑解之，乃云蛇谓穴旁树中有金，往取之果得金，以为带，所谓龙锡金是也。蛇未闻能语，若解蛇语则更怪矣，此亘古未闻。

缙　绅　余　技

近年士大夫享太平之乐，以其聪明寄之剩技。余髫年见吴大参国伦善击鼓，真渊渊有金石声，但不知于王处仲何如。吴中缙绅则留意声律，如太仓张工部新、吴江沈吏部璟、无锡吴进士澄，时俱工度曲，每广坐命伎，即老优名娼俱皇遽失措，真不减江东公瑾。此习尚所成，亦犹秦晋诸公各娴骑射耳。近在都下见王驸马昺、张缇帅懋忠诸君蹴鞠，俱精绝，此盖蹋掷通于击刺，正彻侯本色，不足异也。